KB047398

이상문학상 작품집

2018년도 이상문학상 작품집
제42회 대상 수상작 손홍규 〈꿈을 꾸었다고 말했다〉 외 5편

© 문학사상, 2018

2018년도 제42회 이상문학상 작품집

꿈을 꾸었다고 말했다 외 5편

문학사상

제42회 이상문학상
대상 수상작 선정 이유

대상 수상자 : 손홍규

대상 수상작 : 중편소설 〈꿈을 꾸었다고 말했다〉

《문학사상》 이상문학상 심사위원회는 2018년도 제42회 이상문학
상 대상 수상작으로 손홍규 작가의 중편소설 〈꿈을 꾸었다고 말했다〉
를 선정합니다.

손홍규 작가는 2001년 《작가세계》 신인상을 수상하며 등단한 후 소
설집 《사람의 신화》, 《봉섭이 가라사대》 등을 펴냈고, 장편소설 《귀신
의 시대》, 《청년의사 장기려》, 《이슬람 정육점》 등을 발표한 중진 작가
입니다.

2018년도 이상문학상 대상 수상작으로 선정한 손홍규 작가의 〈꿈
을 꾸었다고 말했다〉는 근래에 흔하지 않은 중편소설로서 소설적 주
제의 무게와 그 진지한 추구 방식에서 심사위원 전원의 지지를 받았습
니다. 이 작품은 장편소설이 추구하는 서사의 역사성과 단편소설에서
강조하는 상황성을 절묘하게 조합하고 있는 점에서 중편다운 무게를
보여주고 있습니다. 특히 손홍규 작가가 즐겨 다루었던 리얼리티의 문
제에 접근하는 방법이 이 작품에서는 이채로울 정도로 새롭다는 점이

주목을 요합니다. 이 소설의 서사적 진행 방식은 현재에서 과거로 이끌어 가고 있으며, 이 과정에서 경험적 과거는 기억 속의 회상이 되지만 일종의 환상처럼 처리되고 있습니다. 이러한 기법적 고안은 리얼리티에 대한 추구에 집착해온 작가 자신의 새로운 실험이라고 할 수 있습니다.

　이상문학상 심사위원회는 〈꿈을 꾸었다고 말했다〉를 통해 우리 소설의 저력을 보여주고 있는 손홍규 작가의 진지한 소설적 실험과 그 성취를 높이 평가하면서 2018년도 제42회 이상문학상 대상의 영예를 드립니다.

2018년 1월

이상문학상 심사위원회

권영민, 권택영, 김성곤, 윤후명, 정과리

차례

이 상 문 학 상

1부

선정 경위와 심사평
그리고
작가론과 작품론

선정경위와 심사평

권영민, 권택영, 김성곤, 윤후명, 정과리

2018년도 제42회 이상문학상
심사 및 선정 경위

2018년도 제42회 이상문학상 대상 후보작에 대한 추천 및 선정 작업은 2017년 일 년 동안 국내의 문예지에 발표된 200여 편의 중·단편소설을 조사하는 것으로 시작되었다. 그런 다음 비평가, 일간지 문학 담당 기자, 문학 전공 교수, 문예지 편집장 등을 후보작 추천위원으로 위촉하여 대상 후보작을 추천받았다. 그 결과를 종합하여 다음과 같이 후보작을 선정하게 되었다. (가나다순)

구병모, 〈한 아이에게 온 마을이〉
기준영, 〈장미와 백합과 비둘기와 태양에게〉
방현희, 〈내 마지막 공랭식 포르쉐〉
배수아, 〈기차가 내 위를 지나갈 때〉
손홍규, 〈꿈을 꾸었다고 말했다〉
이승우, 〈찰스〉
정 찬, 〈새의 시선〉
정지아, 〈존재의 증명〉
조경란, 〈김진희는 몰랐다〉
조해진, 〈파종하는 밤〉
황정은, 〈정오에 우리가〉

이들 후보작을 대상으로 심사 작업을 맡게 된 2018년도 제42회 이상문학상 심사위원회는 아래와 같이 구성했다.

2018년 제42회 이상문학상 심사위원회

권영민(월간《문학사상》주간)

권택영(문학평론가)

김성곤(문학평론가)

윤후명(소설가)

정과리(문학평론가)

2018년도 이상문학상 심사과정에서 예심을 통과한 작품 가운데 심사위원들이 주목했던 작품은 정찬의 〈새의 시선〉, 조경란의 〈김진희를 몰랐다〉, 배수아의 〈기차가 내 위를 지날 때〉, 손홍규의 〈꿈을 꾸었다고 말했다〉, 이승우의 〈찰스〉, 방현희의 〈내 마지막 공랭식 포르쉐〉, 조해진의 〈파종하는 밤〉, 정지아의 〈존재의 증명〉, 구병모의 〈한 아이에게 온 마을이〉 등이었다.

정찬의 〈새의 시선〉은 역사적 진실에 대한 이해와 사실에 대한 증언의 문제를 새로운 각도에서 논의하고 있다. 1980년대 민주화 운동의 격랑 이후 우리 모두에게 충격을 던져주었던 용산 참사를 보는 각도와 그 희생의 의미를 이해하는 방식을 카메라의 각도와 정지된 사진을 통해 새롭게 제시한다. 이 접근 방식은 사진의 한 장면으로 고정된 역사적 사건의 전후 맥락을 어떤 식으로 설명할 수 있는가 하는 질문을 내

포한다. 이승우의 〈찰스〉는 소품이지만 다문화사회로 진입하고 있는 우리 현실의 한 단면을 이주민들의 일상을 통해 흥미롭게 보여준다. 이승우의 기존 작품들에서 느껴졌던 주제의 무게감보다는 일종의 해학이 깃들어 있었다. 배수아의 〈기차가 내 위를 지나갈 때〉는 단편소설에서 추구하는 여러 가지 소설적 미덕을 갖추고 있다. 할머니의 '여행 가방'이라는 일상적 소재가 서사적 상징물로 작용하고 있는 것도 흥미롭다. 소설의 주인공이 여행 가방 속에 갇혀버리는 것이 아니라 그 여행 가방을 자신도 할머니처럼 끌고 다니게 되는 이야기의 전개가 절묘하다. 하지만 이야기의 결말에서 어린 소녀가 철길에 드러누워 버리는 장면은 지나치게 작위적이라는 생각이 들기도 한다. 조해진의 〈파종하는 밤〉은 이야기의 전개 자체가 지나치게 건조하다는 느낌이 들지만, 작가가 추구하고 있는 이른바 '에코페미니즘'의 입장은 신선하다. 방현희의 〈내 마지막 공랭식 포르쉐〉는 소설적 소재의 모더니티를 적극 활용하면서 인간의식의 집요한 자기도취 또는 자기혐오의 속성을 발견하고자 했다는 점에서 흥미를 끌었다. 정지아의 〈존재의 증명〉은 삶의 표면에 흘러넘치는 이미지의 위력을 통해 현대성의 문제를 흥미롭게 조명한다. 구병모의 〈한 아이에게 온 마을이〉는 남편을 따라 시골 마을에 잠시 머물게 된 임산부의 이야기이다. 여성 주인공과 근대적 인식에서 벗어나지 못하는 주변인의 관계가 긴장감을 자아낸다. 현대인이 품고 있는 삶의 불안과 구습의 인식 양편으로부터 자유롭지 못한 여성의 현실이 문제적으로 제기되고 있다.

최종 후보작의 범위를 좁히는 과정에서 정찬의 〈새의 시선〉, 조경란의 〈김진희를 몰랐다〉, 배수아의 〈기차가 내 위를 지나갈 때〉, 손홍규의

〈꿈을 꾸었다고 말했다〉, 이승우의 〈찰스〉 등이 주로 논의되었다. 그리고 자연스럽게 〈꿈을 꾸었다고 말했다〉와 〈찰스〉에 심사위원들의 관심이 집중되었다. 심도 있는 논의 끝에 심사위원 전원의 추천에 의해 손홍규의 〈꿈을 꾸었다고 말했다〉가 2018년도 제42회 이상문학상 대상으로 결정되었다.

〈꿈을 꾸었다고 말했다〉는 근래에 흔하지 않은 중편소설이다. 이 작품에 담겨진 소설적 주제의 무게와 그 진지한 추구 방식이 심사위원 전원의 지지를 받았다. 소설적 양식의 면에서 이 작품은 장편이 추구하는 서사의 역사성과 단편에서 강조하는 상황성을 절묘하게 조합하고 있다. 그러면서도 중편다운 무게를 잃지 않고 있다. 특히 손홍규가 즐겨 다루었던 리얼리티의 문제에 접근하는 방법이 이 작품에서는 이채로울 정도로 새롭다. 소설의 서사적 진행 방식은 현재에서 과거로 이끌어 가고 있으며, 이 과정에서 경험적 과거가 일종의 환상처럼 처리된다. 그리고 거기서 인간의 마음의 본질을 드러내는 감동적 장면들을 연출한다. 이러한 기법적 고안은 리얼리티에 대한 추구에 집착해온 작가 자신의 새로운 실험이라고 할 수 있다.

이상문학상 심사위원회에서는 대상 수상작과 함께 우수상 수상작으로 다음 작품들을 선정하였다.

구병모, 〈한 아이에게 온 마을이〉
방현희, 〈내 마지막 공랭식 포르쉐〉
정 찬, 〈새의 시선〉
정지아, 〈존재의 증명〉

조해진, 〈파종하는 밤〉

2018년도 이상문학상 대상 수상작 손홍규의 〈꿈을 꾸었다고 말했다〉가 지니고 있는 진지한 소설적 실험과 그 성취가 매년 새해 벽두에 이상문학상을 기다리는 수많은 독자들에게도 폭넓게 전파되리라고 믿는다.

이상문학상의 빛나는 자리에 자신의 이름을 올려놓게 된 손홍규 작가에게 축하를 보낸다. 우수상을 수상하게 된 작가들의 노력에도 찬사와 함께 응원을 보낸다.

심사평

인간의 본질을
꿰뚫어 보고자 하는
참된 주제의식과 소설적 성취
— 권영민 · 월간《문학사상》주간

    2018년 이상문학상 최종 심사 과정에서 가장 먼저 주목한 것은 손홍규의 〈꿈을 꾸었다고 말했다〉였다. 이 작품은 주제의 무게와 그 진지함에서 후한 점수를 받았다. 근래에 흔하지 않은 중편소설로서, 장편이 추구하는 서사의 역사성과 단편에서 강조하는 상황성이 절묘하게 조합된 작품이었다. 중편소설로서의 격식과 무게를 잘 갖추었다는 말이다.

    특히 손홍규가 즐겨 다루었던 리얼리티의 문제에 접근하는 방법이 이 작품에서는 이채로울 정도로 새로웠다. 스토리의 흥미를 생각한다면 독자들은 전체 3부로 구분되어 있는 이 소설의 이야기를 3, 2, 1의 순서에 따라 거꾸로 읽어도 무방하다. 작가는 이 소설의 서사적 진행 방식을 현재에서 과거로 이끌어 가고 있기 때문이다. 이 과정에서 경험적 과거는 기억 속에서 회상되지만 일종의 환상처럼 처리된다. 이러한 기법적 고안은 리얼리티에 대한 추구에 집착해온 작가 자신의 새로운 실험이라고 할 만하다.

이 소설은 서민적 삶에 지쳐버린 한 부부의 이야기가 주된 서사의 흐름을 차지한다. 한때 꿈을 품고 있었던 그들은 자신들을 무너지게 한 세상에 대해 개인적인 보복을 포기한다. 역설적이게도 이러한 태도는 결국 인간으로서의 가치를 인정한다는 뜻이 된다. 인간의 본질과 마음의 구조를 탐색하고 이를 포용하고자 하는 작가적 의도가 이 소설의 참 주제를 만들어내고 있다.

이 작품에서 주제의 무게를 감당하게 만들고 있는 것은 서민들의 삶의 고단함과 삶을 파괴하는 폭력의 문제이다. 폭력은 언제나 잔학하게 인간성을 파괴한다. 우리 사회에는 공권력이라는 이름으로 자행된 제도적 폭력에서부터 약자인 여성에 대한 성폭력, 자녀에 대한 부모의 엄격한 훈육이라는 이름으로 자행되는 가정 폭력 등이 흔하다. 그런데 이 같은 폭력의 고리를 끊어내기 위해서는 보복이나 응징이나 법적 제재만으로는 부족하다. 이 소설에서 작가는 그에 대한 방법으로 인간다움의 회복을 강조한다. 그리고 가해자까지도 용서할 수 있는 가능성을 모색하고자 한다. 참된 의미에서 화해는 결국 피해자가 가해자를 용서하고 포용함으로써 가능해지기 때문이다.

과거 리얼리즘 소설은 정면에서 현실을 치열하고 냉혹하게 비판해야 그 가치를 인정받았다. 그러나 이 작품은 폭력적인 장면을 단편적으로 언급하면서 그런 것을 뛰어넘을 수 있는 인간의 참다운 가치의 실마리를 언급한다. 작품은 두 남녀가 힘든 시기에 만나서 사랑을 확인하는 과정에서 가졌던 순수한 인간의 마음이 어떤 단계를 거쳐 파괴되고 어떤 지경에까지 몰리는지를 보여준다. 이 소설의 힘이 가장 강력하게 발휘되는 부분도 이에 있다 하겠다.

대상의 영예를 안게 된 손홍규 작가에게 다시 한 번 축하를 보낸다.
우리 소설의 건강성을 꿋꿋하게 지켜나가고 있는 우수상 수상 작가들
의 노력에도 격려를 드리고 싶다.

꿈의 언어로
폭력의 기원을 더듬는
실험적인 서술의 힘
— 권택영 · 문학평론가

문학은 언어를 통해 현실을 재현한다. 때로는 꿈의 언어처럼 재현할
수 없는 방법으로.

손홍규의 〈꿈을 꾸었다고 말했다〉는 꿈의 언어로 폭력의 기원을 더
듬는 특이한 서술을 보여준다. 꿈속에서 우리는 느끼고 알지만 말을 하
지 못한다. 상대방에게 마음을 전달하지 못한다. 전통적인 가부장제에
서 남성들은 감정을 억누르며 살아왔고 아내는 참고 견디며 분노를 쌓
는다. 마침내 아버지가 아들을 폭행하고 딸은 가출을 하며 아내는 더
이상 남편에게 음식을 만들어주지 않는다. 한 가정의 붕괴를 통해 폭력
의 기원을 탐색한 이 중편소설은 폭력이 만연한 우리사회를 잘 반영하
고 있다. 대화의 단절과 폭력은 술집의 불한당과 모친상을 당한 청년에
게도 일어나고 병원의 조리업체와 노조에서도 일어나고 남편의 일터
에서도 일어난다. 음식을 잘 만들던 아내에 대한 추억은 가슴에 아련히

남아 있고 여전히 서로를 원하고 있음에도 진실은 가슴속에 묻혀 있을 뿐이다.

작가는 소통의 어려움이라는 주제를 인물의 입장에서 서술하는 독특한 기법으로 재현한다. 맨 처음 도입되는 청년에 관한 서술은 후에 남편의 입장에서 본 폭력에 대한 반성과 구원으로 이어진다. 아내는 치매에 걸린 시어머니가 허상을 보며 말하는 것이 차라리 부럽다. 노인은 꿈과 현실을 구별하지 못하기에 어떤 말이든지 할 수 있기 때문이다. 작가는 인물들이 자기 입장에서만 서술하는 독특한 형식으로 연결고리를 잃은 자아를 암시한다.

방현희의 〈내 마지막 공랭식 포르쉐〉에서도 폭력은 치밀하고 거침없는 묘사를 통해 자아를 향한 파괴적 증오로 나타난다. 한 인간의 성공의 척도가 돈과 섹스에 있을 때 쾌락은 한계를 모른다. 자동차 정비소에서 일하는 주인공은 돈과 여자를 즐기는 친구의 성공을 혐오하면서도 부러워한다. 그가 남긴 것들을 즐기면서도 늘 그에게 복수하고 자신에게서 탈출하고 싶어 한다. 자긍심이 아닌 자아에 대한 증오다. 결국 친구가 교통사고로 죽자 그가 남긴 포르쉐 자동차를 사랑하고 속도와 소리를 즐기면서 현실에서 이탈한다. 방현희는 여성작가이지만 남성적 소재를 능숙하게 다루는 재능을 유감없이 발휘한다.

정지아의 〈존재의 증명〉은 자신이 누구인지 모르는 기억상실자의 이야기이다. 의학적으로 기억을 상실하면 누구인지 모를 뿐 아니라 다른 기억도 정확하지 않기 때문에 이 작품은 일종의 판타지에 속한다. 상품과 기술과학에 종속된 현대 젊은이의 정체성은 우선 CCTV라는 장치에 의해 구성된다. 그리고 어떤 브랜드의 커피를 마시는가, 어떤 아파트의 몇 층에 사는가, 사용하는 물품의 라벨은 어떤 것인가에 의해 그가 누구인가가 증명된다. 커피, 소파, 집 안의 가구, 침대 등 물질이 자아를 형성한다. 인종, 전통, 지식, 그리고 개인의 의지가 아니라 상표를 선택하는 취향에 의해 존재가 증명되는 시대이다. 이러한 고급 브랜드에 열광하는 상품 사회를 깔끔하게 풍자한 작품이다.

정찬의 〈새의 시선〉은 '개인의 기억이나 증언이 허구적인 사회에서 우리는 객관적 진리를 어디에서 찾을 것인가'에 대한 물음이다. 작가는 자연의 감각을 대안으로 제시한다. 새의 시선은 조망이다. 소설 쓰기에서 조망은 저자가 객관적으로 위에서 내려다보며 진실을 재현하는 사실주의 기법이다. 이제 사회 곳곳에서 일어나는 분쟁과 갈등을 정확히 전달하는 수단이 언어보다 사진이라고 믿는 사진작가는 그의 시도가 좌절되자 자살을 택한다. 그가 얻으려 했던 조망은 저자의 언어가 아니라 자연의 소리요 감각으로서 새의 시선이었다.

구병모의 〈한 아이에게 온 마을이〉는 페미니즘 운동 이후 여성의 자아성취를 그린 작품이다. 여주인공은 결혼과 출산, 그리고 남편의 불안정한 직업으로 자아를 성취하지 못한다. 학생 수가 줄어든 시골의 초등학교로 갑자기 발령이 난 남편을 따라 이사한 그녀는 시골 마을 사람들이 요구하는 낯선 문화에 부딪친다. 전통 문화를 고수하는 그곳은 여전히 남아 선호 사상, 지나친 간섭과 편견 등 사생활을 인정하지 않는 사회이다. 남편은 관습에 적응하려 애쓰지만 그녀는 결국 시골 생활을 포기하고 다시 도시 생활을 선택한다. 도시의 익명성도 시골의 지나친 친밀함도 그녀에게는 자아성취의 기쁨을 주지 못한다.

조해진의 〈파종하는 밤〉은 장래가 촉망되는 예술가 부부가 결혼을 했으나 남편은 경제적 어려움으로, 여자는 육아로 예술가로서의 꿈을 펼치지 못하는 내용을 담고 있다. 수은 중독으로 죽은 산업재해 피해자를 다큐멘터리로 제작하려 했으나 무산되는 과정을 통해 젊은이의 고뇌를 세심하게 그려낸 작품이다.

좌절과 상실과 실패를 은유적으로 천착한 주목할 만한 작품
— 김성곤 · 문학평론가

대상 후보로 올라온 작가들은 사실 대부분 이미 이상문학상을 수상했어야만 하는 저명한 작가들이었다. 그만큼 이번에는 후보 작가들의 명성이 두드러졌고 면모가 화려했다. 그래서 그중 어느 한 작가를 대상 수상자로 고른다는 것은 애초에 불가능한 일이었다. 또한 대상, 우수상의 구별이 필요 없는 모두가 대상인 훌륭한 작품들이며, 모두가 시대적 글쓰기의 가치를 충분히 지녔다. 작품의 수준도 서로 비등했다는 말이다.

그렇다면 대상을 선정하는 마지막 방법은 소품인가, 아니면 길이가 길고 규모가 큰가, 또는 경쾌하고 가벼운가, 아니면 무겁고 중후한가를 보는 것이었다. 그러자 한 작품이 두드러졌는데, 그게 바로 손홍규의 〈꿈을 꾸었다고 말했다〉였다. 이 작품의 가장 현저한 특색은 사변적이고 무거운 주제를 중편 분량으로 다루고 있어 중후하게 느껴진다는 점이다.

손홍규의 〈꿈을 꾸었다고 말했다〉는 실패한 인간들의 상실감과 어두운 과거를 다루고 있는 소설이다. 불한당들이 모여 있는 술집에 검은 상복을 입고 상장을 팔에 찬 젊은이가 등장한다. 그 청년의 모습에서 불한당들은 자신들이 이루지 못한 젊은 시절의 자기 이미지와 자기들이 상실한 것의 상징을 본다. 그들은 그 청년의 이미지가 자기들의 내부에서 그동안 같이 나이 들어온 자신들의 또 다른 모습이라는 사실을 깨닫는다. 불한당들은 젊었을 때 몸에 새긴 용의 문신을 지우려고 하지만, 잘 지워지지 않고 아직도 피부에 흔적이 남아 있다. 어두운 과거는 쉽게 사라지지 않는 법이다.

그 청년을 바라보는 술집의 사람들 중에는 나이 든 사람도 있어서, 작품은 이제 그의 회상으로 옮겨간다. 그 역시 상실과 실패의 삶을 살고 있는 사람이다. 그의 아내는 더 이상 그를 위해 요리하기를 거부한 채, 직장의 근로자 농성 장소에 나가고 있으며, 가출한 딸은 전화도 없고, 아들은 지금 어디에 있는지도 모른다. 한때는 그에게도 꿈이 있었지만, 그게 불가능해진 지금 그는 더 이상 꿈을 갖지 않으려고 애쓰게 되었다. 그는 그러한 암울한 상황에서 만일 과거를 추억으로 바꾸지 않는다면, 과거는 자칫 악몽이 될 수도 있다는 사실을 깨닫는다.

후반부부터는 그의 아내의 시각으로 소설의 구도가 넘어간다. 그러면서 꿈을 상실하고 스스로를 유폐시켰던 수많은 이 땅의 여성들 이야기로 이동한다. 이 마지막 에피소드는, 집에서는 실패자인 남편에게 시달리고, 밖에서는 직장 상사에게 성희롱 당하는 이 땅의 많은 여성들이 상실한 것이 과연 무엇인가를 심도 있게 탐색하고 있다.

손홍규의 〈꿈을 꾸었다고 말했다〉는 이 땅의 젊은 세대와 나이 든 세

대, 그리고 여성들이 겪고 있는 좌절과 상실과 실패를 은유적으로 천착
한 주목할 만한 작품이다. 이 작품은 우리가 어두운 과거에만 매달리지
말고, 지난날의 잘못을 극복하고 하루속히 미래의 꿈을 되찾아야 한다
고 시사한다. 그런 의미에서 이 작품은 이 암울한 시대의 풍경을 잘 그
려내고 있는 중요한 작품으로 생각되어, 이상문학상 대상 수상작으로
선정하는 데 다른 심사위원들과 뜻을 같이한다.

믿을 수 있고, 미래에의 희망을 품을 수 있는 소설
— 윤후명 · 소설가

새해를 이 작품들과 함께 여는 마음이 결코 가볍지 않다. 기대와 우
려가 오간다. 나 역시 한국문학을 붙들고 여기까지 왔기에 운명을 같이
하고 있는 것이다. 근래 우리 소설이 나침반을 잃고 헤매고 있는 것 같
아 더욱 안타까울 뿐이다. 책을 읽지 않는다니, 이를 어쩐단 말인가. 이
때 '온고지신'이나 '초심'이라는 말을 생각하지 않을 수 없다. 한국문학
은 이 기초를 잃지 않았는가? 나침반이란 초심이 아닌가? 소설이란 인
문학이며, 인문학은 인간학, 인류학이기도 한데, 이 기본적인 나침반은
어느 너울에 심연으로 빠져들고 말았는가?

하지만 악천후에 배를 몰고 가는 훌륭한 작가들이 여전히 우리 소설
을 지키고 있었다. 이들을 한 번이라도 만나보려고 지난해에도 나는 얼

마나 먼 험로를 거쳐 왔는가. 이미 기울어진 운동장을 걷는 듯한 절망감이 엄습할 때도 있었다. 그러나 우리의 말과 글이 있는 한 소설은 우리 삶의 체계를 지키는 최소의, 최대의 피라미드 같은 구조물이라는 점에서 희망을 버리지 않을 수 있었다. 그리고 요즘에는 보기 힘든 '중편'을 써준 손홍규를 만난다.

먼저, 〈꿈을 꾸었다고 말했다〉는 감각적인 제목에, 집요한 필력이 돋보였다. 이런 힘이 아직은 우리 소설에 있기에 우리는 소설을 믿을 수 있고, 미래에의 희망을 품을 수 있는 것이다. 결코 쉽지 않은 구도를 끝까지 밀고 나간 작가정신에 경탄했다.

말했다시피 책을 잘 읽지 않는다는 것은 '온고지신'을 버렸다는 말에 다름 아니다. 소설읽기와 쓰기의 요체가 상대적인 값매김일 텐데 이 잣대를 잃고서야 정처 없이 떠도는 길이라 하지 않을 수 없기 때문이다. 그러면서도 혼잣소리의 글들을 고집하고 있다. 당연히 공부가 있을 리 없다.

손홍규는 그것을 알고 있다. 그의 소설이 무엇을 상징하든 바탕의 건강성이 믿음직스러워서 우려를 잠재운다. 아름다움을 지향하는 마음도 충분히 옮겨온다.

그리고 새롭게 부각한 방현희의 색다른 문법도 눈여겨보았다. 한국 소설은 이렇게도 씌어질 수 있는가, 생각을 던지고 있었다. 구병모, 정지아, 정찬, 조해진에게도 신뢰를 보낸다. 다들 고마웠다.

세계문학의 우주로
솟아오를 그날을
기대하게 하는 작품
— 정과리 · 문학평론가

지금 한국문학은 심각한 시련에 직면해 있다. 21세기 들어 가속화된 세계화의 격랑은 한국문학도 예외 없이 쓸어가 버렸다. 그동안 자국어의 보호 하에 안정된 생장을 도모해온 한국문학은 이제 세계문학이라는 난바다에서 다른 문학들과 치열한 경쟁관계에 놓이게 되었다. 이 새로운 판도 내에서 다른 언어 문학들과의 호환성을 여하히 갖출 수 있을 것인가도 과제이지만 오로지 문체와 구성만으로 측정될 문학적 품격을 살피는 것도 한국문학이 당면한 문제이다. 간단히 말해 모든 나라의 모든 문학들을 '순수텍스트들'로 환원해볼 경우, 한국문학은 이 집합 내에서 경쟁력을 가지고 있는가?

어쨌든 현재 드러난 사정으로만 보자면 대답은 가혹하게도 부정적이다. 대중문학의 수준에서건 본격문학의 수준에서건 한국문학은 지금 활기를 잃어가고 있으며, 더욱이 독서 인구의 절대적인 부족이라는 열악한 저변의 탓으로 한국문학은 절박한 생존의 위기로 내몰리고 있는 듯하다. 이런 상황을 어떻게 돌파할 것인가?

단도직입적으로 방금 언급한 두 가지 조건에 대해 적극적으로 응전하는 것 외에 다른 대안이 있을 수가 없다. 그리고 그것은 작가들에게 닥친 홍두깨이기도 하지만, 한국문학이 존속할 가치가 있다고 믿는 모든 애호가들이 협심해 넘어서야 할 태산이기도 하다. 나는 오늘의 문학상이 이러한 도전에 일말의 기여를 할 때 의미를 가진다고 생각한다.

손홍규의 〈꿈을 꾸었다고 말했다〉는 한국문학의 주된 관습에서 출발하여 그것을 현대적 취향으로 변형시키는 데서 특장을 발휘하고 있다. 주된 관습이라는 것은 사회적 인식에 기반한 리얼리즘을 가리킨다. 1990년 이후의 지배적 지위에 놓인 한국 소설들이 이 바탕으로부터 떠나 있었다는 점을 유념한다면 손홍규의 소설은 현재의 상태를 뚫고 나가고자 하는 의욕적인 도전이라고 할 수 있을 것이다. 그러나 그의 소설은 종래의 리얼리즘으로 돌아가지는 않는다. 오히려 그는 한국 현실에 근거하면서도 젊은 세대의 취향답게 리얼리티를 판타지로 변용시키는 데에서 그의 소설적 변별성을 획득한다. 그럼으로써 현실은 감각적으로 확장되고 주제적으로 보편화된다. '지금, 이곳'의 경계를 넘어서 큰 폭의 삶의 풍경으로 변화하는 것, 요컨대 현실은 하나의 설화로 변형되는 것이다.

이와 같은 방식이 손홍규에게서만 드러나는 것은 아니다. 독자는 이미 전성태의 소설에서 선편적인 예를 볼 수 있는데, 다만 전성태에게서 설화가 현실을 감싸는 넉넉한 이불이 되어 준다면 손홍규에게서 현실과 설화는 강박적으로 교대하는 상관물로 작동한다. 이러한 방식이 겨냥하는 것은 무엇인가? 소설 속의 한 대목, "자네들이 하지 못한 일을 아이가 할 수 있도록 기회를 주었고 자네들이 저질렀던 실수를 아이가 되풀이하지 않도록 조언해주었어"라는 말이 가리키듯이 현실의 경계를 벗어남으로써 포괄적인 이해와 재조정을 위한 조망이 가능해지기 때문이다. 그것이 이 소설의 장점이라면 또한 작가가 신중히 점검해보아야 할 문제 역시 있다. 현실을 판타지로 변형시키는 순간 추상화와 일반화가 일어난다면 그것은 어쩌면 현실에 대해 미리 주어진 이해의 틀을 고정시키는 결과가 될 수 있다. 그런데 가장 엄밀한 리얼리즘은, 일찍이 플로베르가 보여주었던 것처럼, 현실의 세목들을 몽땅 질문과 탐색의 자원으로 만드는 것이 아닌가? 해석이 전제된 리얼리즘은 거꾸로 관념주의가 될 수 있다.

작가 손홍규는 아마 이 새로운 사실주의적 판타지의 양면을 두고 오랫동안 고심해야 할 것이다. 여하튼 이번의 수상이 손홍규의 소설을 세계문학의 우주로 솟아오르게 하는 고강도의 탄성판으로 작용하기를 바라는 마음으로 뜨거운 박수를 보낸다.

몰두하면 사랑하게 된다

화정도서관에 왔다. 홍규 선배의 수상 소식을 듣고.

3층 종합자료실 창가를 따라 긴 책상이 생겼는데 거기 앉으니 겨울 밭이 보인다. 마른 깻단 사이로 고무 함지가 엎어져 있고 그 위로 커다란 돌들이 올려져 있다. 겨울나무와 낮은 산들이 밭을 감싸고 있는 걸 바라보고 있으니 땅이 지금 쉬고 있다는 걸 금방 알겠다.

등단 무렵인 십 년 전쯤 화정도서관 앞에서 홍규 선배를 만난 적이 있다. 같은 동네에 살아서 선배 책이 나오거나 하면 가끔 봤는데 그때마다 홍규 선배는 '밤새 소설을 쓴 얼굴'로 나타났다. 밤새 일기를 쓴 얼굴도 아니고 밤새 편지를 쓴 얼굴도 아니고 밤새 영화를 보거나 술을 먹거나 시를 쓴 얼굴이 아니라 밤새 소설을 쓴 얼굴.

도서관 앞에서 잠깐 봤던 걸 보면 무언가를 전해받거나 전해주려고 본 것 같은데 그게 무엇인지는 기억이 나지 않는다. 다만 선배가 소설 잘 쓰라는 취지의 짧은 인사를 하고는 (그것 말고 또 어떤 인사가 필요할까) 찬바람을 일으키며 일어나 도서관 앞의 짧은 횡단보도를 (빨간불인데도) 휘적휘적 건너가던 뒷모습만은 선명하다. 홍규 선배에 대한 글을 쓰기 위해 홍규 선배에 대한 생각을 하려고 화정도서관에 온 걸 보면 그 모습이 인상 깊게 남아 있었나 보다. 왜일까.

견지동에서 직장 생활을 하고 있을 때 홍규 선배가 사무실에 들른 적이 있다. 선배의 첫 단편소설집과 첫 장편소설을 들고서였다. 석유 곤로 위에 물 주전자를 올려놓고 있던 오래된 사무실이었다. 사무실로 들어온 선배는 '이런 데서 일하는구나' 혹은 '여기가 니가 일하는 데구나' 같은 표정으로 텅 빈 사무실을 잠깐 살피고는 회의 탁자에 손님처럼 앉아 나에게 책을 건네주었다. 지금 책을 다시 펼쳐보니 단편집인《사람의 신화》의 면지에는 2005년이라는 사인이, 장편소설인《귀신의 시대》의 면지에는 2007년이라는 사인이 되어 있다. 2년의 시차가 있는데도 나에게 그날은 홍규 선배가 책 두 권을 연이어 내고는 그걸 한꺼번에 전해줬던 어마어마한 날로 기억되어 있다.

그 두 책을 사무실 책꽂이에 오래 꽂아두었다. 책등을 보고 있으면 그 책을 건네줄 때 홍규 선배한테서 느껴지던 상기된 느낌들이 떠올랐다. 소설이 아니고서는 안 되는 어떤 것을 품고 있는 사람이, 역시 소설이 아니고서는 안 되는 어떤 것을 품고 있는 사람에게 책을 건네주던 마음. 오랫동안 써온 소설을 실물로 묶어냈다는 것이 어떤 의미인지를 아는 후배에게 책을 건네주려고 들렀던 선배의 그 마음이 그대로 읽혀졌다.

회식을 하고 술을 좀 먹고 난 날이면 종로구청 계단에 앉아서 가끔 홍규 선배한테 전화를 했던 것 같다. 직장만 그만두면 바로 등단도 하고 엄청난 소설을 쓸 수 있을 것 같은데 내가 여길 계속 다녀야 되냐, 그런 류의 하소연이었을 것이다. 그러면 홍규 선배는 뭐라고 뭐라고 한참 이런저런 얘기를 했는데 도움이 되는 얘기는 아니었다. 원하는 대답을 해준 적이 한 번도 없었던 것 같다. 자기만 소설가로 잘 살겠단 얘기지. 어느 해 봄에 나는 정말로 소설을 쓰겠다는 목적 하나로 직장을 그만두었는데 홍규 선배한테 사표 낸 얘길 했더니 선배가 흠칫 놀랐던 기억이 난다. 역시, 내 생각이 맞았어. 내가 곧 기막힌 소설을 쓸 게 분명하니 위기감을 느낀 거야.

홍규 선배를 처음 본 건 1996년 3월이었다. 동아리에 가입하려고 학생회관 3층으로 간 게 입학식 며칠 뒤였으니 3월 초였을 것이다. 동아리방 문을 열자 남자 선배 두 명이 소파에 앉아 담배를 피우고 있었다. 둘 다 인상과 덩치가 비슷했는데 그중 한 명이 홍규 선배였다. 새내기가 왔다며 반기는 순간에도 두 선배는 꽁초가 수북한 재떨이에 연신 가래를 끌어올려 뱉었는데 '문학 하는 선배들'에 대한 환상을 품고 강원도에서 막 서울로 온 내가 그날 받았던 충격은 꽤 컸다. 나는 그날 분명 그곳이 오래 있을 곳이 못 된다는 생각을 했고 그 뒤에도 그런 생각이 든 순간이 여러 차례 있었는데도 그곳은 내가 대학 1, 2학년 동안 가장 자주 드나든 곳이 되었다.

첫날과 다르게 막상 낮 시간엔 문학회에서 홍규 선배를 보기가 힘들었다. 선배는 어쩌다가 나타나 설렁설렁 웃고, 실없는 농담을 하고, 짙은 전라도 사투리에 한 문장에 서너 번은 거시기라는 대명사를 섞어 쓰고, 96학번을 아가들 보듯 하는 93학번 선배일 뿐이었다.

그렇게 가끔만 보이는데도 홍규 선배는 문학회에서 살고 있다는 느낌을 주는 선배였다. 실제로 문학회에서 거의 살았던 것도 같다. 아침에 동아리방에 들르면 소파에서 부스스한 머리로 일어나고 있는 홍규 선배를 볼 수 있었다. 전해에 문학회 회장을 할 때의 일화들이 심심치 않게 떠돌아다니기도 했다. 기타를 붙들고 조관우의 늪만 그렇게 불렀다는 얘기, 어떤 소설을 쓰기 위해 지게에 대한 역사만 며칠 동안 팠다는 얘기 같은 것들이었다.

홍규 선배가 전문연 6기 의장을 맡으면서 한총련 일을 하느라 거의 외부에 가 있었다는 건 3월이 지나서 알게 되었다. 그래도 소설 합평회 때는 꼭 나타났다. 내가 소설분과 일을 맡고 나서는 합평회 날에 소설이 없으면 그냥 내 소설을 복사해서 내놓곤 했는데 그러면 선배는 이번 주도 또 니 소설이냐, 하면서도 집중해서 소설을 읽어주었다. 내 소설도 내놓지 못하는 때가 되면 홍규 선배한테 손을 벌렸다. 선배, 이번 주 합평회에 소설 좀. 홍규 선배의 소설은 별로 재미가 없었지만 소설에 대해 하는 말들은 깜짝 놀랄 만큼 재미있었다. 홍규 선배가 합평회에 있는 날은 괜히 든든했고 홍규 선배가 없으면 심심했다.

총학생회장 출신의 80년대 학번 문학회 선배들이 크고 작은 행사 뒤풀이 때면 여전히 동아리에 자주 들렀다. 96년은 90년대 초반 학번 선배들이 막 복학을 하기 시작한 해이기도 했다. 다른 동아리의 90년대 중반 학번 집행부들이 선배들과 겨뤄가며 여러 면에서 변화를 꾀하고 있을 때도 문학회는 그 이전 세대의 문화가 어느 곳보다 짙게 남아 강하게 유지되고 있는 곳이었다. 96학번은 여러 풍랑을 몸으로 겪었던 거의 마지막 학번이었던 것 같은데 우리 학번과 너무 가깝지도 멀지도 않은 곳에 홍규 선배가 있었다.

홍규 선배가 그 시기를 어떤 생각을 가지고 어떻게 통과해갔는지 얘기를 나누어본 적은 없다. 노수석의 죽음을 빼고, 한여름의 연세대를 빼고 96년을 돌아보긴 힘들다. 그 이후에 우리를 덮쳐 왔던 엄청난 좌절감에 대해서, 홍규 선배한테 또한 그해가 얼마나 중요했는지에 대해서, 선배가 그때를 쓰려고 했고 써왔다는 것에 대해서 선배의 소설을 통해 알 뿐이다.

'그는 어떻게 목격의 고통을 견뎠을까.'[1]

소설분과 일이 끝나고부터 나는 문학회에 자주 나가지 않았다. 홍규 선배는 연대 항쟁 이후 수배를 당하다 구속이 되었고 출소 후에는 군대를 갔다. 한동안 못 보던 선배를 오랜만에 보게 된 건 선배가 우리 동네에서 군 생활을 하고 있을 때였다. 따뜻한 전라도에서 살던 선배가 세상 추운 우리 동네에서 군 생활을 하고 있다고 해서 동네 산책하는 마음으로 면회를 갔는데 동송 우리 집에서 선배가 있던 와수리 3사단까지는 같은 철원이라도 생각보다 거리가 꽤 됐다.

방학이라 집에 가 있었을 때였고 신춘문예 당선 소설들이 실린 신문들과 출간된 지 얼마 안 된 한강의 《검은 사슴》을 들고 갔던 걸 보면 99년 초쯤이 아니었나 싶다. 그땐 남동생들도 군대에 가기 전이라 누군가를 면회 간 게 처음이었다. 홍규 선배는 너무도 너무도 소설 얘기를 하고 싶어 했다. 내가 어떤 소설을 쓰고 있는지, 어떤 소설을 읽고 있는지부터 자신이 구상 중인 소설 얘기, 전역을 하면 어떤 소설을 쓸 것인지까지, 온통 소설 생각으로 꽉 차 있었다. 그리고 노래를 오래 부르고 싶어 했다. 선배가 노래를 부르기 시작한 지 40분이 지나고부터 나는 노래방 기계의 남은 시간을 보기 시작했는

---

1) 손홍규, 〈마르께스주의자의 사전〉, 《톰은 톰과 잤다》, 문학과지성사, 2012.

데 시간이 다 되면 주인이 10분을 더 넣어주고, 10분이 지나면 다시 10분을 더 넣어주고, 또 10분을 넣어주고. 그때 정말 힘들었다.

군인이란 대체 뭘까. 나무만큼이나 내내 봐온 게 군인들이었지만 그들을 개인으로 보게 되고 그들의 머릿속을 생각해보게 된 건 홍규 선배 면회 이후였던 것 같다.

선배는 학교 졸업 무렵 등단을 했다. 내가 막 직장 생활을 시작했을 때였다.

사무실 책꽂이에 꽂혀 있던 선배의 책들을 펼쳐 간간이 작가의 말을 찾아 읽었다. 첫 소설집을 낸 10년 뒤에 선배는 산문집을 하나 냈다. 메르스가 막 돌기 시작하던 무렵이었는데 아이와 둘이 집에 있다가 화정 시내의 이디야커피에서 선배를 만났다. 엄마 닮았나 보구나. 마스크를 하고 옆에 앉아 책을 보고 있는 아이에게 선배가 말했다. 그러면서 아직 한참 어린 선배 아이의 밥투정에 대해서 이런 저런 얘기를 했던 것 같다. 홍규 선배 아이의 이름은 손지다. 사진으로만 봤지만 나는 그 아이가 얼마나 예쁜지 알고 있다. 놀라울 정도로 예쁘다. 아이를 낳은 뒤 홍규 선배는 새해 인사 문자에 이런 말을 쓰기도 한다. '단단하고 예쁜 글 많이 써라.' 아이의 눈을 보다 보면 예쁜 글이라는 말의 의미를 알게 된다. 나는 오랫동안 예쁜 글을 쓰지 못했다. 하지만 홍규 선배는 내내 예쁜 글을 써왔던 것 같다. 선배의 글을 읽다 보면 선배가 오래전부터 어떤 흔들림도 없이 사람을 믿어왔다는 생각이 든다. 안 지 오래되었지만 소설을 읽을 때마다 홍규 선배를 새롭게 알아가는 것 같은 느낌도 여전하다. 대학 때는 재미가 없었는데, 이제 나는 홍규 선배의 문장들을 밑줄을 그으면서 읽는다. 이렇게 깊은 시선과 문장을 가지게 되기까지 그간의 시간들을 짐작해보면서.

《다정한 편견》이라는 제목의 산문집을 건네주고 선배는 덕양구청 쪽으로 휘적휘적 걸어갔다. 예전에 화정도서관에서처럼. 그러고 보면 지난 이십 년간 나는 어딘가로 바삐 걸어가는 홍규 선배의 뒷모습을 짧게 짧게 계속 봐왔던 것 같다. 선배는 사람들 앞에서는 늘 뜨거운 쪽이었지만 혼자 반대쪽 지하도로 내려가거나 횡단보도를 건너는 뒷모습에서는 차갑게 응축된 무엇인가가 느껴졌다. 무섭도록 읽고, 묵묵히 써온 시간들은 어쩌면 그 뒷모습 어디쯤에 고여 있는지도 모르겠다.

'몰두하면 사랑하게 된다.' 산문집에 있는 그 말을 읽으며 문학회방을 생각했다. '사람의 재능이란 무언가에 골몰할 수 있음을 뜻하는' 거라면 그때 우리는 얼마나 재능이 폭발했었는지. 손홍규 소설의 시원이 노령산맥이라면(김형중) 손홍규 소설의 가슴은 그 문학회방이 아닐까. 거기서 시작된 '우리의 사연은 이렇다'.

'소설은 온기가 남은 아궁이와 같아 그 앞에 쭈그리고 앉은 사람은 언제나 손바닥을 앞을 향해 내보인다. 손바닥에 와 닿아 일렁이는 부드러움. 사람의 숨결이다.'[2]

---

2) 손홍규, 작가의 말,《그 남자의 가출》, 창비, 2015.

선배, 와수리 3사단 앞에서 했던 얘기를 기억하는지. 그때 쓰고 싶다고 했던 그 소설, 선배가 언젠가는 꼭 쓸 거라고 했던 그 소설, 그 소설을 아직 쓰지 않았다는 거 압니다. 어쩌면 완성을 못했을 뿐 그때부터 지금까지 계속 쓰고 있다는 것도 압니다. 기다릴게요. 선배가 그 소설을 책으로 묶어 건네줄 날을. 누구보다 기쁜 마음으로 축하를 전합니다.

이 상 문 학 상

작품론
〈꿈을 꾸었다고 말했다〉와
손홍규의 작품세계
김형중 • 문학평론가
죽음이 다녀간 후

1. 손홍규의 변모 과정

출처가 다른 세 문장을 인용하면서 이야기를 시작해보자.

- "나는 마르께스주의자야."
- 언제부턴가 그는 그렇게 집으로 가출해버렸다.
- 그러고 보면 얼마나 많은 사람들이 수치 속에 죽어 갔을까.

위 문장들은 손홍규의 소설이 거쳐 온 몇 단계의 변모 과정을 압축적으로 요약한다. 세 번째 문장에 대해서는 말을 좀 아껴두고, 우선 첫번째 문장과 두 번째 문장이 원론적인 견지에서 모순된다는 점은 지적할 필요가 있어 보인다. 두 문장은 다른 세계에서 나온 문장들이다.

2. 마술적 세계를 향한 가출

초창기 손홍규의 소설들에서 마치 전설이나 신화 속에서 방금 걸어 나온 듯한 인물들을 만나는 것이 어려운 일은 아니었으니, 〈마르께스주의자의 사전〉(《톰은 톰과 잤다》, 문학과지성사, 2012, p. 77)에서 따온 "나는 마르께스주의자야"라는 문장에 거짓은 없어 보인다. 누구는 사진 속 죽은 할아버지와 대화했고, 누구는 이무기와 끼니를 나누기도 했으며, 뱀이나 소 같은 신성한 동물들과 인간의 경계가 (상징적으로가 아니라 생물학적으로) 모호해지는 일도 다반사였다. 게다가 마르케스가 《백년 동안의 고독》에서 그랬듯, 손홍규는 한국 현대사의 중요하고도 비극적인 장면들을 잘 고안된 마술적 세계 안에 알레고리의 형식으로 녹여내는 데 탁월한 수완을 보여주기도 했다. 그리고 그런 경향은 대강 《이슬람 정육점》(문학과지성사, 2012)을 발표하던 때까지 이어졌다.

그런데 얼마간의 논란을 무릅쓰고 말한다면, 마술적 리얼리즘이란 '가출이 곧 귀향'인 서사다. 이 말은 라틴 아메리카를 국적으로 갖는 마술적 리얼리즘이 본질에 있어서는 서구적 의미의 '소설'과 크게 다를 바 없다는 말이기도 한데, 소설의 이론에 초석을 놓았다는 루카치Lukács가 이 장르를 이미 '선험적 고향 상실성의 장르'라 정의한 바 있기 때문이다. 고향을 상실한 자는 가출한 자이고, 가출한 자는 항상 지금 살고 있는 곳을 임시적인 거처라 여기며 본원적인 고향으로의 귀향을 꿈꾼다. 귀향의 꿈, 마술적 리얼리즘도 같은 꿈을 꾼다. 실은 더 노골적으로 꾼다.

마술적인 세계는 대체로 우리 뒤에 혹은 이전에 있어서, 그것을 재현하거나 그리움의 대상으로 삼고자 한다면 우리는 우리가 살고 있는 '지금—여기'의 세계로부터 가출해야 한다. 그러고는 미인이 산 채로 승천하고 아버지가 죽는 날 하늘에서 꽃비가 내리는 세계 속으로 '돌아가야' 한다. 아직 마술의 위력이 사라지지 않은 시대가 지금의 현실 속으로 호출되지 않는 한 마술적 리얼리즘은 불가능하다. 그러니까 각박하고 살벌한 현실의 집으로부터 가출해서 어딘가

있다고 가정된 마술적 세계(본원적 고향)로 돌아가려는 욕망이 마술
적 리얼리즘의 근저에 놓여 있다. 루카치에게 그랬듯, 마르케스에게
도 가출은 귀향이다.

고향에 대한 믿음이 있으므로 그곳에서 이야기는 활력을 얻고 상
승의 리듬을 탄다. 왜냐하면 마술이 가능한 세계에서는 인간과 자
연이 조응하고, 개연성은 얼마간 무시되어도 비난받지 않으며, 설사
돼지꼬리 기형과 함께 비극적 종말을 맞게 되는 한 가문의 이야기
일지라도 신화적인 위엄과 숭고의 아우라Aura를 뿜어내기 때문이
다. 손홍규의 초기 소설들이 보여준 놀라운 활력은 이렇게 '가출 =
귀향'이라는 등식 속에서 설명이 가능하다. 그는 마술적 세계를 고
향으로 여기며 그곳을 찾아 가출하는 일이 잦았다.

3. 죽음을 향해 미리 달려간 자의 비장소

손홍규 소설의 두 번째 시기를 요약하는 "언제부턴가 그는 그렇게
집으로 가출해버렸다"라는 문장은 〈그 남자의 가출기〉(《그 남자의 가
출》, 창비, 2015, p. 57)에서 따왔다. 이 문장은 그 자체로 역설적이면서
동시에 초기 손홍규의 소설 세계와 모순된다. '가출'이란 말이 이미
집을 나간다는 의미를 가지고 있으므로, 저 문장을 축자적으로 해석
하면 '그는 그렇게 집을 향해 집을 나가버렸다'가 된다. 동어 반복이
다. 그런데도 누군가가 굳이 이런 문장을 사용했다면 거기에는 대체
로 '집을 명실상부한 집으로 여기지는 않은 채로 돌아갔다' 혹은 '돌
아가야 할 본원적인 고향을 찾지 못한 채 마지못해 돌아왔으나 여전
히 집을 집으로 여기지는 못했다' 정도의 의미로 읽어야 한다. 그렇

게 항상적인 가출 상태를 살아가는 자의 발화법이 저 문장에 묘한 아이러니를 부여한다. 저 문장의 발화자는 집에 도착했음에도 불구하고 귀향에는 실패한 자다. 여행은 시작했으나 길이 끝나버렸으므로, 돌아가야 하고 또 돌아갈 수도 있는 마술적 세계는 실은 지상 어디에도 존재하지 않는 장소, 곧 비장소(Utopia)로 판명 난다.

직전의 소설집《그 남자의 가출》에 실린 대부분의 작품들이 집에 안착하지 못한 채 어딘가를 끊임없이 배회하는 자들을 주인공으로 삼고 있다는 점은 그러므로 의미심장하다. 특히 표제작〈그 남자의 가출기〉에서 늙은 주인공의 입 밖으로 신음처럼 흘러나오던 다음과 같은 독백들은 초기 손홍규의 주인공들이 감행했던 가출이 총체적인 실패로 귀결되었음에 대한 고백으로조차 읽힌다.

그는 구시장 사거리에서 다리를 건너자마자 충동적으로 핸들을 왼쪽으로 꺾었다. 마침 좌회전 신호이기도 했지만 물리치료를 받기 위해 매일 오가던 길에 갑자기 알 수 없는 분노가 생겨서이기도 했다. 그러나 새로운 길이란 없었다……. 제아무리 멀고 먼 길을 택한다 해도 집으로 돌아가야만 한다면 어느 길이나 마찬가지임을 천변 도로를 따라 달리며 그는 깨달았다.(p. 36)

예순셋, 어머니가 세상을 떠난 나이에 이르러서야 처음으로 맞닥뜨린 질문이었다. 나는 뭐지.(p. 42)

어디든 그가 머물 만한 곳이었으나 마찬가지로 어디든 그가 머물지 않아도 상관없는 곳이었다.(p. 44)

"대파를 심었는데 양파가 났어. ……대체 무얼 심었기에 내가 된

걸까."(p. 54)

　모든 곳이 머물러도 좋고 머물지 않아도 좋은 곳이라면 가출은
실패했다. 왜냐하면 제대로 된 가출이란 본래 머물지 않을 수 없는
곳, 애초에 머물도록 운명 지워진 곳을 목적지로 삼는 법이기 때문
이다. 마찬가지 이유로 그는 또한 기원을 부인당한 자가 된다. 가출
의 목적지는 대체로 존재의 기원일 수밖에 없는데, 자신이 기대했고
실현하려 했던 기원(대파)이 애초부터 가짜(양파)였음이 입증되었기
때문이다. 삶은 그가 전혀 원하지 않던 곳으로 그를 데려다 놓았다.
그리하여 예순셋, 어머니가 세상을 떠난 나이에 이르러서야 저 늙은
주인공은 처음으로 "나는 뭐지"라는 질문에 맞닥뜨린다. 63년 동안
대파를 기원으로 대파의 잠재성을 실현하려 대파로서의 삶을 살았
는데, 만년에 돌아본 자신의 정체가 그 기원부터 양파였으니, 그의
삶은 총체적으로 실패이고 오류이다.
　다른 방도는 없어 보인다. 그는 오랜 가출을 포기하고 집으로 돌아
가야 한다. 새로운 길이란 없다. 제아무리 멀고 먼 길을 택한다 해도
집으로 돌아가야만 한다. 단, 그 집 또한 돌아가야 할 곳은 아니라는
체념 속에서, 느릿느릿 하강의 리듬으로 돌아가야 한다. 말하자면 자
신이 속해 있다고 믿었던 마술적 세계를 떠나 남루하고 누추한 현실
의 집으로 가출해야 한다. 정동情動의 강도 '0' 상태로 수렴해 간다고
해도 과언이 아닐 정도로 우울에 깊이 침윤당한 손홍규의 근작 소설
들은 이렇게 '귀향＝가출'이라는 등식으로 설명이 가능하다.
　논리적으로 설득하기는 어렵겠지만, 이런 삼단논법도 성립할 수 있

겠다. '가출은 귀향이다. 그런데 귀향은 가출이다. 따라서 성공적인 귀향이란 없고 모든 가출은 그저 가출이다.' 즉 삶이란 선험적으로 고향을 상실한 자들의 항상적인 배회에 불과한 것이어서, 본원적인 고향으로 돌아가려는 그 어떠한 노력에도 불구하고 우리들은 매 순간 가출 상태에 처할 수밖에 없다. 그리고 이 절망적인 삼단논법과 함께 손홍규는 초기의 소설들과 결별한다. 마르케스주의 시기는 그렇게 끝난다. 이런 문장을 남긴 채로…… "그이가 마주친 실재 세계는 그이가 오래전부터 예상했듯이 우울했다."(〈배회〉,《그 남자의 가출》, p. 115)

아니나 다를까, 마술적 세계를 떠난 손홍규의 소설은 급격히 우울해졌다. 그 사이 그는 무슨 일을 겪은 것일까? 그의 마음은 도대체 어디까지 다녀온 것일까? 물론 이 의문이 '작가'를 향해 던져진 것이니 그 대답은 '작품'에서 찾을 일이다.《그 남자의 가출》을 읽은 독자들이라면 이미 두루 맞닥뜨렸을 저 많은 자살과 병사와 안락사들, 그리고 일단 읽고 나면 필연코 우리에게도 찾아들 죽음에 대해 생각해보지 않을 수 없게 만드는 〈배회〉와 〈아내의 발라드〉의 이런 문장들이 그 단서다.

어쩌면 문학이란 유서의 수많은 변형태 가운데 하나에 불과할지도 모른다.(〈배회〉, p. 100)
무슨 일이었는데 아직까지 화를 내고 계세요.
내가 태어난 거.
……저도요.(〈배회〉, p. 119)
그래 살아남을 수 있겠지. 동시대와 몰락하지 않고 살아남은 자들

은 예외 없이…… 비열하니까. 비열하게 아름답거나 아름답게 비열

하니까.(《아내의 발라드》, p. 137)

희망은 그것을 품은 존재를 좀먹는다.(《아내의 발라드》, p. 137)

부탁이다 조카야. 거기에서 나오지 말거라. 거기에서 부서져라.

존재하지 않았다는 듯 사라져라.(《아내의 발라드》, p. 138)

미래는 실현되었다. 설령 이런 일이 생기지 않았다 해도 동시에

죽지 않는다면 누군가는 상대방의 사망신고서를 작성해야 할 테고

산다는 게 이처럼 평생을 함께 한 사람의 사망신고서에 싸인을 하

지 않으면 안되는 남루한 일이라는 걸 깨달으며 사라지게 될 거였

다.(《아내의 발라드》, p. 139)

아내가 그랬듯이 내게도 삶은 처방할 수 없는 공포다.(《아내의 발라

드》, p. 145)

태어났다는 사실 자체에 화를 내고, 살아남는 일을 비열함의 증거

로 여기고, 희망을 좀벌레처럼 경멸하고, 누나의 배 속에 든 조카에

게 그 안에서 나오지 말고 부서져 버리라고 저주하고, 삶의 유일한

목적을 먼저 죽은 동반자의 사망신고서에 사인하기 위해서라고 단

정하고, 그래서 최종적으로 삶을 '처방할 수 없는 공포'라고 판결하

는 이 가혹할 정도로 염세적인 어법……. 미루어 보건대, 손홍규에

게 죽음이 다녀간 듯하다.

1975년생이니 자신도 모르게 죽음의 순간을 생각해보기도 한다

는 중년의 나이에 접어들었겠고, 노환이나 병으로 돌아간 친척이나

가족들도 있었겠다. 삶을 고역의 연속이자 무간지옥으로 표상하게

만들고야 마는 '헬 조선'의 현실도 큰 몫을 했겠고, 무엇보다도 《톰은 톰과 잤다》가 발간되던 2012년과 《그 남자의 가출》이 발간되던 2015년 사이 우리 모두가 겪어야 했던(그래서 그의 작품들 곳곳에 '깊은 슬픔'의 흔적을 남긴) 아이들의 참혹한 죽음을 그도 겪었을 것이다. 그 모든 것들이 아마도 그를 죽음 쪽으로 강하게 견인했으리라 생각하는 것은 자연스럽다.

그러나 그런 일들을 겪은 모든 작가들이 문학을 아예 "유서의 수많은 변형태 가운데 하나에 불과"하다고 정의하면서 저토록 슬픈 정동으로 자신을 혹사시키지는 않는다는 점을 상기해보면, 죽음이 그에게 다녀간 만큼이나 급격히 작가 역시 죽음 쪽으로 다녀왔던 것이 분명하다. 그러니까 하이데거의 어법을 빌려 그는 우리가 알기도 하고 모르기도 하는 여러 가지 이유로, (죽음을 그저 슬픈 정동을 유발하는 외적 자극으로 내버려 두지 않고) '죽음을 향해 미리 달려가 본' 적이 있었음에 틀림없다.

4. 완전한 상실감에 포획당한 세계

손홍규가 마술적 세계로부터 자발적으로 걸어 나와 죽음을 향해 미리 달려가 본 적이 있음을 증거하는 작품이 바로 그에게 이상문학상의 영예를 안긴 중편 〈꿈을 꾸었다고 말했다〉이다. 이 작품의 첫 장면은 이즈음 손홍규가 죽음과 얼마나 가까운 데서 지내고 있는지를 상징적으로 보여준다. 지극히 연극적인 방식으로 연출된 도입부, 불한당들의 주점에 상복을 입은 청년 한 명이 들어선다. "세상 모든 종류의 사람을 만나본 것 같은 인상"의 이 청년은 "가슴속에 슬픔을 매설해둔" 사람이다. 그의 깊은 슬픔은 금방 전염된다. 그래서 그가 술을 마시고 자리를 뜬 후, 불한당들은 깨닫는다. "자기 내부를 헤매는 이 불길한 청년과 때때로 조우하며 수십 년을 살아왔음을. 청년과 그들은 헤어진 게 아니라 함께 거주하며 서로를 증오하고 힐난하고 할퀴면서 수십 년을 견뎌왔음을."(p. 64)

하이데거는 《존재와 시간》(이기상 옮김, 까치, 1998)에서 죽음에 대해 이렇게 말한 적이 있다. "죽음은, 현존재가 존재하자마자, 현존재가 떠맡는 그런 존재함의 한 방식이다. 인간은 태어나자마자 이미 죽기에는 충분히 늙어 있다."(p. 329) 그렇다면 저 청년은 물론 죽음이고 죽음이 몰고 올 슬픈 정동이다. 그래서 우리는 대개 이 "불길한 청년과 때때로 조우하며 수십 년을 살"게 된다. 슬픔과 공포와 불쾌를 피해 자주 그를 외면하고 그와 헤어지려 하지만, 그와 우리는 필연코 "서로를 증오하고 힐난하고 할퀴면서 수십 년을 견뎌"야만 하는 사이다. 그래야 청년과 이별한다. 아니 정확히는 죽음과 하나가 된다. 인간에게 죽어서는 안 될 만큼 어린 나이는 없다. 심지어 엄마 배 속에서도 죽고, 백 살이 넘어서도 죽는 게 인간이다. 결국 살아 있는 인간은 매 순간 죽음의 가능성을 떠맡은 채 죽음과 동거하다가 결국엔 어떻게든 다 죽는다. 죽음은 차라리 존재함의 방식이자, '현존재 최고의 가능성'이다. 누구에게나 언제 어떻게든 실현되고야 마는 가능성, 그것이 죽음이다.

아마도 하이데거라면 여기서 멈추지는 않았으리라. 죽음의 경험이 애초부터 타자로부터만 올 수 있다는 점(왜냐하면 자신의 죽음은 결코 경험할 수 없으므로), 그래서 죽음으로 미리 달려가 보는 경험은 유한

한 현존재가 다른 유한한 현존재와 동일한 가능성의 세계 내에 함께 존재하고 있음을 깨닫게 한다는 점을 들어, 어떤 '윤리'로의 도약을 시도했으리라. 그러나 손홍규는 그렇게 하지 않는다. 연극의 서막처럼 죽음이 다녀간 후, 이어지는 소설의 전개는 오로지 죽음의 방문으로부터 촉발된 비극적 삶의 조망으로 점철된다. 모두 다 죽는다는 자명한 사실 앞에서, 그의 인물들은 자신의 일생 전체를 개관한다. 그러나 개관된 그들의 삶은 전혀 아름답지 않을 뿐만 아니라 윤리를 향해 도약하지도 않는다. 남편은 자신의 삶을 이렇게 회고한다.

"내게도 이런 일이 일어났어, 라고 할 만한 사건은 없었지. 그 일이 무슨 일이든 내게도 한 번쯤 일어나면 좋겠어…… 그러니까 내게도 이런 일이 일어났어, 라고 말할 수 있는 날은 영영 오지 않을 거야. ……무언가를 저지를 수 있는 능력이 나한테는 없어."(p.77)

아내 또한 자신의 삶을 이렇게 회고한다.

"소멸의 과정이 아니라 부패의 과정인 것만 같은, 죽어서야 부패가 시작되는 게 아니라 오래전부터 부패가 시작되었음을 일러주는 듯한 노인의 냄새. 별로 동정할 가치도 없고 죽어 사라지면 그걸로 끝이며 아무도 죽음을 기억하지 않게 될 시어머니를 바라보는 그는 스스로도 이상하리만치 냉담했다. 초연해서가 아니라 어차피 일어나게 될 일이기 때문이었고 그러한 운명을 피해갈 수 있는 사람은 이 세상에 단 한 명도 존재하지 않기 때문이었다. 나는 죽음이 다가

오면 굶을 거야. 죽을 때까지 굶을 거야."(p.86)

소설을 통틀어 완전한 상실감에 포획당한 문장들은 이보다 더 많다. 거의 모든 문장들이 '행동능력 0', '존재 능력 0'을 향해 수렴한다. 이 암담하고 참혹한 세계, 죽었거나 죽을 사람들만 즐비한 세계, 얻은 것은 아무것도 없고 오로지 잃어버린 것들만 있는 세계, 어떤 충만한 기억도 일생을 구성하는 데 기여하지 못하는 세계를 굳이 요약할 하나의 문장을 꼽으라면 아마도 다음과 같을 것이다.

"그러고 보면 얼마나 많은 사람들이 수치 속에 죽어 갔을까."(p.87)

5. 상실을 통해 겪을 수 있는 진정한 슬픔

작가가 저 가혹한 우울의 상태를 얼마나 더 연장할 작정인지, 그런 일에 얼마나 많은 번민이 찾아들고 힘겨워질지 독자로서는 짐작하기 힘들다. 그래서 이제 작가를 걱정해야 할 시간인가? 가령 프로이트나 아감벤Agamben을 따라 우울이란 상실감의 일종인데, 엄밀하게 말해 상실한 대상은 존재하지 않는 법이라고……. 그러니 빠져나오라고……. 게다가 더러는 대상 없는 상실감이 쟁취해야 할 대상을 만들어내는 법이기도 한데, 그것이 바로 유토피아라 불리는 것이라고……. 존재하지 않지만 존재하는 것으로, 잃어버린 적이 없지만 잃어버린 것으로 여겨야 우리가 살아갈 수 있는 장소가 바로 거기 비장소라고…….

손홍규의 근작 소설들을 끝까지 읽어낸 독자라면 대체로 선한 마음들을 가졌을 테니, 그와 같은 우려는 비난받을 만한 일이 아니다. 그러나 다만 소설 속 늙고 지혜로운 불한당의 말은 새겨 두어야 할 필요가 있겠다.

누군가를 상실한 사람은 유예 기간을 겪어야만 진정한 슬픔에 이르게 되지. 상실한 사람의 부재를 거듭 느끼면서—먹을 사람은 없는데 자기도 모르게 밥상 위에 수저 한 벌을 올려놓았다가 혹은 방구석에서 그이의 유품임이 분명한 잡동사니를 발견했을 때처럼 최초의 상실 이후에 되풀이해서 똑같은 상실을 겪어야 한다는 걸, 한번 상실하게 되면 영원히 상실하게 된다는 걸 깨달으면서 점점 더 깊은 슬픔에 이르게 되니 말일세. 단순하고 우둔한 사람에게도 일정한 시간이 필요하고 섬세하고 예민한 사람이라면 몇 년이 걸릴 수도 있다네. 깊은 슬픔은 단번에 그냥 주어지지 않아. 그것은 오히려 고통을 겪은 사람이 획득해야만 하는 것과 같다네.(p. 65)

우리는 멀지 않은 과거의 같은 날 같은 시간에 다 같이 누군가들을 상실했던 적이 있고, 진정한 슬픔에 이르기엔 아직 긴 유예 기간이 남아 있다. 되풀이해서 상실을 겪어야만 우리는 진정으로 깊은 슬픔을 '획득'할 수 있으리라. 앞으로도 얼마간은 쉼 없이 죽음과 상실에 대해서만 이야기할 것 같은 작가 손홍규에게도 분명 전략이란 게 있으리라고 믿어야 할 이유는 있는 셈이다.

그러고 보니 〈꿈을 꾸었다고 말했다〉의 순희 씨는 죽음과 같은 우울 속에서도 여전히 파업 중이었다. 여기 꼭 기록해두고 싶다.

2부

대상 수상작
그리고
작가로서의 손홍규

대상 수상작

손홍규
꿈을 꾸었다고 말했다

1975년 전북 정읍에서 태어나 동국대학교 국어국문학과를 졸업했다. 2001년 단편 〈바람 속에 눕다〉로《작가세계》신인상을 받으며 등단했다. 단편소설집《사람의 신화》《봉섭이 가라사대》《톰은 톰과 잤다》《그 남자의 가출》이 있고, 장편소설《귀신의 시대》《청년의사 장기려》《이슬람 정육점》《서울》등이 있다. 노근리 평화문학상, 백신애문학상, 오영수문학상, 채만식문학상을 받았다.

1

이윽고 문이 열렸다. 술을 마시던 사람들이 약속이라도 한 듯 일제히 고개를 돌려 출입문 쪽을 바라보았다. 떠들썩하던 술집이 갑자기 조용해졌다. 숨 막힐 듯한 고요였다.

아직 날도 저물지 않았건만 벌써부터 이 술집에 퍼질러 앉아 밤을 기다리는 이들은 대부분 이 동네 토박이였고 젊은 시절부터 불한당으로 불리던 자들이었다. 웃고 떠드는 일에 이골이 났고 툭하면 서로 시비를 걸고 다투었지만 하룻밤만 지나면 언제 그랬냐는 듯 천연덕스럽게 농을 지껄이고 서로의 얼굴을 가리키며 낄낄대는 작자들이었다. 문을 열고 들어선 이는 스무 살도 채 안 되어 보이는 청년이었다. 젊은이의 앳된 얼굴은 창백해서 투명하기까지 했다. 검은색 양복을 입었지만 교복이라도 입은 것처럼 어색해 보였다. 그럼에도 세상의 모든 종류의 사람을 만나본 것 같은 인상을 풍겼다. 청년의 어깨에 내려앉았던 늦은 오후의 설핏한 햇살 한 줌이 더러운 술집 바닥으로 흘러내렸다. 누군가 헛기침을 했다. 헛기침을 한 오십대의 사내는 불한당 동료들의 질책하는 눈빛에 무르춤해져서는 고개를 폭 숙였다. 청년은 주방이 마주보이는 탁자 앞에 앉았다. 어차피 빈 탁자는 거기 하나뿐이었다. 청년은 비스듬히 고쳐 앉으면서 오른쪽 어깨를 벽에 기댔다. 머리도 자연스럽게 벽 쪽으로 기울어져서 볕 좋은 봄날 마을 회관 벽에 기대어 놓은 싸리 빗자루처럼 한가해 보이기까지 했다. 청년이 고개를 돌려 술집 내부를 둘러보았다. 불한당들은 청년과 시선이 마주칠 때마다 입을 굳게 다문 채 보일락 말락 고개를 끄덕였다. 청년은 답례라도 하듯 술잔을 약간 높이 들어올렸다. 괜찮으니 어서 마시렴. 고맙습니다. 무언의 말들이 청년과 불한당들 사이를 오갔다. 불한당들은 천천히 소주를 들이켜는 청년을 지켜보았다.

불한당들 가운데 청년이 누구인지 아는 사람은 없었다. 청년이 상복을 입고 있으며 상주임을 알리는 상장이 오른팔이 아닌 왼팔에 있고 검은 줄이 두 줄이므로 모친상을 당했다는 것만 알았다. 청년은 이따금 고개를 돌려 맞은편 벽 위 높이 달린 창을 바라보곤 했다. 창밖으로는 옆 건물의 어두운 벽면만이 보일 뿐이었다. 한마디로 청년은 가슴속에 슬픔을 매설해둔 사람 같았다. 불한당들은 이 청년이 나타나리라는 걸 예감했던 스스로가 끔찍했다. 그들은 청년의 슬픔이 구체적으로 어디에서 비롯되었는지는 몰랐지만 그것이 어떤 방식으로 생겨났는지는 잘 알았다. 누군가를 상실한 사람들이 가장 비참하게 돌이켜보는 건, 그이를 상실할 줄 몰랐기 때문에 무심코 떠나보내던 순간의 자신이었다. 갔다 올게 하는 목소리에 응 하고 무심히 대답했던 자신에게 왜 그때 직접 배웅을 해주지 않았는지, 손한 번 잡아보지 않았는지, 미소를 지어보이지 않았는지, 가볍게 어깨를 두드려주지 않았는지, 그토록 사소하기 짝이 없는 행위를 도대체 무슨 이유로 하지 않았는지를 무섭게 따져보기 마련이었다. 청년의 마음속에서는 이런 후회가 잡초처럼 자라나 무성했을 테고 마음에 드리워진 빽빽한 그늘이 밖으로 빠져나와 주위에 그림자로 드리워진다 해도 이상하지 않을 듯했다.

불한당들은 젊은 시절에 용 문신을 다투어 새겼다. 그들 대부분 생계를 위해 정직한 사업—구멍가게, 철물점, 정육점 등등을 하게 된 뒤로는 눈살을 찌푸리는 손님들 탓도 있었지만 무엇보다 딸들이 다섯 살쯤 되면 아빠가 괴물 같아서 무섭다며 울어대기 때문에라도 문신을 지워야 했다. 불한당들은 싸구려 업자를 찾아가 문신 제거 시술을 받을 수밖에 없었는데 싸구려답게 완전히 지워지지 않고 외려 덕지덕지 반흔이 생겨 한여름에도 긴팔을 입을 수밖에 없었다. 그러다 보니 자연스레 통기성이 좋은 모시옷을 즐겨 입게 되었다. 한여름에 긴팔 모시옷에 반바지 차림이라면 팔뚝까지만 용이 있었던 거지만 위아래 모두 긴팔 긴바지 모시옷 차림이라면 종아리나 허벅지까지 용이 있었던 거다. 한여름에 불한당들이 한자리에 모이면 조선시대 후기 아니 그렇게 멀리까지는 아니라 해도 칠팔십 년대 시골 마을 정자에 모인 노인들을 그대로 옮겨 놓은 것처럼 보이게 마련이었고 점잖게 늙은 이들이라면 품위라도 있었으련만 불한당들이었던 탓에 쓸쓸한 패잔병의 분위기를 풍겼다. 불한당들은 각자의 개성을 뽐낼 수 있는 가을이 오기를 손꼽아 기다렸고 이듬해 여름이 올 때까지는 다른 불한당과 조금이라도 비슷해 보이는 옷은 한사코 입지 않으려 했다. 어느덧 가을의 막바지였으므로 이 술집에 모인 불한당들의 옷차림은 그야말로 각양각색이었고 그들이 다른 불한당과 완전히 다르게 보이려 애쓴 결과는 서글프게도 마치 한 사람의 여러 분신들이 모인 것처럼 보이게 할 뿐이었다. 그런 탓에 다채로운 옷차림의 불한당들과 검은 상복을 입은 청년의 대비가 더욱 두드러졌다.

헛기침을 하는 바람에 동료의 질책을 받았던 사내가 대범하게 자리에서 일어나 청년에게 다가갔다. 청년은 예의바른 눈빛으로 그 사내를 바라보았다. 사내는 청년의 어깨를 툭툭 두드리지는 못하고 깃털을 내려놓듯 아주 가볍게 그 어깨 위에 손을 얹었다가 자기 자리로 돌아갔다. 숨을 죽인 채 동료의 행동을 지켜보던 불한당들은 청년을 맨 처음으로 위로할 기회를 빼앗겼다는 생각에 씁쓸해졌다. 아마 여느 때였다면 그런 생각이 들자마자 고함치고 분개하며 삿대질을 했겠지만 이번에는 그러지 않았다. 그 대신 언제 엉덩이를 털고 일어나 청년에게 다가갈 것인지를 생각했다. 누군가는 술을 채운 잔을 들고 가 청년에게 건넸고 누군가는 말하는 자신조차 알아들을 수 없는 나지막한 목소리로 위로의 말을 건네기도 했다. 불한당들은 힘겹게 의무를 수행한 뒤 기진맥진해버렸다. 그 덕분에 새로이 술을 마실 기운을 낼 수 있었다. 그들은 청년이 나타나기 전처럼 서로의 잔에 술을 따르며 벌컥벌컥 마셔대기는 했으나 소리를 내지 않으려 애쓰는 바람에 기묘한 무언극을 연출하고 말았다. 청년이 웃었다. 다정하고 따스한 웃음이었고 듣는 이의 마음을 어루만져주는 웃음이었다. 딱히 누구에게랄 것도 없는 어쩌면 그저 즐거웠던 기억이 떠올라 자신도 모르게 흘리는 웃음일지도 몰랐으나 불한당들은 청년에게 위로를 받은 기분이었다. 술집 전체가 풋잠에 든 것처럼 차

분해졌다. 천장에 매달린 형광등조차 끄먹끄먹했다. 청년의 소주병이 반쯤 비워졌을 때 문이 열리더니 쉰 살에서 일흔 살 사이 어디쯤에 정박했는지 나이를 가늠하기 어려운 사내가 술집 안으로 들어섰다. 불한당들이 혀를 찼다. 방금 들어선 사내는 불한당 중에서도 불한당이며 눈을 씻고 찾아봐도 이 근방에서는 다시 볼 수 없을 만큼 무례하기 짝이 없는 작자였다. 아무데나 가래를 뱉고 오줌을 갈겨대고 토악질을 해서가 아니었다. 사사건건 시비를 걸고 멱살부터 잡고 누가 무슨 말을 하든 귓등으로 흘려듣고 쌍욕을 퍼부어서가 아니었다. 불한당들 가운데 가장 덩치가 작은데다 비쩍 말라 한주먹감도 안 되었지만 그들조차 그 사내를 꺼리게 된 건 무엇보다 말이 통하지 않아서였다. 정신은 멀쩡했지만 반쯤 미친놈이었다. 반쯤 미친놈과 시비가 붙으면 누구라도 반쯤 돌아버리기 때문이었다. 반 미친놈이 열세에 처할 때 가장 자주 써먹는 수법은 상대방의 말을 똑같이 따라하는 거였다. 두어 번 그런 일을 겪어보면 누구라도 그자와 다시는 상대하고 싶지 않게 마련이었다. 그 사내는 새치가 섞인 짧게 깎은 머리를 두툼한 손으로 이마 쪽에서 뒤통수 쪽으로 쓱 문질렀다. 비듬이 먼지처럼 날렸다. 그 사내는 청년 맞은편에 앉았다. 불한당 가운데 한 명이 벌떡 일어나 빈 술병을 쥐었으나 동료들이 조심스레 타이르며 주저앉혔다. 동료들의 만류로 주저앉은 불한당은 나지막하게 으르렁거렸다. 털끝 하나라도 건들면 죽여 버린다. 반미친놈은 코웃음을 치더니 청년의 소주병을 제 것처럼 다루었다. 물컵에 남은 술을 따라 단숨에 들이켜고 오이 한 조각을 고추장에 찍어서 우걱우걱 씹어 먹었다. 반 미친놈은 주방 옆 냉장고로 가서는 소주병을 꺼내왔다. 청년의 빈 잔에 술을 따른 뒤 반 미친놈이 물었다. 너 뭐야 인마! 청년은 어깨를 으쓱했다. 나도 내가 누구인지 모른다는 뜻이었겠지만 반 미친놈은 누구인지 잘 알겠다는 듯 고개를 주억거렸다. 그 꼴을 지켜보던 다른 불한당들은 얼굴을 붉혔다. 저 새끼! 누군가 이렇게 내뱉기는 했지만 그뿐이었다. 반 미친놈은 청년의 술잔에 자신의 술잔을 부딪치려다 멈칫거렸다. 상주하고는 술잔 부딪치는 거 아니지? 반 미친놈이 불한당들을 돌아보며 이렇게 눈으로 물었고 불한당들은 마지못해 고개를 끄덕였다. 안 마셔? 청년의 가느다란 손가락들이 술잔을 부드럽게 감아쥐었다. 청년은 천천히 술잔을 비웠다. 그 모습을 물끄러미 바라보며 자신의 술잔을 비운 반 미친놈은 청년의 빈 잔에 다시 술을 따랐다. 청년은 잠자코 있었다. 반 미친놈이 인상을 쓰며 다그쳤다. 안 마셔? 청년은 다시 천천히 술잔을 비웠다. 그러고는 빈 술잔에 스스로 술을 따랐다. 청년은 술잔을 반 미친놈 앞으로 밀었다. 이제 그만 드세요. 반 미친놈은 고개를 끄덕이더니 청년이 밀어 놓은 술잔을 들고 천천히 기울였다. 이 동네 사람이 아닌 삼십 대의 사내 둘이 들어왔다가 자리가 없네, 하고는 나가버린 것 외에 별다른 일은 없었다. 그동안 반 미친놈은 청년에게 나지막하게 소곤거렸는데 듣기에 따라 하소연하는 것 같기도 하고 훈계하는 것 같기도 하고 이도저도 아니라 그냥 혼자서 중얼거리는 것 같기도 했다. 불한당들은 귀를 곤두세워 반 미친놈이 무슨 말을 하는지 알아들으려 애썼으나 얼마 안 가 평소와 다름없이 종잡을 수 없는 허튼소리에 불과하다는 걸 깨달았다. 청년은 반 미친놈의 말에 장단을 맞추기라도 하듯 고개를 끄덕이거나

눈살을 찌푸리곤 했다. 반 미친놈이 술잔을 탁 소리가 나게 내려놓
자 탁자가 들썩였다. 불한당들 가운데 성격 급한 사내가 벌떡 일어
났지만 청년 쪽으로 다가가지는 않았다. 청년이 아무렇지도 않은 얼
굴로 나지막하게 소곤거렸다. 이제 반 미친놈이 고개를 끄덕이다가
혀를 차다가 눈살을 찌푸리기도 하면서 청년의 말에 장단을 맞추었
다. 불한당들은 아무 말도 할 수 없었다. 아무도 청년을 방해하고 싶
지 않았기에 이번에는 반 미친놈을 용서해주어야 했다. 사실 반 미
친놈은 반쯤 미친 게 아니라 반쯤 정신을 차린 사람인 것 같았다. 어
디선가 어린아이들이 웃는 소리가 들려왔다. 뭉개진 노을빛이 문틈
으로 들어왔다. 오수에 빠졌다가 너무 깊이 잠드는 바람에 깜짝 놀
라며 깨어나 턱까지 흘러내린 침을 손등으로 닦아내는 노인네처럼
저녁이 기지개를 켰다. 주방의 프라이팬 위에서 지글지글 소리를 내
며 고기가 익어갔다. 말을 다 마친 청년은 한숨을 길게 내쉰 뒤 고개
를 돌려 창문을 보았다. 불한당들은 그때 모두 보았다. 청년의 눈에
서 눈물이 흐르고 있었다. 반 미친놈이 도움을 청하듯 불한당들 쪽
을 돌아보았다. 반 미친놈의 눈동자가 브라운 운동을 하는 것처럼
불규칙하게 흔들렸다. 불한당들은 어찌 할 줄 몰라 애꿎은 술병만
만지작거렸다. 반 미친놈이든 나머지 불한당들이든 이런 경우에 무
슨 말을 해야 하는지 어떻게 행동해야 하는지 모르기는 마찬가지였
다. 그들은 아내나 자식들이 울 때에도 소리치고 윽박지르고 비아냥
거리며 살아왔기에 누군가를 위로하는 방법을 아예 몰랐다. 그들이
위로에 서투른 이유는 별로 위로받으며 살아오지 못한 탓도 있지만
그처럼 우는 사람 앞에서 소리치고 윽박지르고 비아냥거리는 게 그

들 나름의 위로하는 방식인 탓도 있었다. 누군가가 늘 하던 것처럼 하려다가 금세 제지당했다. 그러자 분을 이기지 못하고 제 가슴팍을 두드려댔다. 불한당들은 모두 비슷한 심정이었으나 청년을 위로하려는 어떤 시도든 청년의 슬픔을 유린하게 될 것만 같아 간신히 스스로를 억제하고 있을 뿐이었다. 조금 뒤 한 사내가 동료들에게 물었다. 그 아이는 어디 갔지? 그 말에 정신이 들었다는 듯 모두 술집 내부를 둘러보았다. 청년은 가버리고 없었다. 청년이 앉았던 탁자 위에 상장만이 얌전히 놓여 있을 뿐이었다. 그 아이가 상장을 잊어버리고 갔어. 저걸 갖다 줘야 해. 누군가 말했고 누군가 상장을 집어들었다. 불한당들 가운데 가장 나이가 많은 노인이 나지막한 목소리로 말했다. 아우님들, 소용없는 짓이야. 상장을 쥔 사내가 최고 연장자를 바라보았다. 무슨 말씀이시오, 형님. ……필요가 없으니까 두고 간 거야. 그 아이는 돌아올 수 없는 길을 떠났어. 반 미친놈이 누구보다 먼저 고개를 주억거렸다. 상장을 쥔 사내는 그 말을 인정해야 할지 말아야 할지 잠시 고민하다가 자기 자리로 돌아가 털썩 앉았다. 다시 돌아온다 해도 아주 오랜 세월이 지난 뒤겠지. 우리처럼 늙어서야 돌아오겠지. 돌아오면 또 다른 젊은이를 만나게 되겠지. 슬픔과 회한이 가득한 눈으로 제 술잔에 눈물 한 방울 섞어 마시며 오늘을 돌이켜 보겠지. 노인은 그 말을 끝으로 말없이 술잔을 들이켰다.

불한당들의 머릿속에서는 비슷한 생각이 떠올랐다. 그들 모두 청년을 한때 청년이었던 자신처럼 여겼고 만약 과거로 돌아갈 수 있다면 그 청년으로 돌아가 용기를 내고 싶었다. 그러나 청년은 사라졌다. 그들은 청년이 어디로 갔을까를 생각하다가 한숨을 내쉬어야 했다. 청년이 대체 어디로 갈 수 있단 말인가. 사랑에 실패하고 원한을 품었던, 살아보기도 전에 이미 세상에 절망해버렸던 그 청년은 그들의 내부에서 그들과 함께 늙었다. 그들은 깨달았다. 자기 내부를 헤매는 이 불길한 청년과 때때로 조우하며 수십 년을 살아왔음을. 청년과 그들은 헤어진 게 아니라 함께 거주하며 서로를 증오하고 힐난하고 할퀴면서 수십 년을 견뎌왔음을.

  저마다의 생각에 몰두했던 불한당들은 방금까지 그들을 사로잡았던 열정이 열없어졌다. 청년의 일거수일투족을 놓치지 않기 위해 신경을 곤두세우고 청년의 심기를 거스르지 않으면서 청년을 위로하기 위해 최선을 다했던 이유가 모호해서였다. 어차피 그들은 지금까지 살아오면서 이와 비슷한 상황을 숱하게 겪었고 그 청년보다 불운한 사람들도 주위에 흔했다. 그들을 비추는 거울이면서도 그들과는 무관한 타인에 지나지 않는 청년에게 극도의 주의를 기울였던 게 쓸모없는 일처럼 느껴졌다. 주방에서 나온 사내가 여러 탁자에 제육볶음을 한 접시씩 내려놓았다. 불한당들은 김이 무럭무럭 피어나는 안줏감에 젓가락을 댔다. 고기 한 점을 집어 방금 떠올린 한 점의 추억이라도 되듯 질겅질겅 씹어 먹었다. 여전히 청년의 상장을 손에 쥔 채 만지작거리던 사내는 노인과 눈이 마주치자 투덜거렸다. 제기랄! 그 애송이 녀석이 어디로 갔는지 알게 뭐요. 어디든 가다가 죽어 버리거나 말거나 무슨 상관이란 말이오! 노인은 술 한 잔을 들이켠 뒤 그 말에 대답하듯 여전히 나지막한 목소리로 말했다. 아무렴, 상관이 없지. 하지만 자네도 인정하겠지. 그 아이가 유례없이 새로운 아이라는 걸. 우리와는 전혀 다른 세상에 속한 것처럼 행동했다는 걸. 상장을 쥔 사내가 버럭 화를 냈다. 대체 그 애송이가 어떤 점에서 특별하다는 겁니까? 노인은 손가락을 들어 자기 가슴팍을 쿡쿡 찔렀다. 여기가 다르지. 누군가를 상실한 사람은 유예 기간을 겪어야만 진정한 슬픔에 이르게 되지. 상실한 사람의 부재를 거듭 느끼면서—먹을 사람은 없는데 자기도 모르게 밥상 위에 수저 한 벌을 올려놓았다가 혹은 방구석에서 그이의 유품임이 분명한 잡동사니를 발견했을 때처럼 최초의 상실 이후에 되풀이해서 똑같은 상실을 겪어야 한다는 걸, 한 번 상실하게 되면 영원히 상실하게 된다는 걸 깨달으면서 점점 더 깊은 슬픔에 이르게 되니 말일세. 단순하고 우둔한 사람에게도 일정한 시간이 필요하고 섬세하고 예민한 사람이라면 몇 년이 걸릴 수도 있다네. 깊은 슬픔은 단번에 그냥 주어지지 않아. 그것은 오히려 고통을 겪은 사람이 획득해야만 하는 것과 같다네. 나도 그렇고 자네들도 그렇고 부모가 돌아가셨을 때 입으로만 곡을 했지 어디 진짜 뜨거운 눈물 한 방울 흘려본 적 있던가. 그러나 어느 날 문득 방에 누워 천장을 바라보았을 뿐인데 두 눈가에서 용암처럼 눈물이 흘러나와 귓속에 고이지 않던가.

불한당들은 저마다 빈 잔에 술을 채워주고 목마른 사람들처럼 마셨다. 노인도 옆 사람이 채워준 잔을 들이켰다. 그 아이는 말이야, 지금 상을 치르는 사람 같지가 않았어. 아이는 이미 오래전에 상을 치렀을 뿐만 아니라 오랜 세월 무엇을 잃어버렸는지를 곱씹으며 노를 젓다가 지금 막 깊은 슬픔의 기슭에 닿은 사공처럼 노를 내려놓았지. 아이는 단번에 깊은 슬픔에 이른 거야. 무언가를 상실한 순간 그 것이 어떤 의미인지를 알아버린 거지. 아이의 두 눈에서 용암 같은 눈물이 흐르는 걸 자네들도 보았잖은가. 저 탁자 앞에 앉은 채로 수 십 년을 살아버렸어. 우리가 수십 년 동안 발버둥하다 겨우 알게 된 것을 아니 그보다 더 많은 것을 아이는 저기 앉은 채로 알아버렸어. 상장을 쥔 사내가 무슨 말인가를 하려다 그만두었다. 나는 자네들 이 대견하고 기특해. 자네들은 그 아이가 깊은 슬픔에 이를 수 있도 록 지켜주었고 그 아이가 깊은 슬픔에서 벗어나 자기 자신이 되기 위해 떠날 수 있도록 격려해주었지. 자네들이 하지 못한 일을 아이 가 할 수 있도록 기회를 주었고 자네들이 저질렀던 실수를 아이가 되풀이하지 않도록 조언해주었어. ……아우님들, 저녁이라네. 밤 의 정강이라고도 할 수 있지. 여기 적당히 어둡고 캄캄한 밤의 슬하 에서 불 밝힌 주점에 어울려 앉아 술 한 잔 기울일 수 있는 자네들이 있어 기쁘다네. 먼 훗날 그 아이가 돌아오면 우리가 되어 여기 이렇 게 앉아 술잔에 술을 따르겠지. 어쩌면 이미 돌아와 우리 사이에 앉 아 있는지도 모른다네. 그 말을 하고 노인은 실수인 것처럼 고개를 돌려 그와 시선을 마주쳤다. 노인은 청년에게 그랬던 것처럼 입을 꾹 다문 채 고개를 보일락 말락 끄덕였다. 노인은 그가 누구인 줄 아 는 것만 같았고 이렇게 말하며 환대하는 것 같았다. 영택이 자네 왔 나. 아랫목에 앉아 몸 좀 녹이고 따뜻한 술 한 잔 마시게나.

그는 불한당들이 하나둘씩 술에 취해 고개를 푹 꺾은 채 탁자에 이마를 대고 잠들거나 비틀거리다 의자와 함께 넘어지는 걸 지켜보왔다. 두 사람이 앉을 수 있는 구석의 작은 탁자에 혼자 앉아 있는 그를 눈여겨보는 사람은 단 한 번 그에게 눈길을 주었던 노인 말고는 없었다. 그는 귀신처럼 타인의 시선에서 자유로운 상태로 술집의 분위기가 어떻게 미묘하게 달라지는지 불한당들의 얼굴에서 섬광처럼 나타났다 사라지는 표정들이 무얼 의미하는지를 헤아리며 홀로 술잔을 기울였다. 그는 아마도 그 술집에서 주인 사내를 제외하고 청년이 어떻게 사라졌는지를 기억할 수 있는 유일한 사람이었을 것이다. 주먹을 쥔 손으로 눈물을 훔친 청년은 왼쪽 팔뚝에서 상장을 벗겨내 손에 쥔 채 한동안 그것을 물끄러미 내려다보았다. 거기에 해독할 수 없는 운명이 적혀 있기라도 한 듯이. 자리에서 일어난 청년은 주방 앞 카운터로 다가갔다. 고기를 볶던 사내가 앞치마에 두 손을 문지르며 나와 주방과 홀을 구분해 주는 카운터에 섰다. 청년이 지갑을 꺼내 계산을 치르고 거스름돈을 사양하는 걸 보았다. 청년은 공손하게 인사를 한 뒤 탁자와 탁자 사이를 비틀거리지는 않았으나 위태로워 보이는 걸음걸이로 지나갔다. 청년은 문을 열고 나가기 전에 술집의 불한당들을 향해 조문객에게 답례하는 상주처럼 허리를 깊이 숙여 절을 했다. 뒤돌아서는 청년은 자기 자신이 아니라면 어떤 역할도 떠맡지 않을 사람 같았다. 만약 그런 배우가 있다면 평생 무대에는 한 번도 오르지 못하겠지만 그 배우에게는 이 세계 전체가 무대가 될 것이었다. 청년이 문을 열었다. 바깥은 어둑어둑하고 싸늘했다. 청년은 그예 스스로를 세상이라는 거대한 무덤에 매장하기 위해 발인해 가듯 바깥으로 한 걸음 내디뎠다. 그는 청년을 붙잡고 싶었으나 그게 쓸모없는 일이라는 것도 잘 알았다. 그 순간 청년에게 필요한 건 청년 자신일 거였으므로.

　청년을 지켜보던 내내 그도 불한당들처럼 청년 시절의 자신을 만났다. 이 청년은 지금의 그처럼 말수가 적고 눈빛이 탁했는데 청년이 자라고 늙어 지금의 그가 된 것이 아니라 지금의 그가 자라고 늙어 그때의 청년이 된 것 같았다. 한눈에 보아도 청년은 절망하고 있었는데 아마도 사랑에 실패해서였고 실패라는 말이 우스운 이유는 시도조차 해보지 않아서였다. 유감스럽게도 그는 똑똑히 기억했다. 그 실패 이후 모든 일이 뜻대로 되지 않았고 설령 작은 성공을 거두는 경우가 있다 해도 그건 실패를 도드라져 보이게 할 뿐이었다는 걸. 그가 얻은 작은 승리는 오히려 그가 이루지 못한 열망과 재기가 불가능할 만큼 결정적이었던 패배를 상기시키며 그를 괴롭혔다.

　청년의 사소한 몸짓마저도 그에게는 익숙했다. 시간을 거슬러 올라가 젊은 시절의 자신을 보는 것 같은 기분이 드는 게 하나도 이상하지 않았던 이유도 바로 그래서였다. 청년은 감정 표현이 서툴렀고 지금도 여전히 서투른 그와 비슷해 보였다. 그는 물 컵을 만지작거렸다. 이 물 컵조차도 순수한 강철은 아니었다. 니켈과 크롬이 포함된 합금이었다. 그의 감정도 언제나 합금이었다. 순수한 감정은 존재하지 않았고 그럴 수도 없었다. 그는 살아야 했고 어떤 감정이 엄습하면 그것에 사로잡히지 않기 위해 전혀 다른 감정을 쥐어짜낸 뒤 엄습하는 감정을 방어했다. 그런 과정에서 감정들은 뒤엉켜 하나가 되어 동시에 전혀 다른 무언가가 되었고 이렇게 합금처럼 태어난 감정들을 뭐라 불러야 할지 알 수 없었으나 아마도 그것을 가리키는 가장 적절한 말은 괴물일 것이며 이런 방식으로 그는 서서히 괴물이 되어갔다. 그에게도 꿈이 있었다. 그리고 남들처럼 꿈을 꾸지 않으려고 애쓰게 되는 순간이 왔다. 꿈을 이루기 위해 노력하던 시절을 지나니 어느 순간 꿈을 포기하기 위해 애쓰게 되어버렸다.

언젠가 아내가 그에게 당신은 한 번도 아이였던 적이 없는 사람 같다고 말한 적이 있다. 그는 기쁘면 웃고 슬프면 울고 화나면 소리치는 사람을 이해할 수 없었다. 어쩌면 그는 감정을 드러내는 일에 서투른 게 아니라 감정을 드러내 본 적이 없었던 것인지도 모른다. 그가 살아오는 동안 수많은 일들이 그를 흔들었다. 그에게 발을 걸고 그의 팔을 잡아당기고 그의 발목을 옭아매려 했다. 그는 넘어지지 않고 끌려가지 않고 붙들리지 않기 위해 온 힘을 다해 살아왔다. 타인의 눈에 그는 흔들림 없이 자신의 자리를 지키며 살아온 것처럼 보이겠지만 그는 끊임없이 흔들리면서 부동을 고수했을 뿐이다. 그가 소주 한 병을 다 비웠을 때 기다렸다는 듯 전화가 걸려왔다. 오빠, 나 거의 다 왔어. 나도 근처다. 이따 봐.

그는 불한당들 사이를 헤치고 카운터로 다가가 술값을 계산한 뒤 청년처럼 공손하게 인사를 하고 술집을 빠져나왔다. 문을 닫기 전에 돌아본 술집 내부 풍경만 두고 보자면 막장에 이른 술꾼들로 가득한 새벽이 떠올랐으나 이제 겨우 저녁 일곱 시 무렵이었다. 불한당들은 모두 비슷해 보이지만 하나하나 뜯어본다면 저마다의 오랜 습관에 따라 가장 익숙한 자세로 취해 있었고 그 헝클어지고 꺾이고 어긋난 인간 형태가 각각 하나씩의 상형문자를 가리키는 듯했다. 각자가 하나의 문자 체계인 탓에 서로 통역하고 번역하기 어려운 상형문자들. 그 사람의 언어를 기록하는 유일한 문자이기에 오로지 주의 깊게 지켜보아 추측만 할 수 있을 뿐 완벽하게 해독할 수 없고 불한당들을 상징하는 동시에 불한당들 자체인 상형문자들. 그 순간만큼은 이 불한당들조차 신비로운 인간이라 일컬어도 무방할 듯했다.

그는 점퍼의 지퍼를 올리고 옷깃을 세운 뒤 차갑고 어두운 골목으로 나섰다. 여동생은 일정한 직업이 없이 이런저런 일을 하다 그만두고 새로 시작하기를 되풀이했다. 그러기를 벌써 오륙 년째였다. 그 사이 아래로 일곱 살 터울이 지는 여동생이 그만큼의 터울이 지는 누나라 해도 될 만큼 폭삭 늙어버렸다. 안색은 중병을 앓는 환자처럼 누렇게 뜬 데다 살이 내려 광대뼈만 도드라졌고 갈수록 숱이 줄어들어 바람만 불어도 싸구려 염색약 탓에 붉거나 희게 뜬 자국이 있는 두피가 엿보였다. 먹고 사는 것도 겨우 감당하는 형편인데 부득부득 우겨 어머니를 모시겠다고 데려가는 걸 말리지 않고 내버려둔 건 그의 살림도 기울 대로 기울어서였다. 오륙 년 사이에 여동생은 세 번 손을 벌렸다. 그는 백만 원씩 두 번 도와주었고 마지막으로 지난해 가을에 이백만 원을 마련해 건네주었다. 지난 추석에 얼굴을 보았으니 그리 오랜만은 아니었으나 그새 여동생은 전혀 모르는 남이라 해도 될 만큼 쪼그라져 있었다. 환갑이 낼모레가 아니라 죽을 날을 받아 둔 사람인 것만 같았다. 여동생은 쓰고 뜨거운 커피를 약이라도 되듯 인상을 찌푸리며 한 모금씩 마셨다. 밥은? 먹었어. 어머니는? 똑같아. 지금은 누구랑? 맨날 보는 분들이지 뭐. 동생은 미간을 찌푸렸다가 아주 모르는 사람의 일을 이야기하듯 덤덤하게 덧붙였다. 며칠 전에는 예전에 친하게 지내던 분이 오셨다는 거야. 그러려니 하며 모른 척했어. 사실 두어 달 전에 오빠가 예전에 살던 아파트 단지 쪽을 갈 일이 있었는데 우연히 엄마와 친하게 지냈던 그분의 며느리를 본 거야. 돌아가신 지 두 해나 되셨다고 했어. 그걸 안다고 해도 무슨 상관이야. 엄마한테 헛것을 보는 거라고 말한다 해도 무슨 소용이야. 엄마는 보고 싶은 사람을 보고 있는 거니까.

지난 추석에도 어머니는 여전했다. 그가 모시고 살 때에도 어머니는 옆에 누군가 있는 것처럼 소개를 하곤 했다. 아범아, 너도 알지? 모촌 아짐 말이다. 어릴 때 아짐이 널 얼마나 귀여워해 줬는지. 그렇죠, 아짐? 그는 어머니 옆 빈자리를 향해 인사를 해야 했고 진짜 거기에 누가 있는 것처럼 행동해야 했다. 보이지 않는 누군가를 건드리지 않기 위해 빙 돌아갔고 차를 대접했다. 고개를 끄덕이며 맞장구를 치거나 안부를 묻고 근황을 나누었으며 손을 내밀면 그 역시 허공에 손을 내밀어 잡아주어야 했다. 언젠가는 정말 허공에 차가운 손이 있는 것처럼 섬뜩한 기분이 들 때도 있었다. 진짜 어머니의 손님이 왔는데도 그 손님이 너무나 허깨비 같아서 부주의하게 그 옆을 돌아가다가 손님의 어깨를 친 적도 있었다. 분명히 살아 있는 손님인데 헛것이 눈에 보이는 거라 여겼다. 어머니와 아내가 소파에 나란히 앉아 드라마를 보면 둘 다 넋이 나간 사람 같았고 혹은 넋만 그 자리에 앉아 있는 것처럼 보이기도 했다. 그때의 아내는 어머니가 불러들인 손님 같았다. 그들은 웃고 떠들며 즐거워하다가 알아버린 사람들 같았다. 삶이란 본질적으로 비극이라는 사실을.

어머니가 알고 지냈던 많은 이들이 이처럼 귀신이 되어 방문했지만 아버지가 온 적은 한 번도 없었다. 어쩌면 아버지의 방문을 어머니가 알리지 않았을지도 모르지만. 동생은 어머니의 병이 깊어지기만 할 뿐 나아질 기미가 보이지 않는다며 한숨을 쉬었다. 그래도 동생은 요양원으로 보내겠다는 말은 결코 하지 않았다. 늙은 어머니를 곁에 두고 싶어 하는 동생의 마음에도 언젠가는 균열이 찾아오겠지만.

……술 마셨어? 응, 조금. 안 마시잖아. 조금 마셨다. 그는 반쯤 남았으나 식어버린 커피에서 비린내가 나는 것 같아 더는 입에 대지 않았다. 오빠……. 돈이라면, 없다. ……. 지난번이 마지막이었어. ……이번 한 번만. 지금은 안 돼. 이번만. ……내년까지만 기다려 봐라. ……. 혜경아. ……. 미안하다. 커피숍을 나왔을 때는 아홉 시 즈음이었다. 도시의 불빛들이 하늘에 희미한 빛의 장막을 드리웠고 하늘은 어디선가 몰려온 구름들 탓에 빛바랜 탱화 같았다. 여동생은 오른손을 들었다가 내렸다. 그도 손을 들었다가 내렸다. 횡단보도를 건너는 여동생의 뒷모습을 보며 그는 가볍다고도 무겁다고도 할 수 없는 비애를 느꼈다. 그에게 비애를 불러일으키는 이미지는 무엇보다 어린 시절의 여동생이었다. 어쩌면 그의 기억이 습관처럼 어린 시절로 재빠르게 돌아가기 때문인지도 몰랐다. 언제 어디서 여동생을 마주치더라도 그의 머릿속에서는 육십 년 가까운 세월 동안 해마다 변해갔던 여동생의 얼굴들이 중첩되어 떠올랐다. 갓난아기 시절부터 갈래머리 꼬맹이 시절과 사춘기를 지나 완연히 성숙해서 남자인 그가 결코 이해할 수 없을 것 같은 분위기를 풍기던 처녀 시절을 거쳐 결혼하고 아이를 낳고 이혼을 하고 전남편이 죽고 하나뿐인 아들이 사고뭉치로 자라나고 그 녀석이 감옥까지 다녀올 만큼 흉악한 사내가 되고 이미 다 살아버린 듯 늙은이나 다름없

이 삭아버리게 된 인생의 행로에서 끄집어낼 수 있는 여동생 가운데 어느 것 하나도 빠뜨리지 않은 채 한꺼번에, 그렇다고 해서 연대기에 의존해서가 아니라 그것들이 뭉뚱그려져 만들어진 하나의 이미지로만 떠올랐다. 때때로 그를 찾아오는 평범한 깨달음은 이제 여동생의 유년을 기억하는 이는 여동생 자신과 그뿐이라는 거였다. 아버지는 돌아가셨고 어머니는 살아 계시지만 정신을 놓아버렸으며 다른 형제자매도 없으니 당연한 일이겠지만 한 사람의 삶이 이처럼 거의 기억되지 못한 채 혹은 기록되지 못한 채 살아 있는 동안에만 유일한 기록으로 남아, 그게 누구든 그이가 죽는 순간 그동안 써왔던 모든 기록마저 멸망하게 된다는 평범한 깨달음에 가슴이 사무치게 될 줄은 그도 몰랐다. 나이를 먹은 탓이다. 누구든 노년에 이르러 자신의 죽음이 먼 일이 아니라 현실적이고 구체적이고 아주 가까운 장래에 벌어지게 될 일이라는 생각이 들면 그제야 허겁지겁 과거를 추억으로 만들려고 하니까. 아무리 지긋지긋한 과거라 해도 추억으로 상기하는 순간 견딜 만하고 참을 만하고 심지어 아름다웠던 것처럼 여겨지기도 하니까. 횡단보도를 다 건넌 여동생이 뒤돌아섰다. 개울을 먼저 건넌 짓궂은 오빠가 동생에게 하듯이 손사래를 쳤다. 아마도 조심히 들어가라는 잘 들어가라는 손짓이었겠지만 그에게는 마치 오빠도 건너오라고 그리 어렵지 않다고 물살이 제아무리 거세도 우리를 휩쓸어갈 만큼은 아니라고 설령 그렇다 해도 우리를 완벽하게 쓸고 지나갈 만큼 거대한 물살은 이 세상에 없다고 말하는 것만 같았다. 너는 언제부터 내가 오빠임을 알아보았을까. 나는 네가 어머니의 자궁 밖으로 나왔을 때부터 아니 네가 어머니의 배 속에 자리를 잡았을 때부터 아니 어쩌면 어느 늦은 봄밤 정사를 나누던 어머니와 아버지의 열에 들뜬 숨소리를 들었을 때부터 아니 그보다 더 멀리 거슬러 올라가 동생이 하나 있으면 좋겠다는 소망을 품었을 때부터 혹은 내가 생각이라는 걸 할 줄 알게 되었을 때부터 나는 너를 동생이라고 알아보았는데. 그의 가슴속에서 동생에 대한 애정과 증오가 밀물과 썰물처럼 갈마들었다. 동생을 등에 업고 포대기의 허리끈을 질끈 동여매고 밥을 먹고 구슬치기를 하다가 동생이 싼 오줌이 새어나와 등짝을 적시고 기저귀를 갈아입히고 좁은 이마에 입을 맞추고 까닭 없이 울면 품에 안아 얼렀으며 그의 소년 시절의 대부분을 함께 보냈던 동생은 이제 없었다. 동생은 자기만의 길을 따라 걸어갔고 그 길은 오솔길 옆의 오솔길과도 같아 무성한 관목과 교목의 틈 사이로 이따금 동생이 비치면 아직 살아 있구나 하고 확인만 할 수 있을 뿐이었다. 동생은 지금 무슨 생각을 할까. 동생의 성격이라면 그가 지금 하고 있는 생각 같은 게 떠올랐다 해도 마음속에서 도리질을 칠 거였다. 동생은 추억을 탕진하지 않기 위해 애쓰는 듯했고 그렇게 애쓰는 이유는 탕진해도 좋을 만큼 남아도는 추억이 없기 때문이리라. 불현듯 동생과 얽힌 한 가지 기억이 떠올랐다. 헤아려 보니 벌써 삼십여 년 전이었다. 어느 건축업자의 사무실에서 경리를 하던 동생이 선을 보고 결혼을 결심할 무렵이었다. 그는 매제가 될 사람이 마음에 들지 않았지만 내놓고 반대할 뜻도 없었다. 그가 알기에 어린 시절부터 개나 고양이에 잔정이 많았던 동생은 돈을 모아 대학을 가거나 학원을 다니면서 수의학 공부를 하거나 관련 자격증을 취득하고 싶어 했다. 조촐한 식당에서 상견례를 마친 뒤 골목 입구에서 담배를 피우던 그는 몇 걸음 들어간 어두컴컴한 골목에 쭈그리고 앉았던 동생을 뒤늦게 발견했다. 동생이 제 근처에서 오줌을 갈기던 백구에게 저리 꺼져! 하면서 돌멩이를 던지지 않았더라면 그는 동생이 거기 있는 줄도 몰랐을 거였다. 돌멩이에 맞은 개가 신음을 내며 골목 깊숙이 달아났지만 동생은 분이 풀리지 않았는지 주위를 더듬어 돌멩이 몇 개를 더 찾아 그쪽으로 던졌다. 그는 슬그머니 골목 입구를 벗어났다. 불쑥 그날이 떠올랐던 이유가 무언지는 알 수 없지만 그날처럼 그의 얼굴이 부끄러움으로 달아올랐다. 동생이 그를 향해 돌을 던진 것도 아니었고 그를 향해 욕을 한 것도 아니었건만 그는 부끄러운 짓을 하다 들킨 것처럼 수치스러웠다. 그는 개와 고양이에 잔정이 많던 동생이 진짜 동생인지 그악스럽고 야멸친 그때의 동생이 진짜 동생인지 헷갈렸고 잘 안다고 여겼던 동생이 순식간에 낯설어졌기에 수치스러웠다. 내가 알지 못하는 동생의 이면들은 얼마나 많을는지. 물론 회한에 가까운 이런 질문들은 그 당시에 단번에 생겨났다기보다 세월이 흐르는 동안 그와 비슷한 순간들을 겪으면서 하나의 질문으로 굳어졌을 게 분명하지만 그런 의문이 들 때마다 생겨나는 기이한 수치심만은 더도 덜도 아닌 바로 그때 느꼈던 만큼의 강도와 세기로 느낄 수 있었다. 다리 사이에 꼬리를 말고 뒤뚱거리며 도망치던 개가 꼭 그 자신인 것만 같았던 기분을 매번 똑같이 느꼈던 거다. 그렇게 세월이 흐르면서 어쩌면 그때 동생은 골목 입구에 낯선 이가 나타나 담배를 피우는 걸, 담배 피우는 품이 익숙한 걸, 그게 바로 제 오빠라는 걸 알았을지도 모르며 결혼을 앞두고 당연히 느낄 수밖에 없는 슬픔이든 불안이든 자신만의 감정에 몰두할 수 있는 짧은 순간을 간섭받았다는 기분에 사로잡혔을지도 모르며 불쑥 솟아난 분노 때문에 마치 오빠를 향해서이듯 혹은 부모를 향해서이듯 혹은 이 세상을 향해서이듯 돌멩이를 던졌는지도 모른다. 동생은 모든 걸 예상했을지도 모른다. 그가 부모의 전 재산이나 마찬가지인 땅을 팔아 사업에 뛰어들었을 때 거기에는 사실 동생의 지분도 포함되어 있었지만 그가 모르는 척하리라는 걸. 사업이 순조로워서 윤택하게 살 때 돈을 빌리러 온 매제를 빈손으로 돌려보내리라는 걸. 어린 아들을 데리고 이혼해 사는데도 형편이 어려워졌다는 이유로 오빠에게는 아무런 도움도 받지 못하게 되리라는 걸……. 그와 동생이 걷는 오솔길은 언제까지나 평행선일 수밖에 없다는 것도 이미 알았을지 모른다. 내가 온 힘을 다해 걸어왔던 길고 긴 시간들은 전혀 기억이 나지 않는데 찰나에 가까웠던 짧고 허망했던 그 순간들만은 왜 이토록 생생하게 기억나는 것일까. 어쩌면 그 기나긴 시간을 대가로 지불하고 몇 안 되는 그 짧은 순간들을 얻어서였는지도 모르지. 그리고 유감스럽게도 그 순간은 언제 어느 때 찾아올지 알 수 없고 설령 그 순간을 겪었다 해도 어느 순간이 그 순간인지 모를 경우가 많을 테니까.

그의 발치 앞으로 주먹만 한 돌멩이 하나가 굴러왔다. 얼핏 보아도 벽돌 조각인 걸 알 수 있었다. 몇 걸음 앞 전봇대 쪽에서 날아온 돌이었다. 겨우 몇 걸음……. 그는 전봇대 아래 널브러져 있는 청년에게 다가갔다. 청년은 또 다른 돌멩이를 찾는지 손으로 바닥을 더듬었다. 가까이 다가가보니 얼굴이 피투성이였다. 그는 아무 말 없이 청년의 겨드랑이에 손을 넣고 청년을 일으켜 세웠다. 한쪽 다리를 상했는지 청년은 절뚝이며 전봇대에 등을 기대고 힘겹게 섰다. 주택가 위로 우뚝 솟은 대형 병원의 입원병동 건물이 보였다. 그는 청년에게 등을 돌렸다. 신고를 하는 것보다는 직접 응급실을 찾는 게 빠를 것 같았다. 자, 업혀라. 괜찮아요. 업히래도. ……. 청년을 업고 무릎에 힘을 주자 허리가 뜨끔했다. 청년의 달뜬 숨이 그의 귓바퀴에 닿았다. 마주오던 사람들은 곁눈질을 하며 그들을 피해 지나쳐 갔다. 성공했니? 아니요. 억울하니? 아니요. 그럼 이제 놓아라. ……. 그의 발 아래로 돌멩이가 툭 떨어졌다. 골목을 빠져나가니 이면도로가 나왔다. 저 앞에 응급실로 가는 출입구가 있었는데 그보다 먼저 눈에 들어온 건 그 너머의 장례식장이었다. 응급실 현관에 이르자 청년이 혼절했는지 청년의 몸이 스르르 미끄러져 내렸다. 응급실 침대에 청년을 눕혀 놓고 서류에 사인을 한 그는 화장실에서 목덜미와 턱에 묻은 청년의 피를 닦아냈다. 점퍼에 묻은 피는 완전히 지워지지 않았지만 탈탈 털어 물기를 없앤 뒤 다시 입었다. 거울에 비친 그는 어디에서나 흔히 볼 수 있는 늙은이에 지나지 않았다. 응급실로 돌아가 청년을 잠깐 내려다보았다. 상복을 입은 채 누군가에게 두들겨 맞아 피투성이가 되어 응급실 침대에 누워 있는 청년이 부러웠다. 그의 삶에서 진짜 사건이라고 할 만한 일은 한 번도 벌어진 적이 없었다. 내게도 이런 일이 일어났어, 라고 할 만한 사건은 없었지. 그 일이 무슨 일이든 내게도 한 번쯤 일어나면 좋겠어. 그리고 이 청년은 이미 그런 일을 겪었지. 나보다 정직하고 단순하게 세상과 부딪혔고 비록 쓰러지기는 했지만, 어쩌면 목숨이 위태로울지도 모르지만 정말 세상을 살아본 적이 있다고 말할 자격은 이런 청년에게만 허락되는 걸 거야. 그러니까 내게도 이런 일이 일어났어, 라고 말할 수 있는 날은 영영 오지 않을 거야. 나도 이런 일을 해냈어, 라고 말하지 않고서는 말이야. 아무것도 감행하지 않고서는 말이야. 무언가를 저지를 수 있는 능력이 나한테는 없어. 그는 집에 돌아가고 싶지 않았다. 집은 텅 비어 있을 거였다. 아내는 오늘 농성장에서 밤샘을 한다고 했고 싸구려 원룸을 얻어 집을 나간 딸은 전화도 자주 하지 않았다. 아들은…… 어딘가에 있겠지만 그가 결코 찾을 수 없는 곳일 거였다. 아파트를 팔아 빚을 청산하고 남은 돈으로 얻어 들어간 방 두 칸짜리 빌라가 있는 동네는 벌써 오 년째 살고 있지만 여전히 낯설었다. 동네보다 낯선 건 집 자체였다. 아내가 요리를 하지 않게 된 뒤로 가끔 출몰하던 벌레들조차 보기 힘들 지경이었다. 냉장고는 상한 음식들을 한 번 정리한 뒤로는 텅 비어 있는 것이나 마찬가지였고 김치냉장고는 아예 코드를 뽑아둔 지 오래였다. 그의 주식은 봉지라면에 물리면 컵라면으로 갔다가 컵라면에 물리면 봉지라면으로 돌아오기를 되풀이했는데 언제부턴가 아예 집에서 뭘 끓여 먹은 기억이 없을 정도가 되었다.

지금 사는 집으로 이사 온 지 얼마 안 되어서였다. 아내는 오랫동안 주방보조로 다니던 식당을 그만두고 병원 급식 조리원으로 자리를 옮겼다. 사 년씩이나 다닌 식당을 그만둔 이유를 그가 물었을 때 아내는 그냥 멀기도 하고, 라고 답했다. 그럴 때의 아내는 자기 생각에서 한 걸음 떨어져 지내는 것처럼 보였다. 아내는 언제나 다른 생각에 몰두한 것 같았고 어떤 생각을 하자마자 그 생각에서 벗어나기 위해 애쓰는 것 같았다. 아내는…… 지긋지긋하고 비참한 현실을 견디다 못해 미래로 퇴각해버린 사람 같았다. 그는 병원 옆 이면도로를 따라 걷다가 편의점에 들어갔다. 담배 한 갑과 라이터 하나. 옆 골목에 들어가 담에 기대어 담배 한 대를 물었다. 이십여 년 만인 것 같았다. 첫 모금에 머리가 울렸다. 텅 빈 가슴에 담배 연기가 차올랐다. 구역질도 아니고 재채기도 아닌 뭐라 말로 표현하기 어려운 무언가가 그의 목젖을 건들며 튀어나올 것만 같았다. 딸이 태어나고 난 뒤 아직 아들이 태어나지 않았을 무렵인 것 같다. 퍽 이른 나이로 아버지가 돌아가셨다. 상을 치른 뒤 담배를 끊었다. 아내가 무척 좋아했다는 기억이 났다. 아내는 무슨 담배를 피울까. 그가 피우는 담배는 디스플러스였다. 아마 아내는 가느다란 에쎄를 피울 거였다.

집은 썰렁했다. 문을 열자 사람이 살지 않는 빈집에서나 날 법한 매캐한 냄새가 났다. 아직은 한밤중에도 보일러를 켜지 않고 전기장판만 사용하는 터라 집을 채운 공기도 싸늘했다. 혹시 아들이 돌아왔을까 싶어 숨을 죽이고 귀를 기울였지만 인기척은 전혀 들리지 않았다. 단화를 벗고 거실에 들어섰다. 바로 거기에서 그는 아들의 뺨을 때렸다. 때리고 또 때렸다. 때릴수록 아들의 뺨이 부풀어 오르는 게 느껴졌다. 때릴수록 단단해지는 게 아니라 물컹물컹해졌다. 아들은 그가 때리는 대로 맞았다. 그의 손을 피하지 않았다. 그를 노려보았다. 그도 아들을 노려보았다. 아들의 뺨을 때리면서 그는 알았다. 이제 모든 게 끝장났음을. 이렇게 한다 해도 아무 소용이 없음을. 아들을 구하려면 아들이 하려고 했던 일을 자신이 대신 짊어져야 한다는 사실을. 이렇게 한생을 바쳐 이룩했던 모든 것들이 무너

져가고 있음을. 윤수야, 내 아들아, 너는 정직하기 때문에 정직한 척할 수 없고 네가 정직한 척하지 않기 때문에 사람들은 너를 정직하지 못한 사람으로 간주한단다. 정직한 네가 절망스러운 상황에 이르렀을 때 그 모든 걸 네 탓으로 여길까 봐 두려웠단다. 그리고 그렇게 되어버렸구나.

가슴을 쥐어짜는 듯한 통증이 찾아왔다. 참을 만한 통증이었지만 겁이 더럭 났다. 그는 발을 끌며 걸어가 거실 소파에 앉았다. 잠시 그대로 앉아 기다렸지만 수술용 칼로 내리긋는 듯한 통증이 가시질 않았다. 흉통은 천천히 일어나는 파문처럼 둔하게 퍼져갔고 이제 가슴부터 등과 양쪽 겨드랑이 아래까지 번졌다. 숨 쉬기가 곤란해졌고 숨이 막힐 것 같은 두려움이 생겼다. 그러나 오래가지는 않았다. 조금 뒤 그는 안정적으로 숨을 쉴 수 있게 되었다. 젊은 시절에도 가끔 찾아오던 흉통이라 크게 신경 쓰지는 않았다. 그가 신경 쓰이는 건 가끔씩 찾아오는 흉통이 아니라 아내였다. 얼마 전에도 그는 요 위에 누워 자다가 가슴의 통증을 느끼며 깨어났다. 그때는 배까지 아팠다. 그는 몸을 일으켜 세우려다 그대로 허리를 꺾은 채 통증이 사라지길 기다렸다. 이마에 식은땀이 맺힐 만큼의 시간이 흐른 뒤 호흡도 거의 정상으로 돌아왔고 통증도 많이 가라앉았다. 현관문 열리는 소리가 났다. 좀 이른 시간이지만 아내가 분명했다. 아내는 결코 쿵쿵 소리를 내며 걷는 법이 없었다. 아내의 몸에 밴 발걸음 소리. 거의 소리가 없으나 부드러운 천끼리 비벼대는 듯한 사락사락 소리가 난다면 아내일 수밖에 없었다. 그는 움직이지 않고 그대로 있었다. 눈물이 찔끔 났다. 아파서 나는 눈물은 아니었다. 이런 일은 앞으로 더 자주 반복될 테고 그만큼 죽음도 가까워진다는 뜻일 거였다. 불현듯 지난 세월이 수천수만 장의 사진을 겹친 것처럼 어두운 이미지로 떠올랐고 이렇게 죽음과 순식간에 가까워진 자신을 아내가 보게 되기를 바랐다. 당황한 꿩이 머리를 처박고 벌벌 떨고 있는 것과 다름없는 꼴을 보게 되기를 바랐다. 값싼 동정을 바란 건 아니었다. 아내가 슬퍼하기를 바랐다. 그러면 그는 아내의 슬픔을 조롱할 수 있을 테니까.

안방 문이 비긋이 열렸고 아내가 멈칫하는 게 느껴졌다. 여보…….그는 대답하지 않았다. 여보……. 아내의 목소리에 약간의 두려움이 실려 있었지만 그는 대답하지 않았. ……여보, 그는 대답하지 않았다. 아내가 다가와 그를 부축해 똑바로 뉘어주기를 바라면서. 방문이 닫혔다. 사락사락 소리가 났고 현관문이 열렸다가 닫히는 소리가 났다. 그는 오랫동안 기다렸다. 집 안은 괴괴했다. 십 분이 흐르고 이십 분이 흘렀다. 아내는 돌아오지 않았다. 그는 방바닥에 처박힌 자세를 고쳐 똑바로 앉았다. 아내가 왜 그냥 가버렸는지 알 수 없었다. 오래도록 그 자리에 앉은 채 그는 아내의 분노와 살의를 생각했다. 나는 진실을 알아. 내 가슴에는 진실이 있어. 내 가슴 속에 진실이 있다는 건 내 가슴이야말로…… 진실을 은폐한 곳이라는 뜻이기도 하지.

2

그는 텅 빈 직원 식당을 가로질러 갔다. 식당의 공기는 방금 누군가의 입에서 나온 숨처럼 눅진했다. 날마다 물청소를 하고 정기적으로 소독을 해도 식당에 밴 음식 냄새는 사라지지 않았다. 그는 아들에게 전화를 걸었다. 아들은 받지 않았다. 아들 이름 옆 숫자가 35에서 36으로 바뀌었다. 아들이 보낸 문자를 다시 확인해 보았다. 잘 있으니 걱정하지 말라는 문자, 때가 되면 돌아가겠다는 문자, 지금 어디라는 문자, 다시 지금은 어디라는 문자 그리고 어디로 갈 예정이라는 문자……. 직원용 휴게실 옆 쪽문을 나가자 알싸한 담배 냄새가 났다. 거기는 화장실 바깥쪽이었고 조리원들 가운데 흡연자들이 즐겨 찾는 곳이었다. 의자도 두어 개 있고 재떨이도 있었으며 화장실 외벽에 등도 하나 달려 있었다. 그늘진 곳이라 숙자 언니가 뻐끔거릴 때마다 담뱃불이 환해졌다가 사그라졌다. 너도 앉아서 한 대 피워. 숙자 언니가 담배를 건넸다. 그는 은박지에 싸인 김밥 두 줄을 빈 의자 위에 올려놓았다. 그가 첫 모금을 깊이 빨아들인 뒤 한숨을 쉬듯 담배 연기를 내뿜자 숙자 언니가 혀를 찼다. 한 삼십 년 피운 것처럼 잘 빤다. 기억나니? 너 처음 담배 피울 때 얼굴은 시뻘게져서 목젖이 튀어나오도록 기침해대던 게 엊그제 같다야. ……그랬어? 그랬다 이년아. 담배 한 대를 다 피울 때까지 숙자 언니는 더 이상 말이 없었다. 괜찮아? 괜찮아. 언니는? 괜찮아, 하여튼 그 개새끼들. 그가 고개를 돌려 숙자 언니를 보았다. 숙자 언니의 고르지 못한 잇바디가 보였다. 배시시 웃는 것 같았다. 미안하다, 내 입이 원래 좀 더럽잖아. 괜찮아, 그래서 언니가 좋아. 싱거운 년. 그는 무의식적으로 왼쪽 발목을 쓰다듬었다. 오 년 전에 화상을 입은 자리였다. 2도 화상이라 한동안 수포가 생기고 통증이 심했지만 이제는 기억도 나지 않는 통증이었다. 그러나 붉은 화상 자국이 남아 문득 거기로 눈길이 갈 때면 마음이 흔들렸다. 사 년째 다니던 식당이었다. 아침 아홉 시부터 저녁 아홉 시까지 열두 시간을 일하고 돌아가면 집안일이 기다리고 있었다. 그가 식당을 다니기 시작할 무렵 치매기가 있던 시어머니는 그즈음 이미 반쯤 딴 세상에 건너가 버린 사람이나 마찬가지였다. 시어머니는 돌아가신 친척들이나 가까웠던 지인들을 귀신이나 환영으로 보고 있는 듯했고 남편은 그때만 해도 별 소득도 없이 과거에 사업을 하면서 알고 지내던 사람들을 찾아다녔다. 남편이 일당 사오만 원에 공사 현장의 교통정리와 같은 일을 하게 된 건 이제 겨우 이 년 남짓이었으니까. 초겨울 어느 늦은 오후였다. 설거지한 수저를 소독하기 위해 뜨거운 물을 붓다가 그만 냄비를 놓치고 말았다. 펄펄 끓는 물이 그의 왼쪽 장화 속으로 쏟아져 들어갔다. 한 치수 큰 장화라서 덧버선을 껴 신은 탓에 벗겨내기가 힘들었다. 그가 주저앉은 채 장화를 벗겨내기 위해 안간힘을 썼던 짧지도 길지도 않았던 그 순간에 그는 지독히 외로웠다. 조금만 빨리 장화를 벗겨낼 수 있었더라면 어땠을까. 모든 게 달라졌을까. 그건 알수 없는 일이었다. 전문병원에는 못 가고 가까운 피부과에서 치료를 받았다. 수포가 터지고 너덜거리는 살갗을 걷어내고도 한참이 지나서야 불그스레하게 살이 올랐다. 이사를 하는 바람에 식당이 멀어지기도 했던 터라 그는 식당을 그만두기로 했다. 식당 사장은 산재 신청을 하지 않는 조건으로 치료비를 정산해주었고 위로금으로 오십만 원을 봉투에 넣어주면서 하지 않아도 될 말을 했다. 많지는 않지만 서운하게 생각하지는 마세요. 노무사무실에 알아보니까 개인 과실을 고려하면 이 정도도 약소한 건 아니라고 하더군요. 위로금을 받지 않을 생각이었던 그는 그 말에 두말없이 봉투를 받았다. 그 오십만 원은 시어머니가 아이들 고모의 집으로 옮겨 가게 될 때 다 허물어졌다. 반은 시누이의 외투 주머니에 넣어주었고 나머지 반은 시어머니의 오래된 쌈지에 넣어주었다. 시누이는 절대 받지 않겠다고 사양했지만 오빠 몰래 주는 거라며 억지로 떠안겼다. 시어머니는 그가 돈 봉투를 쌈지에 넣고 돌려주자 무심한 눈으로 그를 보았을 뿐이다. 어머니, 이거 잘 갖고 계셨다가 꼭 필요할 때 쓰세요. 알아듣지 못하는 시어머니에게 당부까지 한 뒤 아이들 고모의 집을 돌아 나올 때는 부모의 유골을 납골함에 안치한 뒤 돌아서던 날처럼 아뜩하기까지 했다. 이제 시어머니를 완벽하게 잃은 것이나 마찬가지이며 방금 자신은 시어머니의 장례를 치르고 돌아선 것과 다름없다는 생각 탓이었다. 시어머니와 함께 사는 건 지긋지긋했다. 완고한 남편과 그 남편을 하늘처럼 떠받드는 시어머니와 더불어 살면서도 아이들만 품 안에 두지 않았던 이유는 아이들을 위해서였다. 그에게는 남편이고 시어머니지만 아이들에게는 아버지이고 할머니였으니까. 그에게는 무엇보다 행복하고 즐거운 우리 집이 소중했다. 무슨 일이 생긴다 해도 가족이라는 울타리 안에만 있을 수 있다면 안전하고 행복한 것이라고 생각했다. 그렇게 버티고 살다가 시어머니가 눈을 감을 때 원망도 하고 하소연도 하고 용서도 하고 싶었다. 시어머니가 치매에 걸린 뒤로는 그와 시어머니 사이의 유의미한 관계는 모두 단절된 셈이었다. 둘 사이에 오가던 상투적인 대화가 사라졌고 상대방이 어떤 생각을 하는지 어떤 기분인지를 알아내기 위해 신경을 곤두세울 필요도 사라졌다. 눈치를 볼 필요도 없었고 화낼 일도 없었다. 원래 드물었지만 웃을 일도 전혀 없었다. 처음에는 원망이 없지 않았다. 이 노인은 자기 편한 대로 정신을 놓고 이미 저세상으로 반쯤 들어가 버렸어. 춥고 더운 줄도 모르고 배고픈 게 뭔지 서러운 게 뭔지도 몰라. 혼자 웃기도 하고 찡그리기도 하지만 그건 감정을 표현하는 게 아니니까. 만취한 사람이 집에 찾아오듯 습관적으로 하는 것일 테니까. 그런데도 평온해 보여. 자기가 어디에 있는 줄을 아는 것 같아. 모든 걸 잊어버려도 괜찮다고 말해주는 사람이 곁에 있는 것처럼 굴잖아. 언제쯤이 되어야 나도 저렇게 자유로워질 수 있을까. 언제쯤 나도 현실을 꿈인 듯 꿈을 현실인 듯 알고 살 수 있을까. 그때가 되면 보고 싶은 이들 기억에서 불러내어 옆에 앉혀 두고 도란도란 이야기 나누며 시간을 보내는 거야. 나를 스쳐 갔던 모든 것들의 이름을 부르고 그것들이 고개 돌려 나를 보면 손을 흔들어주는 거야. 그렇게 사는 거야.

원망은 오래가지 않았다. 시어머니의 치매기가 깊어갈수록 시어머니와 아무런 관계가 없는 사람이 되어가는 일에 익숙해졌다. 그 대신 시어머니는 한 사람이 노년에 이르러 죽어 가는 과정을 요약해서 보여주는 하나의 표본이 되었다. 우악스럽고 폭력적이었던 남편이 죽은 뒤 그 남편처럼 고집이 세고 무뚝뚝하며 잔정 없는 아들에 의지해 남은 생을 근근이 이어가다 결국 깜깜한 골방 속으로 스스로 기어들어가 버린 사람들. 그렇게 스스로를 유폐시켰던 숱하게 많은 사람들 가운데 하나일 뿐이며 언제가 그 역시 그렇게 되리라는 걸 예언하는 사람이기도 했다. 시어머니는 그의 미래를 살아버린 사람이었다. 그런 시어머니를 지켜보면서 몸서리쳐지는 순간이 없다고 할 수는 없었다. 절대적이고 순수한 늙음이라고 표현할 수 있을 법한 것들. 일어서서 걸어 다녀도 지구 표면에 납작하게 기어 다니는 벌레를 보는 듯한 기분. 사람과 사람 아닌 것 사이에 존재하는 듯하며 언어와 신탁 사이에 존재하는 듯한 웅얼거림들. 초라하고 볼품없는 육신과 그런 육신에 깃든 쓸모없는 정신들. 한마디로 추했다. 늙음 자체가 더러워서가 아니라 소멸하는 과정에서 언뜻 엿보이는 거부의 몸짓, 삶에 대한 집착의 흔적, 떨리는 손 떨리는 다리 떨리는 주름지고 변색된 목덜미 같은 것들. 하얗게 센 눈썹과 머리카락들. 소멸의 과정이 아니라 부패의 과정인 것만 같은, 죽어서야 부패가 시작되는 게 아니라 오래전부터 부패가 시작되었음을 일러주는 듯한 노인의 냄새. 별로 동정할 가치도 없고 죽어 사라지면 그걸로 끝이며 아무도 죽음을 기억하지 않게 될 시어머니를 바라보는 그는 스스로도 이상하리만치 냉담했다. 초연해서가 아니라 어차피 일어나게 될 일이기 때문이었고 그러한 운명을 피해갈 수 있는 사람은 이 세상에 단 한 명도 존재하지 않기 때문이었다. 나는 죽음이 다가오면 굶을 거야. 죽을 때까지 굶을 거야. 사람은 숨이 끊어지면 어디선가 영혼이 피식 바람 소리를 내며 빠져나간다지. 등허리의 곡선이 무너지며 바닥에 납작하게 들러붙는다지. 그리고 모든 구멍의 문이 열리면서 오물이 쏟아져 나온다지. 그렇게 되면 남은 사람들이 죽은 자의 몸을 깨끗이 씻겨야 하지. 생각만 해도 화가 나. 나는 이 세상과 청산할 게 없어. 나는 빚진 게 없어. 비록 내가 죽는다 해도 내 몸뚱이에 손을 댈 권리는 아무에게도 없어. 그렇게 되도록 내버려두지 않을 거야. 그런 생각을 한 사람이 나만은 아니었겠지. 그리고 보면 얼마나 많은 사람들이 수치 속에 죽어 갔을까. 자기가 죽고 난 뒤 벌어질 일을 끔찍해 하면서도 아무것도 하지 못한다는 절망감 속에 죽어 갔겠지. 내 남편의 어머니, 나의 시어머니, 혹시 당신도 그런 생각을 하시나요.

숙자 언니가 부스럭거렸다. 김밥의 은박지를 벗겨 넓게 편 뒤 나무젓가락 하나를 그에게 건넸다. 그가 김밥 하나를 입에 넣고 우물거리자 숙자 언니가 물끄러미 그를 바라보았다. 넌 참 알다가도 모를 년이야. 뭐가요? 김밥은 잘 먹잖아. 원래 김밥 좋아해요. 집에선 요리도 못 하잖아. 왜 그런지 나도 모르겠어요. ……이럴 때는 말이야 너보다 김 실장이 더 말이 잘 통할 것 같아. 숙자 언니가 다시 배시시 웃었다. 나는 김 실장 그 새끼가 직원 식당에서 밥 처먹고 이 화장실에 와서 똥을 누면 일부러 여기 나와서 담배를 피우거든. 인기척이 나니까 힘도 맘대로 못 주고 식은 방귀를 뀌면서 똥 싸는 꼴이 훤히 보여. 그는 웃다가 하마터면 입 속의 김밥을 다 뱉어낼 뻔했다. 나 때문에 그 새끼 변비 생겼을 거야. 숙자 언니는 점점 더 짓궂은 농담을 했고 정말 하고 싶은 말이 있을 때 이런 식으로 돌려 말하는 버릇이 있다는 걸 알았으므로 그는 약간 긴장이 되었다. 어쨌든 그는 거짓말을 한 게 아니었다. 이렇게 밖에 나와서 조합원들과 김밥을 먹거나 빵을 먹거나 라면을 먹거나 혹은 식당에 가서 회식을 하거나 뭘 먹든 아무렇지도 않았다. 그러나 설령 배가 고픈 상태였다 해도 집에 들어가면 식욕이 사라졌다. 식욕 대신 음식이나 요리

과정에 대해서 떠올리는 것만으로도 구역질이 났다. 정확히 언제부터인지는 그도 몰랐다. 발목 화상을 당하고 한 달 쉬다가 지금의 병원 급식 외주 업체의 조리원으로 입사한 뒤로도 한동안은 그런 일이 없었다. 교대 근무를 마치고 귀가한 어느 날이었다. 저녁 식사로 고등어김치조림을 할 생각이었다. 김치 통에서 배추김치 반 포기를 꺼내놓고 시장에서 사 온 고등어를 물로 씻고 손질하는데 속이 메슥거렸다. 돌아보니 도마 위에 올려놓은 배추김치에서 김칫국물이 배어나와 도마 끝에서 주방 바닥으로 뚝뚝 떨어지는데 꼭 핏물 같았다. 전신에 무기력이 엄습했다. 온몸이 축 늘어졌다. 이유가 무엇이든 그 시간이면 늘 그랬기 때문에 그는 잠시 쉬었다가 마저 저녁을 준비하려 했다. 그러나 거실 소파에 앉아 숨을 돌린 뒤로는 주방쪽으로는 한 걸음도 다가가고 싶지 않았다. 그쪽에 단단히 뭉친 공기가 있어 그를 밀어내는 것만 같았다. 단단한 공기는 점점 그가 있는 쪽으로 다가와서 집 안 내부 전체가 그처럼 단단한 공기로 채워지게 된 것 같았고 그 느낌은 아마도 깊은 바닷속에 잠겨 있는 것과 비슷하달 거였다. 결혼한 뒤로 그는 끼니마다 차려 먹이고 뒷갈망을 빠뜨린 적이 없었다. 몸살을 앓아도 밥상을 차렸고 화상을 입었을 때도 절뚝이며 도마질을 했다. 남편도 그렇지만 그도 외식을 그다지 좋아하지 않았다. 냉장고에 남은 재료들을 사용해 반찬을 만들고 찌개를 끓여 내먹는 일에 익숙했다. 결국 그는 식사 준비를 하지 못했다. 가벼운 구토 증세는 밤까지 이어졌고 다음 날 새벽에 일어났을 때에는 머리가 띵하고 무거웠다. 도저히 아침 식사를 준비할 기운이 없었다. 그는 간단히 메모를 남기고 서둘러 출근했다. 병원 조리실에서는 아무렇지도 않았다. 나물을 데치고 커다란 질통에 국을 끓이고 고기를 볶으면서도 구역질은커녕 외려 허기진 탓에 입 속에 군침이 돌기까지 했다. 배식을 마친 뒤에는 다른 조리원들과 둘러앉아 맛있게 점심을 먹기까지 했다. 집에 돌아와서는 어제 못한 고등어조림을 다시 시도했다. 그의 내부라고 믿기 어려울 만큼 깊은 심연에서부터 구역질이 났다. 토해 낼 수 있는 건 다 토해 내고도 그는 입가로 침을 줄줄 흘리며 헛구역질을 했다. 화장실 세면대 앞에서 거울을 볼 때 비로소 그가 겪는 구토 증세가 입덧과 비슷하다는 생각이 들었다. 그는 입덧이 심하고 오래 가는 편이었다. 그가 임신했을 때는 그와 남편 모두 젊었고 남편은 그에게 모든 걸 맡겨 둔다는 태도였으므로 밤늦게 들어오기 일쑤였다. 하루 종일 아무것도 먹지 못한 채 임신소양증으로 온몸을 긁어 대다 지쳐 혼자 잠들어야 했던 밤이 얼마나 많았는지 모른다. 죽을 끓여 두어 방울의 간장으로 간을 해서 먹고 그나마 그가 먹을 수 있었던 건 과일이었지만 그때는 제철 과일도 비싼 편이었고 제철이 아닌 과일은 엄두도 낼 수 없을 만큼 비쌌기 때문에 자주 먹을 수도 없었다. 그는 불현듯 깨달았다. 이건 단순한 알레르기가 아니라 삶의 전환점과 같다는 걸. 이게 무얼 의미하는지 알 수는 없었으나 어쨌든 앞으로 더는 집에서 요리를 할 수는 없으리라는 걸. 그는 아랫입술을 지그시 깨물었다. 음식 재료를 만졌을 뿐인데 구역질이 난다는 건 내 배 속에 아이가 들어설 수는 없는 노릇이므로 다른 무언가가 생겨났다는 뜻이겠지. 나는 무얼 잉태해버린 걸까. 내가 이 나이에 잉태할 수 있는 건 분노 말고 뭐가 더 있을까. 옛사람들이 흔히 한이라고 불렀던 것일 수도 있겠지만 한이라는 말은 왠지 체념이라는 말과 비슷하게 여겨져. 나는 오래도록 체념해 왔으니 체념이 다져지고 굳어져 생긴 한이라 하기에는 억울해. 그렇게 굳어지고 굳어진 체념이 더는 체념이 아니게 되는 순간이 왔을 뿐이야. 그러니 분노 말고 뭐가 더 있겠어. 그런데 대체 무얼 향한 누굴 향한 분노지. 내가 나 아닌 다른 누구에게 분노를 품을 수 있겠어? 결국 그건 나일 수밖에. 어쩌면 그가 느낀 것이 진실에 가까웠을지도 모른다. 그는 오래도록 스스로를 어느 정도는 혐오했기 때문에 자신에 대한 진정한 분노가 생겨나는 순간 자신과 화해해버린 듯한 기분이었다. 혐오하면서도 아닌 척했던 위선을 벗어나니 자신과 대면할 수 있게 되었고 오십 후반의 가난하고 볼품없는 여인네를 보았다. 무엇보다 행복해 보이지 않는 스스로를 보았다. 이게 바로 나였어. 누군가 그의 귀에 대고 이렇게 속삭이는 것만 같았다―아침에 눈을 떠보니 내 머리가 백발이 되었네. 지난밤이 전 생애인 듯 침묵 속에 흘렀음을 알겠네. 새가 짖고 이슬이 반짝이네. 햇살은 무심하게 창을 통해 들어와 어두운 실내를 차츰 환하게 채워 가고 하얗게 세어버린 내 머리 위로 눈부신 과거가 깃들며 잠이 드네. 죽음은 과거를 한꺼번에 헤아리는 일임을 가리키듯 잊었던 일들 잊었다고 믿었던 일들이 거울에 서린 입김처럼 눈앞을 뿌옇게 뒤덮네.

그 일은 자연스럽게 진행되었다. 그가 밥을 차려주지 않는다며 화를 내고 윽박지르던 남편은 공사 현장에서 교통 안내 일을 시작했고 끼니의 대부분을 밖에서 때웠다. 일이 없는 날에는 집에서 혼자 컵라면이나 봉지라면을 먹었다. 어느 날 그가 퇴근해서 돌아왔을 때 남편은 막 라면을 먹으려 하고 있었다. 그가 헛구역질을 하자 남편은 라면을 통째로 싱크대에 부어버렸다. 그리고 그를 한 번 노려보았다. 남편은 이렇게 묻는 것 같았다. 당신 요리하는 거 좋아했잖아. 갑자기 이럴 수도 있는 거야? 그런 질문이라면 남편은 틀리지 않았다. 그는 요리를 좋아했고 차려 내놓은 음식들을 시어머니와 남편과 아이들이 둘러앉아 맛있게 먹는 모습을 사랑했다. 가족은 모르지만 그는 문화센터에서 익힌 솜씨만으로 한식조리기능사 자격증을 취득했다. 만약 그가 젊었다면 조리기사 자격증까지 도전했을지도 모른다. 살림살이 외에 그가 몰두할 수 있는 일이 오직 그것뿐이기도 했다. 다양한 요리의 레시피를 정확히 외우고 순서에 따라 조리를 하는 일이 지겹지가 않았다. 그가 손에 익은 방식을 버리고 표준화된 방식을 따라 계량하고 다듬고 반죽하여 데치고 삶고 굽고 튀기고 볶아 뜨거운 김이 모락모락 피어나는 음식을 접시나 그릇에 담아 내놓으면 말로 표현할 수 없었던 것들을 주물러 한 편의 시를 써낸 것처럼 뿌듯했다.

김밥 두 줄이 사라졌다. 숙자 언니가 다시 담배를 물었다. 그는 숙자 언니가 건넨 담배를 사양했다. 숙자 언니가 혼잣말이라도 하듯 무심하게 중얼거렸다. 그나저나 얼마 전에 그만두었던 영양사 아가씨 말야 자살했다고 하더라. 그는 가슴이 덜컥 내려앉았다. 그만둔 게 아니라 본사로 갔다던데 자살이라뇨. 숙자 언니가 그를 빤히 바라보았다. 그제야 그는 고개를 푹 숙였다. 너 유도 신문에 넘어온 거야. 난 그 아가씨가 뭐하고 사는지도 모르니까. 왜…… 거짓말했니? 거짓말한 적은 없어요. 그 아가씨랑 무슨 사연인데? 그는 숙자 언니를 똑바로 보았다. 언니…… 언니가 뭘 알든 뭘 눈치챘든 나한테 묻지는 마세요. 난 아무 말도 하지 않을 테니까. 숙자 언니가 혀를 찼다. 억울하지도 않아? 억울하지 않아요. ……널 비난하려는 건 아니야. 난 너 믿어. 네가 그렇다면 그런 거지. 난 그냥 네가 억울할까 봐 그런 거야. 괜찮아요, 언니. ……고마워요. 고맙긴…… 참, 너도 대단하다. 담배를 비벼 끈 숙자 언니는 실쭉 웃으면서 그의 손을 어루만졌다. 쪽문이 벌컥 열리더니 사무장인 영주 언니가 구르듯이 나왔다. 숙자야, 이리 온나! 병원 측에서 뭔 일을 꾸미는 갑다! 숙자 언니가 소리를 질렀다. 야 이년아 남들 앞에서는 분회장이라고 부르랬잖아. 영주 언니가 코웃음을 쳤다. 여기 남이 어데 있노? 쟈가 남이가, 내가 남이가, 우리가 남이가? 순희야 안 그렇나? 그럼 숙자 니도 나 부를 때는 깍듯이 사무장님이라고 해라! 숙자 언니가 손사래를 쳤다. 누가 한 마디에 열 마디 아니랄까 봐. 간다 가!

숙자 언니와 영주 언니는 급식 사업이 외주 업체로 넘어가기 전부터 병원에 고용되어 일한 오랜 동료였다. 비정규직 조리원들의 노동조합을 설립할 때부터 함께했던 터라 늘 아웅다웅하면서도 죽이 맞았다. 그가 외주 업체에 고용되어 이 병원 식당에 처음 출근했을 때 조리실 입구를 막고 농성을 하던 두 사람을 처음 보았다. 두 사람은 꼭 닮아서 자매가 아닐까 싶을 정도였다. 그들은 병원의 노동조합 사무실에 회의를 하러 갔을 것이다. 늘 농성장으로 삼던 조리실 입구의 복도를 벗어나 오늘 밤부터 기습적으로 외래병동 입구를 점거해서 농성할 계획이었다. 원청인 병원 측을 압박해 외주 업체가 노조와의 교섭에 나서도록 하기 위해서였다. 병원 정규직 노동

조합을 비롯해 의료보건노조 지부에서도 적극적으로 도와주고 있었지만 조합원 수가 너무 적었다. 지난 두어 달 사이 다섯 명이 노조를 탈퇴했고 탈퇴한 사람들이 그와 관련된 소문을 퍼뜨리고 다닌다는 걸 그도 잘 알았다. 그 소문이 어떻게 남편의 귀에까지 들어갔는지는 모르지만 짐작컨대 병원의 노무관리자인 인사팀의 김 실장이 관련되었을 거였다. 소문도 김 실장에서 시작되었음을 그는 모르지 않았다. 그날 처음 마주쳤던 사람이 김 실장이었고 그를 위아래로 훑어보는 눈길에서 이미 짐작했던 일이며 그가 의도한 것이기도 했다. 직원 휴게실에 혼자 있을 때였다. 어디선가 남녀가 실랑이를 하는 게 분명한 소리가 들려왔다. 직원들 가운데 남자는 조리장 한 명뿐이었다. 사십 대 중반의 조리장은 외주 업체의 유일한 정직원이었다. 남자의 목소리는 조리장의 것일 수밖에 없었고 조리장이 추근거릴 사람은 연수차 파견을 나와 있으며 조리장의 후배 격인 영양사일 수밖에 없었다. 전문대학 영양학과를 졸업한 지 얼마 안 된 앳된 여자아이였다. 그는 휴게실을 나와 소리가 들려오는 쪽으로 갔다. 달리 문패는 없고 원래 창고로 사용하다가 여자들만 있는 휴게실이 불편하다며 조리장 혼자 간이침대를 두고 휴식을 취하는 곳이었다. 조리원 가운데 거기에 들어가 본 사람은 없었다. 그가 문손잡이를 잡았을 때 문이 벌컥 열리며 영양사가 뛰어나왔고 그 바람에 그의 품에 안긴 꼴이 되었다. 그는 단번에 무슨 일이 있었는지 알았다. 영양사의 창백한 얼굴이 더욱 창백해 보였다. 잠깐이었지만 영양사를 껴안고 있는 동안 그는 제 품에서 가늘게 떠는 생명의 두려움을 느낄 수 있었다. 그의 가슴에서 무언가가 울컥 솟아올랐다. 아주 작은 소동이라 해도 다른 사람들이 눈치채지 못할 수가 없었다. 식당을 가로질러 오는 사람들의 발소리가 들렸다. 복도로 연결된 병동 쪽에서 누군가 다가오는 발소리도 들렸다. 그와 영양사는 눈을 마주쳤다. 그는 영양사가 무얼 원하는지 알았다. 그는 바로 옆의 비품실 문을 열고 영양사를 떠밀었다. 소리 내지 말고 꼼짝 말고 있어. 그는 조리장의 휴게실로 들어갔다. 조리장은 멍하니 그를 보았다. 그는 침착하게 윗옷의 단추를 풀었다가 하나씩 위로 어긋나게 잠갔다. 두 손으로 머리카락을 비벼댔고 윗옷 자락은 반쯤 바지 위로 빼냈다. 조리장이 무슨 짓이냐고 나지막하게 으르렁거렸고 그는 조리장을 노려보았다. 그는 숨을 고른 뒤 문을 열었다. 문 앞에서 마주친 건 김 실장이었다. 김 실장은 그를 위아래로 훑어보다가 히물쩍 웃었다. 김 실장의 눈빛은 이렇게 말하고 있는 듯했다. 늙고 못생겨도 여자는 여자인가 보네. 박 조리장은 취향도 독특하군. 그는 얼굴을 길게 하며 소리 없이 웃어주었다. 비조합원이었던 그가 조합에 가입한 뒤로 김 실장은 그를 볼 때마다 조합원이 되니 신수가 훤해졌다는 식으로 조롱해왔다. 말끝에 박 조리장은 좋겠다고 덧붙였다. 그날의 일은 그가 의도한 대로 흘러갔다. 다른 이들의 관심이 물러간 뒤 그는 비품실로 가 영양사에게 가운을 건네주었다. 아무도 없는 틈을 타 쪽문을 통해 밖으로 나갔다. 영양사는 그가 건넨 담배를 머뭇거리다 받았다. 영양사는 필터 끝을 엄지와 검지로 조심스레 잡고 담배를 물었다. 영양사가 기침을 하며 눈물을 찔끔 흘렸다. 손가락으로 눈물을 찍어 대다가 그를 보고는 처연하게 웃었다. 겨우 스물두엇밖에 되지 않는 아이가 오십은 먹은 여인네처럼. 너도 참는 데에는 이골이 난 아이로구나. 그는 이 젊은이가 말하지 않아도 알았다. 사십 중반씩이나 되어서도 단체급식소에서 조리장이나 하고 있는 저 작자가 사장의 먼 친척이라 겨우 버티는 주제라는 걸. 연수차 파견 나온 젊은이의 입장에서는 저 작자의 평가보고서가 중요하다는 걸. 호텔이나 유명 직영점에서 근무하고 싶은 젊은이의 입장에서는 엉덩이를 좀 만지거나 가슴을 슬쩍 건드리는 것쯤은 참을 만한 일이라는 걸. 그러다 불쑥 중년 사내의 손이 무릎 안쪽으로 들어왔을 때 수치심과 분노가, 지금까지 모른 척하며 인내했던 그 모든 일들의 부당함에 몸서리가 쳐지고 온몸이 부서지는 듯한 고통이 엄습한다는 것도. 성추행이든 성폭력이든 입증하기 어려울 뿐만 아니라 외려 좋은 평가를 위해 꼬리를 쳤다거나 가난한 집의 요즘 여자애들이 다 그렇다거나 예쁘지 않은 것들이 더 설친다는 식의 힐난과 원래 헤픈 년이라는 손가락질을 비롯해 한 번도 역사에 기록된 적 없고 기록될 수 없는 일들을 겪게 되리라는 걸. 그러나 젊은이는 모를 거였다. 언젠가 젊은이에게도 반격할 수 있는 기회가 찾아올 테고 모든 기회를 손에 넣을 수는 없겠지만 한 번쯤은 손에 넣게 될 것이며 그때가 되면 이 모든 허위의 세월이 속절없지만은 않다는 것도. 겨우 담배 한 대를 다 피운 영양사는 머리끈을 다시 묶고 단정하게 매만진 뒤 가운의 단추를 채웠다. 단추를 채우는 영양사의 손은 여전히 떨리고 있었다. 그가 스스로 생각해도 이상한 일이었다. 조리장 앞에서 단추를 풀었다가 다시 채울 때 신기하게도 전혀 떨리지가 않았다. 언젠가 남편이 방바닥에 머리를 처박고 죽은 것처럼 쓰러져 있는 걸 보았을 때 그는 남편을 내버려둔 채 도망가 버렸다. 왜 그랬는지는 그도 모른다. 굳이 헤아리자면 놀랐을 때 손으로 입을 가리는 것과 같은 습관적인 행동일 뿐이었다. 사태를 파악하고 재빠르게 대응하는 재주는 원래부터 없었다. 오래 오래 그 일을 두고 곱씹으며 후회하거나 흐뭇해하는 쪽이었지 당장에 벌어진 일을 논리적이고 이성적으로 판단하고 즉각적으로 행동하는 사람은 아니었다. 그때는 이러지 않았어. 심장이 두근거리고 두 다리가 후들거렸지. 달려가서 남편을 일으키든지 신고를 하든지 뭔가 해야 했는데 아무것도 할 수 없었어. 뭘 해야 한다는 생각은 들었지만 자꾸만 몸과 마음이 남편에게서 멀어지려고 했으니까. 정신을 차려 보니까 집 밖이었지. 옹벽 위 난간에 기대어 숨을 헐떡이고 있었지. 무섭고 두려웠어. 남편이 죽었을 수도 있다는 생각에 앞이 캄캄했으니까. 그런데 이제는 알겠어. 내가 왜 그랬는지 잘 알면서도 모른 척해왔다는 걸. 차라리 남편이 그렇게 죽어 버리기를 바라는 것도 진심인데 인정하지 않으려 했다는 걸. 왜 남편이 죽기를 바라서는 안 되는 걸까. 영양사는 가운 자락을 탁탁 털었다. 어느 정도 평온을 되찾은 얼굴이었다. 그는 영양사에게 아무에게도 말하지 않을 테니 걱정하지 말라고 다독였다. 그 말 때문이었을까. 영양사의 창백한 얼굴에 조소에 가까운 표정이 떠오르는 걸 보았다. 그를 향한 것일 수도 있었고 혹은 스스로를 향한 것일 수도 있었지만 꼭 그에게 그러는 것만 같아 가슴이 시렸다. 딸도 영양사 또래였다. 어느 날 새벽 출근했다가 노조원들의 훼방으로 조리실에 들어갈 수 없던 날이었다. 조리장과 김 실장의 허락을 받고 병원을 나선 그는 집으로 가는 대신 딸의 자취방으로 갔다. 이른 아침이었는데 놀랍게도 딸의 방문은 잠겨 있지 않았다. 딸은 불까지 켜놓은 채 새까맣고 더러운 얼굴로 세상 모르게 자고 있었다. 음식 냄새만이 아니라 방 안에 가득한 술 냄새 탓에라도 구역질이 났다. 딸의 잠든 얼굴을 가만히 들여다보니 아무래도 마스카라가 번져서 얼굴이 새까매진 것 같았다. 그는 미지근한 물에 적신 손수건으로 딸의 얼굴을 닦아주었다. 평소에 잔소리를 하지 않던 그는 딸이 잠에서 깨어나자 몇 마디 질책을 했다. 무슨 말 끝에 딸은 비위가 상했는지 오래 품었던 말인 것처럼 쉬지 않고 쏟아부었다. 엄마는 과묵한 게 아니라 필요한 말만 하는 사람이었어. 엄마는 기억하지 못하겠지. 내가 아홉 살 때였어. 우리는 집 앞 횡단보도에 서 있었지. 아마 내가 인도에서 한 발 내려가 차도에 섰던 모양이야. 엄마가 내 팔을 붙잡았는데 너무 아파서 아야 하고 소리를 질렀지. 그때 엄마는 별로 화난 표정도 아니었는데 말투는 무서웠어. 주희야, 한 발 더 나가렴. 한 발 더 나가서 달려오는 차에 쾅 부딪치렴. 여기는 차도야. 왜 여기 나와 있어. 인도에 서 있어야지. 엄마, 그날 이후로 나는 횡단보도 앞에 설 때마다 그때가 떠올라. 엄마, 왜 그랬어. 왜 다정하게 말해주지 않았어. 왜 그렇게 무섭게 말했어. 저쪽에서 차가 달려오는데 엄마가 그 앞으로 나를 떠미는 꿈을 자주 꿨어. 그래서 잊지 못해. 생생하게 기억해. 그때 엄마는 정말 나를 차도로 밀어버릴 것처럼 사납고 험악했거든. 그런데 이런 말들이 대체 무슨 소용이야. 내가 지금 이 모양 이 꼴이 된 게 엄마 탓도 아빠 탓도 아니고 내 탓도 아닌데. 누구 탓도 아니야. 누구 탓일 수가 없어. 영양사의 눈빛은 그런 말을 할 때의 딸의 눈빛과 그리 다르지 않았다.

저녁 배식이 끝날 즈음 농성장을 지키던 이들은 한꺼번에 병원 밖으로 나갔다. 나가기 전에 외래병동 입구에 들러서 자기 차례가 되어 일인 시위를 하고 있던 은혜를 데리고 갔다. 마흔 살의 은혜는 조합원 가운데 가장 어린 축에 속해서 다른 조합원들이 막냇동생처럼 아꼈다. 병원 근처의 단골 삼겹살집에서 홀 한가운데 자리를 잡고 단합대회를 했다. 농성 중이라고 해서 못할 일은 아니었지만 시늉으로 하는 회식이라는 걸 모두 알고 있었다. 고기를 굽고 웃고 떠들면서도 술은 마시는 척만 할 뿐 아래 숨겨둔 대접에 대부분 부어버리곤 했다. 병원 관계자들이 속아 넘어가 줄지 알 수 없었으나 별로 상관은 없었다. 시늉만 한다고 마신 술이지만 시간이 흐르니 제법 취기가 올랐고 이럴 바에야 아예 술을 잔뜩 마시고 취한 김에 점거해버리자며 농담하는 이도 있었다. 취기는 올랐으되 정신은 점점 말짱해졌다. 두어 달 전 처음 파업을 결심하고 농성에 돌입할 때는 지금 숫자보다 두 배는 많았다. 외주 업체와 병원의 회유로 많은 동료들이 조합을 탈퇴하거나 아예 퇴사해버렸다. 퇴사한 사람들 가운데 몇은 인사차 농성장을 찾아오기도 했다. 숙자 언니는 등신 같은 년! 하고 욕하면서도 어차피 정년도 몇 년 남지 않은 데다 온몸에 골병이 들기는 마찬가지 신세인데 이왕에 떠났으니 돈 많이 주고 수월한 일을 찾아보라고 위로해서 돌려보내곤 했다. 조합만 탈퇴하고 그대로 일을 하는 조리원들은 배신자라고 불렀다. 처음부터 조합에 가입하지 않았던 사람들보다 탈퇴한 사람들이 더 아니꼬운 모양인지 신경줄이 굵기로 유명한 숙자 언니나 영주 언니조차 그이들과 삿대질하며 다투기가 예사였다. 영주 언니가 술병에 숟가락을 꽂더니 노래 한 곡을 뽑아냈다. 노래를 마친 영주 언니가 그를 가리켰다. 순희야, 니도 술 한 잔 마셔 봐라. 난 니가 술 먹는 꼴 못 보면 억울해서 못 죽는다. 그 말에 모두들 와르르 웃었다. 마시지 말란 소리네. 순희가 술 못 마시는 건 용왕님도 아는데 오래 살고 싶단 말을 저렇게도 하냐. 숙자 언니가 이렇게 핀잔을 주자 영주 언니가 고개를 갸웃 기울이며 그 말이 그렇게 되나, 하더니 난 오래 살고 싶다, 울 영감탱이보다는 먼저 못 죽는다, 그 머스마가 칵 죽어야 신세 좀 필 긴데 하고는 술을 왈칵 들이켰다. 누군가 그의 손목을 붙잡았다. 은혜였다. 언니, 왜 그래? 괜찮아, 나도 한잔할게. 손목이 풀려난 그는 빈 잔에 소주를 따랐다. 그의 표정이 사뭇 단호했던 터라 다른 조합원들은 일순 말을 잃었다. 영주 언니가 손사래를 쳤다. 야야, 농담도 못 하나! 안 마셔도 된다. 고마 해라. 야야, 숙자야 좀 말려봐라, 진짜 마실라 칸다. 이년은 분회장이라니깐. 끝끝내 숙자라네. 거 뭐하나, 정 마실라면 소주 말고 삐루나 한잔해라. 그는 고개를 저었다. 괜찮아 언니, 안 죽으니까 걱정 마. 그는 입 안에 소주 한 잔을 털어 넣었다. 쟤는 뭘 하든 삼십 년쯤 한 사람처럼 잘해. 숙자 언니의 목소리가 귓가에서 윙윙거렸다. 그가 빈 잔을 머리 위에서 뒤집어 보이자 환호성이 났다. 알고 보니 순희가 술꾼이네! 노조 하면 다 그렇게 된다 아이가! 노조가 순진한 애 배려 놓은 거 아니고? 조합원들은 낄낄대면서 그의 잔에 서로 먼저 술을 채워주려 했다. 그의 얼굴이 금세 달아올랐다. 새색시가 따로 없네. 여기가 신방이다, 신방. 신랑은 누고? 신랑 운운한 사람의 옆구리를 누군가 찔벅거리는 바람에 서로 목소리를 낮춰 다투었다. 얼마 전에 순희 바깥양반이 와서 난리

손홍규 • 꿈을 꾸었다고 말했다 99

친 거 몰라? 알아. 아는데 왜 그래? 기가 막혀서. 그깟 조리장 따위랑 바람을 피웠을 리도 없고 그걸 트집 잡아서 을러대는 게 무슨 바깥 양반이야. 밴댕이지. 술을 마신 탓인지 속삭이는 목소리가 그의 귀에는 또렷하게 들렸다. 아무리 노련한 김 실장의 감언이설이라 해도 남편이 거기에 넘어가 조리장과 그가 내연의 관계라고 믿지는 않았을 거였다. 아마도 트집을 잡아 노조에서 탈퇴하거나 농성에서 빠지게 되기를 바랐을 테지만 말로는 자기감정과 생각을 표현하지 못하는 남편이었다. 젊은 시절에도 그랬고 나이를 먹어서도 마찬가지였다. 남편은 화가 나면 아예 입을 닫거나 방문을 발로 차거나 집을 나가버렸지 차분하게 대화를 나누거나 단호하게 말다짐을 하지는 못했다. 남편의 추궁에 바람이 나든 말든 무슨 상관이냐는 식으로 대꾸했던 건 남편의 진심을 듣고 싶어서이기도 했다. 남편의 진심을 한 번만이라도 직접 남편의 입을 통해 듣는다면 마음이 후련할 것 같았다. 설령 빈말이어도 좋으니 걱정이 되어서 왔다고 말해준다면 아무에게도 말하지 않았던 이야기—영양사든 조리장이든 김 실장이든 아니 시어머니든 시누이든 그 누구와 얽힌 이야기든 들려줄 수 있을 것 같았다. 그는 살아오면서 하소연할 사람이 단 한 명도 없었다. 치매가 심해진 시어머니 앞에 앉아 넋두리를 풀어낸 적은 있어도 소소한 일상을 살아온 이력에 버무려 간식을 먹듯 나누어 먹을 사람이 그의 곁에는 없었다. 그는 너무 외로웠기 때문에 외롭다는 걸 잊어버렸고 그걸 잊어버렸기에 외롭다는 느낌이 들 때마다 그가 살아오면서 겪은 절망의 감정들이 한꺼번에 되살아났다. 밤마다 감옥을 나서는 꿈을 꾸었다가 아침에 깨어나 감옥에 있는 자신을 발견하고 쓸쓸해하는 종신형 죄수처럼. 그는 손목을 탁 꺾으면서 두 번째 잔을 입 안에 털어 넣었다. 달아올랐던 그의 얼굴이 숨이 죽은 배추 속잎처럼 창백해졌다. 야야 저년 쓰러진다, 붙잡아라! 숙자 언니의 목소리가 아련했다. 그는 머릿속에 든 걸 모두 게워내고 싶었다. 지나간 삶을 전생처럼 게워내고 싶었다. 한 번도 진짜 행복한 적은 없었던 거야. 행복해야 한다는 생각에 사로잡혀서 행복하지 않았던 거야. 행복하지 않다는 걸 인정했다면 행복해지기 위해 노력할 수 있었을지도 몰라. 그런데 누가 내게 이런 생각을 불어넣어 준 걸까. 내가 혼자 그렇게 생각했던 걸까. 아니면 누군가 부추기고 속닥여서 그렇게 된 걸까. 나와 세상을 이간질한 자는 누구지. 나는 아닌데, 나는 아닌데. 그럼 누구지. 그는 까무룩 어둠 속으로 이마를 처박았다.

시간이 얼마나 흘렀는지는 알 수 없었다. 눈을 떠보니 캄캄해서 다시 눈을 감았다. 다시 눈을 떠보니 여전히 캄캄했다. 갈증이 났다. 사위는 고요했다. 어두웠지만 누군가 그를 호위라도 하듯 곁에 앉아 지켜보는 걸 알 수 있었다. 시어머니면 좋겠다는 생각이 들었다. 남편과 아들이 대판 싸우고 아들이 집을 나가버린 날 그는 시어머니가 그리워서 시누이의 집을 찾아갔다. 그에게는 아들도 낯설었다. 어린 시절에는 말 잘 듣고 착한 아이였는데 사춘기를 지나면서 부모와 누나를 포함해 세상사람 모두를 경멸하고 조롱하더니 얼마 안 가 가장 소심한 청년이 되고 말았다. 소심한 사내가 다 늙어버린 아버지와 그런 방식으로 다툴 수도 있다는 게 신선하기도 했다. 아들은 그의 손으로 길러냈지만 그의 손을 떠난 지 오래였다. 소심한 청년이 되어버린 뒤로 아들의 이마에는 이런 글이 쓰여 있는 것만 같았다. 나는 새롭게 태어났는데 세상은 이미 늙어버렸어. 그런 생각을 한다는 게 어떤 기분인지 조금은 알 수 있을 듯했다. 시누이의 집에서는 음식 냄새를 맡아도 괜찮았다. 어쩌면 그 집에 밴 시어머니의 체취가 고약한 음식 냄새를 상쇄시켜주는 것인지도 몰랐다. 시어머니 앞에서는 마음이 여유로웠다. 무슨 말을 해도 알아듣지 못하니까. 무슨 말이든 해도 상관없으니까. 말이 통하지 않으니까 말을 할 수 있었다. 그런 이유로 사실 그는 시어머니에게 모진 말도 몇 번 했다. 그럴 때마다 시어머니는 방긋 웃곤 했다. 시누이는 집에 없었지만 시어머니에게는 손님이 있었다. 낯익은 노부인이었다. 그가 아직 시어머니를 모시고 살 때 같은 아파트에서 친하게 지내던 노부인이었다. 노부인은 반갑게 그의 손을 잡았다. 노부인이 함께 있을 줄은 몰랐기에 그는 당황했다. 뜻하지 않은 손님 탓에 무슨 말을 해야 할지 몰라서였고 그가 왜 왔는지 다 안다는 듯한 노부인의 태도가 조금 불쾌하기도 해서였다. 그 노부인도 시어머니 못지않게 비쩍 마른 데다 생기가 없었고 허깨비보다 더한 허깨비 같았다. 노인네들은 치매에 걸렸거나 걸리지 않았거나 상관없이 서로 말이 통할지도 몰랐다. 그가 이따금 모진 말을 했다는 사실도 알지 모르고 어쩌면 두 노인이 친해질 수 있었던 것도 서로 며느리의 험담을 하면서였는지도 모른다. 그가 불편해하는 걸 안다는 듯 노부인은 그렇지 않아도 일어서려던 참이었다며 정말로 일어서더니 별다른 인사말도 없이 가버렸다. 어머님 손주가 말예요, 라고 말을 꺼낼 수 있게 된 건 한참이나 지나서였다. 시어머니는 정신이 멀쩡할 때 즐기던 드라마를 볼 때처럼 두 눈이 생글생글 빛났다. 그는 아들과 남편이 어떤 방식으로 다투었는지, 아들이 한사코 제 아비와 달라지려 애쓸수록 사실은 얼마나 제 아비와 똑같아지는지, 그래서 아들은 자신의 행동이 제 아비와 똑같다는 걸 꿈에서도 모르겠지만 젊은 시절 남편이 하던 것처럼 방문을 발로 차고 말은 하지 못한 채 씩씩대다가 집을 나가버렸다고 고자질을 하며 마음의 평온을 찾아갔다. 말을 마치자 더는 할 말이 없었는데 아직 하지 못한 말이 저 가슴 바닥에 수천만 톤이나 남아 있는 것 같아 서러워졌다. 그는 많은 말을 했다고 생각했는데 정작 하고 싶은 말에 견주면 모래밭에서 모래 한 알 골라낸 것에 지나지 않는 듯했다. 해야 할 말이 까마득했고 그제야 조금은 남편을 이해할 수 있을 것 같았다. 그가 아무리 많은 말을 해도 남편보다 상대적으로 많았을 뿐이지 절대적으로 많은 게 아니었음을. 그가 아무리 많은 말을 해도 결국은 남편처럼 될 수밖에 없음을. 그는 조금 울었다. 말 대신 눈물을 흘렸다. 눈물 한 방울은 천 마디의 말에 버금갔다. 눈물 두 방울은 십 년에 걸친 사연에 버금갔다. 시어머니가 엉덩이를 끌며 그에게 다가왔다. 악아, 왜 우니 응? 울지 마라 악아. 돈이 없니? ……이거, 우리 며느리가 준 돈이야. 우리 며느리가 나 맛난 거 사먹으라고 준 돈이야. 우리 며느리 피 같은 돈이다. 너 써라. 울지 마라. 돈은 있다가도 없는 거고 없다가도 있는 거야. 울지 마라, 악아. 사람이 돈을 울려야지 돈이 사람을 울릴 수는 없는 거다. 울면 못 써. 니가 우니까 나도 울고 싶잖니, 응? 시어머니는 방긋 웃었다. 그는 혼란스러웠다. 시어머니는 치매에 걸리지 않은 사람 같았다. 잠깐 정신이 돌아온 것일 수도 있고 혹은 정신이 나간 척하다가 실수를 한 것일 수도 있었다. 그는 두려운 눈길로 시어머니를 바라보았다. 어머니, 제가 누군지 아시는 거죠? 정신도 멀쩡하신 거죠? 다 알면서 모르는 척하시는 거죠? 지금 어디 계신지 아시는 거죠? 알기 때문에 결국 거기로 가신 거죠? 어머니…… 저도 데려가 주세요. 어머니만큼은 아니어도 저도 나이 먹을 만큼 먹었잖아요. 여기서 얼마나 더 늙어야 해요?

그가 몸을 일으키려 하자 곁에 있던 사람이 손으로 그의 등을 받쳐주었다. 남편이었다. 남편은 그가 기절해 있었다고 말했다. 남편이 병원에 도착했을 때 조합원들은 반쯤 취한 채로 외래병동 입구를 점거했다가 용역 깡패들이 던진 똥물을 뒤집어쓰고 쫓겨났다고 했다. 똥물을 뒤집어쓰고 엉엉 울던 분회장이 순희는 삼겹살집 골방에 누워 있다고 일러주었다고 했다. 그가 나도 거기로 가야겠어요, 하자 남편이 거기에 아무도 없다고 말했다. 그럼 어디에? 일단은 노조 지부 사무실로 간다고 하더군. 이 추운 날 똥물을 뒤집어썼으니. 불 좀 켜 봐요. 머리 아픈 사람은 어두운 게 나아. 괜찮아요. 불 좀 켜 봐요. 남편은 머뭇거리더니 마지못해 끙 소리를 내며 일어나서는 불을 켰다. 남편의 얼굴이 마른 핏자국으로 덮여 있었다. 그는 아무 말도 하지 못했다. 미처 씻지를 못했어. 자네가 여기 누워 있대서 오기는 했는데 기절해서 잠자는 꼴을 처음 보는 것 같아서 앉았다 보니……. 소녀처럼 새근새근 숨소리도 곱게 잘 자더군. 어디 봐요. 그가 손을 내밀자 남편이 고개를 돌렸다. 괜찮아, 젊은 놈들이 그 악스러워. 돈이나 많이 받고 그 짓을 하면 좋으련만. 용역 깡패들과 싸웠어요? 싸우다니? 그냥 맞았지. 늙은이라고 봐주지는 않더군. 하긴 제 어머니 같은 여자들한테도 그랬으니깐. 휘어진 콧잔등과 이마에서 옆얼굴까지 난 생채기와 목 주변의 시퍼런 멍까지 뚜렷하게 보였다. 그는 화가 나서 소리를 질렀다. 개 같은 새끼들한테 얻어터진 우리 아들은 잘도 패더니 그깟 용역 깡패한테 두들겨 맞았단 말예요? 아들은 죽어라 패고 아들 같은 놈들한테는 죽어라 맞고! 남편은 대꾸하지 않았다. 그는 이불을 발로 차고 벌떡 일어났다. 목이 타고 가슴이 조였다. 머리가 빙글 돌았다. 그의 몸이 휘청거렸다. 그는 팔을 붙잡는 남편의 손을 있는 힘껏 뿌리쳤다. 남편이 휘청거리더니 털썩 주저앉았다. 왜 그래요? 엄살 부리지 말고 일어나요. 우리 아들 찾아내요. 당신이 쫓아냈잖아. 일어나! 어서 일어나! 어느새 그는 고함을 치고 있었다. 이 사람은 아들의 뺨을 모질게도 때렸지. 나는 이 사람이 우리 아들을 때리는 걸 보면서 이 사람은 누군가에게 맞아본 적이 없는 사람이라는 걸 알았어. 그런데도 이 사람은 우리 아들을 때렸지. 그게 옳다고 믿었고 그렇게 하는 게 아버지의 역할이라고 알았던 거야. 이 사람에게 진짜 아버지란 어떤 사람이어야 하는지를 가르쳐준 사람은 없었으니까. 이 사람은 결코 모를 거야. 우리 아들에게 절망을 준 자들이 바로 자기와 같은 사람이었다는 걸. 일손이 서투르다는 이유로 때리고 말귀를 알아듣지 못한다는 이유로 때리고 사내자식이 약해빠져서 별일 아닌데도 질질 짠다고 때렸어. 때려도 대들지 못하니까 계속 때렸지. 우리 아들을 깊은 슬픔에 빠뜨린 자들이 바로 자기 같은 자들이라는 걸 이 사람은 결코 모를 거야. 그렇게 맞고 굴복하고 순종하면서 어른이 되는 거라고 믿는 사람이니까. 자기도 그렇게 견뎌왔다고 생각하는 사람이니까. 그게 세상을 살아가는 현명한 태도라고 생각하니까. 이 사람이 지금까지 한 번도 오판하지 않을 수 있었던 건 진정한 의미에서 한 번도 판단하지 않은 덕분이었어. 그 덕분에 이 사람은 고요하게 낮게 즐겁게 살아왔지. 그게 행복인 줄 알면서 말이야. ……나도 그랬으니까. 나도 그게 옳다고 믿었으니까. 별일 아닌데 힘든 척하면 화가 났으니까. 나도 그렇게 우리 아들에게 화를 냈으니까. 나와 상관없다 믿고 모른 척하며 살아왔으니까. 그래서 나한테 이러는 걸까. 내가 무슨 잘못을 했는지 알라고 이러는 걸까. 그는 생각하고 또 생각했다. 가스레인지의 건전지를 갈아 끼우지 못해 조바심이 났던 어느 날이었던가. 남편은 돌아오지 않고 밤은 깊었다. 딸아이는 울다 지쳐 잠들었고 그는 배가 고팠다. 죽을 데워 먹고 싶었는데 가스레인지가 켜지지 않았다. 아무리 점화 스위치를 돌려 보아도 불꽃이 올라오지 않았다. 딸깍, 딸깍, 딸깍……. 그는 차갑게 식어서 굳은 죽을 먹어야 했다. 다음 날 남편은 건전지를 교체해주었다. 점화 스위치를 돌리자 붉고 푸르고 하얀 불꽃이 이글이글 피어났다. 이토록 간단한 일이었는데 왜 그토록 두려움에 사로잡혀야 했는지 알 수 없었다. 건전지 갈아 끼우는 일을 두려워한 스스로가 한심하고 창피하고 안쓰러웠다. 가스 호스가 빠지고 가스가 새어나와 펑 하고 터지는 상상을 했던 스스로가 경멸스러웠다. 사소한 일을 감당하지 못해 남편에게 의지해야 한다는 사실이 수치스러웠다. 겨우 그것 때문에 이 사람과 살아야 한다는 사실이 참담했다. 그가 정말로 외롭고 불안할 때 남편에게 기댈 수 없게 될까 봐 서글펐다. 남편은 벽에 기대어 두 다리를 쭉 뻗은 채 고개를 푹 숙이고 있었다. 남편의 두 손은 가슴팍에 얹혀 있었다. 아직 그가 젊었던 어느 날 남편은 자다가 벌떡 일어나더니 허공에 대고 주먹질과 발길질을 했다. 그는 깜짝 놀라 방구석으로 기어가 웅크리고 있었다. 남편은 보이지 않는 적과 목숨을 걸고 싸우는 사람 같았다. 한참을 그러더니 지금처럼 벽에 등을 기대며 스르르 주저앉아 다시 잠에 빠져들었다. 그는 남편 곁으로 다가가 서랍장 모서리에 부딪혀 까지고 피가 나는 남편의 손등을 닦아주었다. 잠든 남편의 얼굴은 일그러져 있었다. 이른 아침, 잠에서 깬 남편은 멍하니 앉았다가 고개를 돌려 그를 보더니 이렇게 말했다. 슬픈 꿈을 꾸었어. 누군가 우리 식구를 해치려고 했는데…… 내가 막아낼 수가 없었어. 그는 남편의 어깨를 감싸며 꿈일 뿐이니 잊으라고 말했다.

남편의 고개가 옆으로 돌아갔다. 고요했다. 숨 막힐 듯한 고요였다. 그가 알던 남편이 아니었다. 다 자라면 바다에서 솟구쳐 올라 새가 된다는 물고기처럼 전혀 다른 존재인 것 같았다. 남편은 다 자라버린 것 같았고 헤엄치는 게 지겨워져서 이제 어디론가 날아갈 채비를 하는 중인 듯했다.

그는 병원이 건너다보이는 길가에 섰다. 거기에는 고층 빌딩이 즐비했다. 아들에게 전화를 걸었다. 아들 이름 옆 숫자가 36에서 37로 바뀌었다. 온몸이 으슬으슬 떨려왔다. 그는 낯설고 두려운 느낌이 들어 하늘을 올려다보았다. 하늘에 드리워진 얇은 빛의 장막에서 검은 점들이 무수히 태어났다. 눈송이들의 그림자였다. 눈보다 먼저 눈의 그림자들이 희미한 빛으로 재단된 허공을 가득 채우며 내려왔다. 첫눈이었다. 눈은 호외처럼 내렸다. 태초에 눈이 내렸다면 저런 풍경이었을 거야. 그는 혀를 내밀었다. 그의 메마른 혓바닥에 눈송이 하나가 조용히 내려앉았다.

3

그는 녹슨 철대문의 손잡이를 두드렸다. 녹슨 대문치고는 경쾌한 소리가 났다. 대문 안쪽에서 발소리가 들려왔고 이어서 잠금장치가 딸깍하며 풀렸다. 문이 끼익 소리를 내며 열렸다. 선을 본 뒤로 이제 겨우 세 번밖에 대면하지 않았는데도 오래 봐온 사람처럼 정겨웠다. 별로 예쁘지도 않고 다정하지도 않은 이 여자의 무엇에 이끌리는 건지 그는 알 수 없었다. 아이구야! 주인집 노부인이 합죽한 입을 오물거리며 탄성을 질렀고 그에게 다가와 두 손을 어루만졌다. 아내와는 먼 친척인지라 여느 셋집 주인 대하듯 할 수는 없는 노릇이어서 그는 노부인이 묻는 말에 성실히 대답하고 정갈한 마당과 잘 정돈된 살림살이를 치켜세운 뒤 아직도 이리 고우시니 젊은 시절에는 미인이셨던 게 틀림없다는 등 듣기 좋은 이야기를 해주었다. 노부인은 이빨이 거의 없는 입을 헤벌리며 웃었고 손녀사위 대하듯 그의 등을 어루만지기까지 했다. 쪽마루에 앉아 노부인과 이런저런 이야기를 나누는 동안 아내는 그와 조금 떨어진 곳에 다소곳이 앉아 있었다. 그가 슬쩍 고개를 돌려 보았을 때 아내의 눈길은 담장 너머를 향하고 있었는데 거기에는 담장 전체에 그림자를 드리울 수도 있을 만큼 오래된 감나무가 있었다. 주인집 노부인이 처녀 총각 사이에서 너무 오래 주책을 떨었다며 말치레를 하고는 치맛자락을 휘감으며 뒤란으로 사라지고서야 그와 아내는 눈길을 마주칠 수 있었다. 밥은 먹었냐는 물음에 그가 고개를 젓자 아내는 조금만 기다리라고 했다. 그는 마루에 앉은 채로 방에 딸린 작은 부엌에서 아내가 음식을 준비하는 소리를 들었다. 아내가 입을 가리고 콜록거리는 듯했다. 풍로에서 피어난 그을음이 한 가닥 새어나왔다. 그는 신혼살림을 장만할 때 좋은 풍로부터 하나 구입해야겠다고 마음먹었다. 이윽고 그가 평소에 그리 좋아하지 않는 청국장 냄새가 났다. 아내가 청국장을 끓이는구나. 그가 감나무를 바라보는 동안 간헐적으로 바람이 지나갔고 이파리 두어 개가 팔랑거리며 떨어졌다. 아내가 작은 밥상을 들고 부엌에서 나왔다. 그가 얼른 밥상을 받아들었다. 들어가서 드세요. 그는 아내의 방에 들어가 밥상을 놓고 앉았다. 두어 사람이 누우면 꽉 찰 작은 방이었다. 시렁에 이불 두 채가 얹혀 있고 말코지에 옷이 몇 벌 걸려 있었다. 봉창에는 화장품과 못난이 인형이 가지런히 놓여 있었다. 커다란 가방 하나를 제외하면 가구도 없이 썰렁했지만 어쩔 수 없는 여자의 방이었고 그에게는 익숙하지 않은 여자의 냄새 같은 게 은근히 깃들어 있었다. 밥상 위에는 밥 한 공기와 청국장찌개 한 그릇과 김치와 무말랭이 종지 그리고 수저 한 벌이 있었다. 방문은 열어둔 채였지만 아내는 안으로 들어오지 않았다. 아내는 그와 비스듬히 보이는 마루 끝에 앉았다. 어서 드세요. 아내가 말했고 그 말에 분명 뭐라고 답해야 했지만 그는 하지 않았다. 잘 먹겠다거나 고맙다거나 뭐든 무심하게라도 한마디 할 수 있으련만 그러지 못했다. 숟가락을 집어든 그는 청국장을 한입 떠먹었다. 강렬하고 고약한 냄새와 달리 뜻밖에도 부드럽고 고소한데다 전혀 자극적이지 않았다. 그의 어머니가 끓여주던 청국장과는 다르다는 걸 무딘 그도 알 수 있을 만큼 입에 감기는 맛이었다. 그는 아내 쪽을 보았고 아내도 그를 보았다. 그는 아무 말도 하지 않았으나 아내는 고개를 보일락 말락 끄덕였다. 그는 예쁘지도 않고 다정하지도 않은 이 여자와 더불어 평생을 해로할 수밖에 없다는 생각이 들었고 그런 생각이 들자 마음속이 뜨뜻해졌다. 얼굴을 붉히거나 눈물을 흘리지는 않았지만 괜히 울고 싶어졌고 그런 심정을 행여 들킬세라 고개를 숙인 채 아직 아내는 아니었지만 아내가 될 게 분명하며 아내일 수밖에 없고 과거에도 미래에도 어쩌면 전생에도 다음 생에도 아내일 것 같고 아내여야만 하는 아내가 차려준 최초의 밥상을 말 없이 달게 먹었다. 아내의 방문은 활짝 열려 있었고 그의 마음속에 웅크렸던 또 다른 그, 이미 세상을 다 살아버린 것처럼 지레 절망하여 자포자기 상태로 은둔했던 그 역시 활짝 웃었다.

남자는 감정을 숨기는 데 능숙한 사람이었고 여자는 상대방이 숨긴 감정을 간파하는 데 능숙한 사람이었다. 전혀 다른 두 사람이 부부가 될 수 있었던 이유는 감정을 숨겼다고 해서 감정이 없는 건 아니기 때문이었고 아무리 꽁꽁 감춘다 해도 그곳으로 부드럽게 손을 가져가 어루만져줄 수 있어서였다.

여자의 눈에 남자는 그다지 미쁘지는 않으나 허둥대는 모습이 보기 좋았다. 남자를 골목 입구까지 배웅한 뒤 돌아온 여자는 설거지를 했다. 여자에게는 밥그릇도 국그릇도 수저도 단 한 벌뿐이었다. 먼 친척인 이 집으로 세 들어 온 뒤 시장에서 새로 구입한 것들이었다. 거기에 밥을 푸고 국을 담고 숟가락질과 젓가락질을 하며 끼니를 때워 왔다. 어쩌면 그것만이 유일하게 전적으로 여자에게 속한 것들이었다. 여자는 남자가 깨끗이 비우고 간 그릇과 수저를 씻으며 눈물이 나오는 걸 주체하지 못했다. 어쩌면 멀지 않은 날 그 남자와 첫날밤을 치르면서 느껴야 했던 혼란을 이미 그 순간에 느끼는 중인지도 몰랐다. 여자만의 것이었던 그것들에 남자의 숨결이 지나가버렸고 이제 그것은 여자만의 것이 아니었다. 남자가 손대고 입댄 그것들로 다시 밥을 먹어야 한다고 생각하니 심란했다. 나는 무엇을 잃어버린 걸까. 그리고 여자는 무엇을 얻었는지를 생각했다. 셈이 맞지 않아 서러웠지만 이상하게도 가슴이 아프다기보다는 간지러웠다. 그런데 그 사람은 밥 먹으면서 왜 울고 싶어 했을까. 여자는 그릇과 수저의 물기를 마른 행주로 닦아내며 한숨을 내쉬었다.

이 상 문 학 상

자선 대표작

손홍규

정읍에서 울다

혹시 정읍댁이라고 기억하는가?

잘 모르겠어요.

나도 그러네.

몇 해 전에 돌아가신 감나무 집 할머니 아닐까요?

자네 어머니가 그분은 아니라고 해서.

어머니는 괜찮으세요?

……똑같네.

지난번에 말씀드린 건……

기다려보게.

그는 전화를 끊었다. 아들이 정말 알고 있으리라 여긴 건 아니었지만 더는 물어볼 곳도 없다는 생각에 허탈해졌다. 아내가 앓는 소리를 냈다. 아내는 이 여름에도 얇은 이불을 머리끝까지 끌어당겨 덮고 그 안에서 뒤척거렸다. 이불 아래쪽으로 맨발이 삐죽 빠져나왔고 몸의 굴곡이 선명히 드러났다. 그가 일어서며 기척을 내자 아내는 이불을 덮어쓴 채 말했다. 정읍댁, 정읍댁을 불러줘요. 목소리는 가느다랗고 떨렸지만 지그시 분노를 참는 사람이 간신히 내뱉은 것이라 해도 좋을 정도로 단호했다. 비록 아내의 정신이 온전하지 못하다 해도 그 목소리만은 주인의 살아온 날들을 기억하는 것 같았다.

아내는 성정이 드세고 거칠어서 젊은 시절부터 악바리로 통했고 마을 대소사에 사사건건 개입하여 분란을 일으켰다. 농활을 왔던 대학생들 사이에서는 욕쟁이 할머니로 알려져 대학 신문사에서 취재를 온 적도 있었다. 그러나 아내는 사람들에게 면박은 줄망정 뒤에서 딴소리는 하지 않아 고약한 성품이라고 할 수는 없었다. 호탕하고 손이 큰 아내는 스무 해 남짓 마을 부녀회장직을 도맡았고 시에서 주최하는 체육대회나 자선바자회 같은 큰 행사만이 아니라 면단위로 열리는 작은 행사에도 곧잘 불려가곤 했다. 마을잔치가 열리면 으레 그의 집 부엌과 마당에 부녀회 회원들이 모여 깔깔대며 음식 장만으로 분주했다. 그는 아내가 하는 일에 참례한 적이 없었다. 그러려니 내버려두고 한 바퀴 휙 나갔다 오면 언제 그랬냐는 듯 아내의 야무진 손끝에 얌전해진 집 안은 다시 정갈한 모습으로 돌아와 있었다.

아내가 파킨슨병을 앓은 뒤로 그의 집은 소슬해졌다. 아내의 병세를 확인하러 오는 사람들은 부러 발소리조차 내지 않으려 애썼다. 아내는 기어이 마당 끝까지 배웅을 나가곤 했다. 굽은 허리로 부들부들 떨면서 마당을 가로질러 문 앞에 선 다음 손까지 흔들어주어야 직성이 풀리는 듯했다. 선암 양반 계시오? ……마침 계셨구려. 마루로 나선 그는 몸이 반쪽으로 접힌 것처럼 허리가 얄궂게 굽은 노인을 보았다. 그보다 스무 해가량 윗길인 노인은 누구에게도 하대를 하지 않았다. 어린 시절부터 사내라면 그것이 조무래기 사내아이든 염소수염이 난 늙은이든 공대를 하던 버릇이 몸에 밴 탓이었다.

아짐이 어쩐 일이시오?

마을회관서 얼른 오시라고 하우.

부녀회장들이 다 모이셨군요.

서울서 온 기자 양반들도 묵새기고 있어라.

날 더우니 쉬엄쉬엄하시지요.

반으로 접힌 노인은 호미 쥔 손을 휘휘 내저으며 고샅을 따라 가버렸다. 그는 방으로 들어가 말코지에 걸린 모자를 썼다.

어디 가시우.

마을회관에.

무슨 일로요.

서울서 온다던 기자들.

정읍댁은요.

난 모르겠네.

정읍댁은요.

자네가 말을 해줘야 알지.

그는 한여름 뙤약볕에 그을린 길을 따라 걸었다. 마을회관에서는 낯이 익은 부녀회장들과 서울에서 왔다는 두 명의 기자가 그를 맞았다. 취재기자는 삼십 대 초반의 여자였다. 말끝을 늘이는 버릇이 있지만 서울내기가 분명해 보였다. 사진기자는 인상이 후덕하고 넉살이 좋은 사십 대 중반의 사내였는데 대놓고 야릇하게 수작을 거는 부녀회장들과 죽이 잘 맞았다. 그는 모자를 벗어 쥐고 부녀회장들을 향해 고개를 숙였다. 덕분에 매스컴도 타니 출세했다고 농을 던진 사람은 아내와 내남없이 지내던 단곡리 부녀회장이었다. 취재기자가 방바닥에 녹음기를 놓고 질문을 시작했다. 그는 방 안을 채운 에어컨 바람 탓에 칼칼해진 목을 가다듬었다.

사내자식이 부녀회장 된 게 뭐 그리 특별한 일이라고 여기까지 오셨는지 모르겠지만……

인터뷰를 하는 동안 부녀회장들은 닭을 삶고 겉절이를 담갔다. 그 전에 그는 회관 앞마당으로 불려나가 서너 마리의 닭 모가지를 비틀어주어야 했다. 지난봄에 열린 황토현 동학농민혁명 기념제에 자원봉사자로 참여했을 때 안면을 익힌 사람들이 대부분이었지만 단곡리 부녀회장을 비롯해 몇몇은 서로의 사정을 잘 아는 처지였다. 잘 안다고 해서 내외할 것도 아닌데다 각 마을 부녀회장씩이나 하는 아낙들이라 그런지 말을 오이 분지르듯 뚝뚝 잘라 그와 취재기자 사이에 던지곤 했다. 그럴 때마다 사진기자가 부녀회장들을 향해 셔터를 눌러댔다. 닭 삶는 냄새와 고춧가루에 버무려진 푸성귀 냄새가 마을회관 사랑방을 시나브로 채웠다. 인터뷰가 거의 끝나갈 즈음에는 눈치 빠른 부녀회장들이 너스레를 떨었다. 아따 그놈의 인터뷰 고만해도 쓰겠네. 속창시가 비었다고 난리여라. 서울서 오신 기자님들 얼렁 끝내고 이리 오시오. 푹 삶은 달구새끼가 냄비서 뛰어나와 날아가겠소. 부녀회장들은 위생장갑을 끼고 커다란 양은 쟁반에 살코기를 찢어 올려놓았다. 취재기자는 막걸리 두 사발에 나가떨어졌고 사진기자는 평암마을 부녀회장의 허리를 끌어안고 춤을 추었다. 옴마, 고향집에 두고 온 막냇동생 같은 놈이 내 허리를 살살 꼬집네 그랴. 허리만 꼬집다가 날 새겄다. 젖퉁이도 꼬집어 달라 하시오. 어

머님들! 누구 보고 어머니랴. 누님들! 전 여기가 우리 큰누님 가슴팍
인 줄 알았습니다. 참말로 허리에 살이 뒤룩뒤룩 쪄서 젖통이나 거
기나 매한가지겠소. 그가 석 잔째 막걸리를 들이켤 때 누군가 그의
앞으로 닭다리를 슬쩍 밀어주었다. 고개를 들어보니 순자였다. 그와
한마을 살던 순자는 진산마을로 시집을 갔다가 이십여 년 전부터는
대홍리에 살았다. 한마을 출신인지라 순자의 택호도 선암댁이었다.
그는 고개를 폭 숙였다. 눈앞에 순자가 밀어놓은 닭다리가 있었다.
그는 닭다리를 쥐고 흐물거리는 살을 한입 베어 물었다. 그나저나
기자 양반, 부녀회장님 스캔들은 보도 안 하시우? 누군가 옛일을 들
추며 깔깔댔다.

아내가 병을 앓기 전 내장산 서래봉 아래 정읍천변에서 지금 열
리는 것과 비슷한 모임이 있었다. 여러 마을 부녀회장들이 몸보신
이나 하겠다며 복날에 모여 닭을 삶았다. 정읍 사람들이 바람벽이
라 부르는 서래봉의 북쪽 사면 아래를 흐르는 정읍천은 내장저수지
에 한번 고였다가 다시 흘러 운암에서 흘러온 지류와 합수한 뒤 정
읍 시내 남쪽을 끼고 지난 다음 입암에서 거슬러 올라온 천원천을
더한 뒤 북으로 방향을 꺾었다. 고부에 이르면 동진강이 되어 서해
로 흘렀다. 십여 년 전만 해도 근방 사람이나 찾던 곳이었는데 그즈
음부터는 타지 사람들이 많이 찾아와 여름 내내 천변 주변 캠핑장
은 말할 것도 없고 돗자리 깔 수 있는 곳이면 어디나 사람으로 북적
였다.
부녀회장들은 천막을 치고 솥을 내걸어 닭을 삶고 돼지고기를 굽

고 술과 음료를 마셨다. 아내는 마을회관에 맥주 한 상자를 두고 왔다며 갖다 달라 했고 그는 일 톤 트럭 포터에 그걸 싣고 갔다. 석산을 지나 송죽삼거리를 거쳐 부녀회장들의 야유회 장소에 도착했을 때 그는 순자를 보았다. 마침 부녀회장들은 순자와 아내의 택호가 선암댁으로 같다는 걸 두고 농담을 하는 중이었다. 선암 양반, 선암댁이 폴쎄부터 기다렸소. 아따 저 선암 양반인지 그 선암 양반인지 누가 알겄소. 맥주만 내려놓고 돌아가려던 그는 부녀회장들이 하나만 더 부탁하겠다며 졸라대는 통에 내장사 진입로에 있는 슈퍼에 다녀와야 했다. 순자가 조수석에 올랐다. 순자가 슈퍼에서 필요한 물품들을 사는 동안 그는 슈퍼 앞 파라솔 아래 앉아 기다렸다. 조금 뒤 순자가 차가운 캔 커피를 그에게 내밀었다.

오빠…… 잘 지내요?

자네도 잘 지내는가?

여기 많이 변했지라?

난 모르겠네.

처녀 총각 때 왔잖아요.

그랬던가.

국립공원도 되기 전인 게 오래전이긴 하죠.

순자가 불러일으킨 추억은 씁쓸했다. 너무 오래전 일이기도 했고 그때의 감정이 어떠했는지를 떠올릴 수 없어 막막하기도 해서였다. 그렇다 해도 환갑을 지난 지도 까마득한 나이에 듣는 오빠 소리는 살가웠다. 순자는 북면의 정읍농공단지로 십 년 가까이 일을 다녔는데 그해 봄에 그만두었다고 했다. 오토바이를 타고 오갔던 터라 피부가 고비늙었다며 제 볼을 손으로 꼬집어 보일 때에는 젊은 시절의 순자가 언뜻 비치기도 했다. 그들은 고개를 돌려 말발굽 모양으로 병풍이라도 치듯 둘러선 내장산을 올려다보았다. 그날 이후 그와 순자는 종종 만났다. 순자는 포터 조수석에 오르면 소녀처럼 쾌활해졌고 세무서 근처 다선찻집에 앉아 쌍화탕을 마시며 거죽만 남은 손등을 쓸어주면 고개를 폭 숙이면서도 손을 빼지는 않았다. 추령으로 향하는 구불구불한 비탈길을 올라 단풍으로 물든 내장산을 내려다보았다. 단풍이 첫물처럼 흘렀고 딴 세상에서 불어온 듯한 청량한 바람이 이제는 늙어버린 두 사람의 얼굴을 훑고 지나갔다. 침묵이 불편해서 무슨 말이라도 해야 한다는 생각이 들었는지 순자는 내장산 케이블카를 타보고 싶다고 했다. 그는 단풍객들의 발길이 뜸해지면 가자고 말했다. 돌아보니 순자가 눈가를 손수건으로 찍어내고 있었다.

　누군가 금오탕 근처의 정금식당에 앉아 백반을 먹는 그들을 보았던 모양인지 얼마 뒤 아내가 그에게 순자와 연애하느냐고 따져 물었다. 그는 아니라고 발뺌을 했고 부녀회장 모임에서 아내는 순자와 한판 드잡이를 했다. 아내에게 시달린 그는 다시는 순자 얼굴을 볼 엄두도 내지 않았다. 비겁한 짓이었다. 어찌 됐든 순자와 만나 사정을 설명해야 했고 이야기를 나누어야 했다. 순자에게 걸려온 전화를 몇 번 모르쇠하자 순자도 더는 연락을 하지 않았다. 가슴 한구석에서 무언가가 서서히 붕괴되는 것만 같았으나 그처럼 부서지는 중인 감정이 그에게 소중한 것인지 혹은 쓸모없는 것인지를 따져보는 일조차 하지 않았다.

스캔들이랄 것도 없었다. 그의 아내가 순자와 드잡이를 할 때 순자도 끝까지 아닌 척했다. 두 사람의 다툼이 험악해지자 이러다 누구 하나 죽겠다 싶어 더럭 겁이 났는지 그와 순자가 정금식당에 마주 앉아 밥 먹는 꼴을 보았다던 부녀회장이 잘못 보았노라고, 다시 생각해보니 순자는 맞는데 함께 있던 사람은 우유공장 공장장인 것 같노라며 싸움을 말렸다. 무슨 생각으로 그랬는지 알 수 없으나 순자 역시 함께 밥 먹은 사람은 공장장이라며 맞장구를 쳤고 유일한 목격자마저 고개를 갸웃하며 순자의 역성을 들어주는 바람에 자칫 무슨 사달이 날 뻔했던 드잡이는 그쯤에서 아퀴가 났다. 그가 아는 건 거기까지였다. 순자가 정말로 우유공장 공장장이라는 작자와 사귀기라도 하는 것처럼 여기저기 어울려 다녔다는 이야기는 방금 들어 알았다. 부녀회장들은 순자의 남자 친구 이야기가 나온 김에 우유공장 공장장에 대한 품평을 시작했고 그는 달아오른 얼굴을 감추기 위해 연거푸 막걸리만 들이켰다. 등천리 부녀회장이 서울에서 온 기자 두 명을 마티즈 뒷좌석에 짐짝처럼 싣고 정읍역으로 가고 난 뒤 부녀회장 모임은 자연스럽게 파했다. 단곡리 부녀회장이 그에게 아내의 안부를 물었다. 부녀회장들은 여기까지 와서 문병을 하지 않을 수 없다고 의논이 분분했지만 단곡리 부녀회장을 비롯해 사정을 잘 아는 이들이 날이 선선해지면 가겠노라며 물렸다. 그가 마을회관 문을 잠그고 돌아서니 홀로 남은 순자가 저 멀리 입암산 꼭대기를 올려다보고 있었다. 두 사람은 오랫동안 말이 없었다. 그들의 침묵을 조롱이라도 하듯 쓰르라미가 왕왕 울었고 여름날 늦은 오후의 한풀 기세 꺾인 햇살이 두 늙은이의 야윈 어깨 위로 내려앉았다. 순자는 핸드백을 뒤져 청첩장을 꺼내 그에게 건네주었다.

자네 아들이 올해로 몇인가?

서른여섯이오.

늦장가는 아니네.

며느리 될 아이가 서른아홉이라서.

서로 좋으면 그만이지.

……그렇지요.

내가 실수했네.

실수는요.

서로 좋으면 그만이라고 했던 말 진심이네.

진심이든 아니든 무슨 소용이에요.

소용없지.

부질없어요.

나 때문이었는가?

……

공장장 말일세.

괜찮아요.

순자가 그에게 정희 언니 먹이라며 홍삼 드링크 상자를 건넸다. 그는 아내의 병은 보통 치매와 달라 별 쓸모가 없을 거라며 사양했다. 순자는 그럼 오빠나 먹으라며 한사코 그의 품에 안겨주었다. 막걸리 한잔에 얼굴이 달아오른 순자의 달콤한 숨이 그의 코밑을 간질였다. 만약 가슴 깊은 곳에 영혼이라 부를 수 있는 게 있다면 바로 그 영혼을 부드럽게 쓰다듬는 손길 같았다. 순자와 함께 있으면 언

제나 그랬다. 그것이 불러일으키는 추억은 순자라는 한 여자와의 추
억이 아니었다. 그의 유년 시절과 소년 시절이 혹은 그가 잃어버린
열망과 꿈이 담긴 과거 전체였으며 그가 결코 되돌아갈 수 없고 재
현할 수 없는 인생의 어느 시기였다. 그가 아름다웠던 시절, 그가 선
량했던 시절, 타락이 무언지 몰랐던 시절. 그래서 순자와 헤어질 때
면 자신의 과거가 등을 돌리는 듯한 기분이 들었고 이 결별이 타인
에 의해 강제로 이루어진 듯한 억울함을 느꼈다. 그의 가슴속 깊은
곳에 정말 영혼이 있는지는 알 수 없으나 아내에 대한 원망이 있는
것만은 사실이었다. 그가 아내와 결혼하여 일가의 가장으로 삶을 꾸
리게 된 순간부터 그가 꿈꾸었던 모든 것들과 이별해야 했고 그토
록 비장하게 그가 바라던 세계에서 떨어져나왔음에도 결국 초라한
늙은이밖에 되지 못했다는 서러움만은 확실히 그의 가슴속에 자리
잡고 있었다.

　순자 자네, 혹시 정읍댁이라고 기억하는가?

　잘 모르겠어요.

　나도 그러네.

　누군데요?

　노망이 난 뒤로는 정읍댁만 찾네.

　…….

　허튼소리겠지.

　오빠, 정읍댁이라는 택호는 여기서는 쓰지 않아요.

　타향이 아니니까 그러겠지.

　군대 계실 때 언니랑 함께 살았죠? 거기 살 때 정읍에서 시집온

누군가와 알고 지냈겠죠.

순자는 오토바이를 타고 떠났다. 그는 젊은 시절 하사관으로 군에 복무하며 전출 다녔던 지역들을 되뇌었다. 포천, 파주, 수색, 김해……. 그 지명들이 낯설고도 낯익었다. 군에 남은 그 시절의 친구들은 벌써 원사나 준위로 퇴직을 했고 연락처를 아는 이도 겨우 한둘이었다. 그들 가운데 누군가 정읍댁이라는 사람을 기억할지도 모르지만 그러기 위해 풀어놓아야 할 지난 사연들이 버거웠다. 그날 저녁 그는 해마다 수첩에 옮겨 적기만 할 뿐 전화를 걸어본 적이 없는 번호를 한참이나 들여다보았다. 용기를 내서 번호를 눌렀으나 결번이었다.

며칠 동안 그는 눈코 뜰 새 없이 바빴다. 깻단을 베어 말린 뒤 털어냈다. 두어 차례 소나기가 지나갔다. 고추를 따서 말리는 동안 몸살을 앓았다. 아내는 까무룩 정신을 잃기 일쑤였고 건강보험공단에서 조사관이 나와 살펴보고 돌아갔다. 요양보호사를 파견해줄 수 있다는 답을 들었다. 주말에 정읍 시내 예식장에서 순자의 아들 결혼식이 열렸다. 그는 몸살에 시달려 핼쑥해진 얼굴로 찾아가 인사만 한 뒤 돌아왔다. 순자는 하나뿐인 아들의 혼사를 기뻐하는 건지 슬퍼하는 건지 알 수 없는 얼굴이었다. 짙은 화장 탓이었는지도 모른다. 주말 내내 그는 아내 곁에 드러누워 있었다. 그처럼 아내 곁에 누우니 나란히 매장된 듯한 기분이 들었다. 열이 올라 두통이 났고 근육통 탓에 온몸이 욱신거렸다. 월요일 오전에 그는 입암보건소에 찾아갔다. 보건소에 도착한 그는 어디가 아프냐는 질문에 하마터면 정읍댁을 찾으러 왔다고 대답할 뻔했다. 주사를 맞고 돌아와 처방받은 약을 먹었다. 돌아오는 길에 내장산 나들목 근처에서 땅을 보러 나온 듯한 양복쟁이 두엇을 보았다. 그는 트럭을 세우고 그들 곁으로 가 한참을 기다렸다가 말을 트고 시세를 물었다. 집에 돌아와 깜박 잠든 차에 아들에게 전화가 왔다.

지난번에 말씀드린 건요?

매매가가 이만오천 원이라고 하네.

십만 원이 아니고요?

부동산 업자들도 떠난 지 오래야.

아버지…… 정말 급해요.

서낭당 밭 팔아봐야 천만 원이네. 그거라도 가져갈 텐가?

원자력 연구소 토지 수용은요?

정해진 시한이 끝났다네.

언제 수용될지 모른다는 말씀이군요.

자네 그리 급하면 애태우지 말게.

죄송해요 아버지……. 고맙습니다.

다음 날 그는 관리기를 끌고 가 서낭당 밭가에 세워두고 보기에도 썩 괜찮은 감나무 한 그루를 캐려고 삽을 쥐었다. 자전거를 타고 신작로를 지나던 이장이 끼익 소리를 내며 관리기 옆에 섰다.

아재, 감나무는 왜 팝니까?

마당에 옮겨 심으려고.

번거롭게 감나무 따위를.

밭을 내놓았어.

참말로요?

참말로.

십 년만 묵히면 돈 좀 될 건데.

벌써 오십 년 묵혔네.

이장은 자전거 페달을 밟고 콧노래를 흥얼거리며 마을 쪽으로 슬슬 달려갔다. 그는 삽을 놓고 모자를 벗었다. 눈앞이 아찔했다. 식은 땀이라도 흘리면 좋으련만 몸은 펄펄 끓고 늦여름 해는 소리 없이 이글거리는데 손바닥은 버석거리기만 했다. 아내가 방문을 열었을 때 눈에 보이는 것이 휑한 마당이 아니라 감나무 한 그루면 좋을 거라는 생각도 아쉽지만 내려놓았다. 오후에 다시 보건소를 찾은 그는 쯔쯔가무시가 의심된다는 이야기를 들었다. 그 길로 정읍 시내로 나가 사랑병원에 외래 진료를 갔다. 채혈 검사를 하더니 쯔쯔가무시가 맞다고 했다. 의사는 웃통을 벗게 하더니 진드기에 물린 자리 세 군데를 금방 찾아냈다. 아내 혼자 두고 온 터라 곧장 입원할 수가 없었다. 그는 한참을 망설이다 순자에게 전화를 걸었다.

하루에 한 번씩만 들여다봐 줄 수 있겠는가?

그래요, 오빠. 이참에 정희 언니랑 할 얘기 못할 얘기 나눠보고도 싶고요.

병원에 입원해 있는 동안 딱히 할 일은 없었다. 항생제를 투여하고도 이틀 동안은 증상이 호전되지 않았으나 사흘째부터 열이 내렸다. 고열에 시달리다 눈을 뜨면 눈앞에 사람들이 어른거렸다. 다른 환자의 보호자들이었지만 거기에 꼭 아내가 있는 것만 같았다. 아내와 함께 산 뒤로 병원에 입원한 횟수는 손으로 꼽을 정도였지만 그때마다 아내는 늘 그의 곁에 있었다. 보온병이나 속옷 가방을 든 아내가 손에 잡힐 듯 그려졌다. 그가 전화를 걸기 전에 순자가 먼저 연락을 해왔다. 정희 언니는 걱정하지 말라고 듣기 좋은 목소리로 달랬다. 나흘째 되는 날에는 순자가 문병을 왔다. 열도 가시고 입맛도 되살아나 외출 허가를 받고 함께 병원 밖으로 나갔다. 밥을 먹고 차를 마시니 예전에 이처럼 함께 다니던 때가 떠올랐다.

퇴원하면 약속이나 지키세요.

무슨 약속?

내장산 케이블카.

그러세.

그날 저녁 며느리에게 전화가 왔다. 그가 무슨 말을 하기도 전에 며느리는 펑펑 울면서 죄송하다고 했다. 그제야 그는 아들의 다급함을 이해할 수 있었다. 협의 이혼이라니. 전화를 끊고 보니 며느리는 그가 쯔쯔가무시로 입원해 있다는 사실조차 모르리라는 생각이 들었다. 약속이라도 한 듯 두 딸에게서 전화가 연달아 걸려왔다. 김제에 사는 큰딸과 부안에 사는 작은딸은 입을 맞추기라도 한 듯 올케를 욕했다. 귀가 먹먹할 지경이었다. 그는 딸들이 야속하지 않았다. 두 딸은 모두 가난했다. 가난해서 입만 살았다. 동생네에 찾아가 올케의 머리를 붙잡고 늘어지거나 조카를 빼돌리거나 드라마에서 볼 법한 일들을 감행할 만큼 모질지가 못했다. 어쨌든 아내와는 달랐다. 아내가 저렇게 쓰러져 노망이 들지 않았다면 아마도 냉큼 서울로 올라가 마을 사람 누구와 그러듯이 며느리와도 한판 드잡이를 했을 거였다. 두 딸도 그가 병원에 입원한 사실은 몰랐다. 아무래도 상관없었다. 그는 두 딸의 이야기를 묵묵히 들어줬고 통화를 끝내기 전에 정읍댁이라는 사람을 아는지 물었다. 두 딸은 전화기에 대고 고개를 저었을 것이다. 아빠, 요즘 사람들은 택호를 안 써요. 그래, 알았다. 그는 한숨을 내쉬며 전화를 끊었다. 비록 여러 환자가 함께 쓰는 병실이었지만 그는 난생처음 혼자 남겨진 기분이 들었다. 보호자가 없어 적적해서일 수도 있었고, 수술을 앞둔 것도 심각한 질병인 것도 아닌지라 마음이 호젓해서일 수도 있었다. 밤이 깊으면 병실은 시험을 앞두고 밤새 공부하는 수험생들로 가득 찬 독서실 같았다. 모두 잠들었지만 아무도 잠들지 못했다. 가볍고 얕은 잠 속에서 헤엄을 치느라 끙끙거렸다. 병원 근처 도로에서 들려오는 자동차의 날카로운 배기음과 엔진음이 주기적으로 머릿속을 헤집었다.

파킨슨병을 앓은 뒤로 아내는 잠이 많아졌다. 그리 많이 움직이지 않아도 힘들어했고 잠을 자면서도 숨을 몰아쉬었다. 잠든 아내를 바라보면 거대한 벽 사이에서 납작하게 눌린 듯 괴로워하는 표정을 읽을 수 있었다. 아내는 어디론가 가는 중이었고 그곳이 어디인지 알 수 없으나 그곳에 이르기를 완강하게 거부하는 중이었다. 아내는 아무 말도 하지 않았지만 내면에서는 무수한 말들이 오가고 있을 터였다. 그러니까 그는 어쩌면 그의 인생에서 잠 못 이루는 밤에 난생처음 온전히 아내만을 생각하게 된 거였다. 살아오는 동안 그럴 기회가 많았음에도 불구하고 이처럼 쯔쯔가무시를 앓다 치료가 끝나갈 즈음 아들과 며느리와 딸들의 음성이 귓가에 윙윙대며 불면으로 이끄는 어느 낯선 밤에야 비로소.

* * *

까무룩 잠들었다가 누군가의 신음에 잠에서 깬 그는 어둠 속에서 눈 뜬 채 새벽이 다가오는 걸 지켜보았다. 신음을 낸 환자 곁에서 그림자가 부스스 일어나더니 팔을 뻗어 이마를 짚어보는 듯했다. 영감, 목이 타우? 곧이어 슬리퍼를 끌며 나간 그림자는 복도에 있는 정수기에서 냉수를 한 컵 받아와 환자의 윗몸을 일으켜 세운 뒤 먹여주었다. 그들은 서로를 사랑하는 것 같았다. 어쩌면 그들도 그와 아내처럼 서로를 의심하고 조롱하고 힐난하고 할퀴며 살아왔을지도 모른다. 하지만 그 먼 길을 돌고 돌아 결국 여기에 이르렀으니 그들은 잘 견뎌낸 셈이다. 무관심의 늪에 빠질 위험을 간신히 피해가며 여기까지 오기 위해 그들이 얼마나 주의를 기울이고 신경을 곤두세우며 고군분투했는지 알 것 같았다.

아침에 그 환자는 수술실로 들어갔다. 환자를 실은 침대를 따라가는 노부인은 환자와 꼭 닮았다. 의사는 그에게 퇴원해도 좋다고 했다. 병원을 나선 그는 주차장에 세워둔 트럭에 올라 집으로 향했다. 여름의 끝이었고 한 뼘쯤 가을이 스며든 날이었다. 그는 정읍댁이 누구인지 알 것 같았다. 그와 아내가 젊었던 시절, 포천에서 파주에서 수색에서 그리고 저 멀리 남쪽 김해에서 아내는 최 중사의 아내이면서 한편으로 군인 가족이 아닌 다른 이웃에게는 정읍댁이었으리라. 아내가 아내를 찾는다고 해서 이상할 건 없었다. 젊은 시절의 어느 한때에 기억이 고정된 것일 수도 있었고 혹은 바로 그 시절만이 기억에서 삭제된 것일 수도 있었다. 다정한 어느 이웃이 최 중사의 귀가가 늦어지는 어느 밤 살가운 목소리로 아내를 달랬을 수도 있었다. 정읍댁, 산다는 건 다 그런 거라네.

아내 곁을 지키던 그는 서낭당 밭을 사고 싶어 하는 사람이 나섰
다는 연락을 받고 자리에서 일어섰다. 그가 외출하려는 기색이면 어
김없이 그러듯이 아내가 말했다. 정읍댁, 정읍댁을 불러줘요. 그는
다시 앉아 이불을 슬쩍 들어올렸다. 아내의 주름진 얼굴이 보였다.
아무도 줍지 않아 낙엽들 사이에서 말라비틀어진 은행 같았다. 퀴퀴
한 냄새가 났다.

정읍댁이 그리 보고 싶은가?

정읍댁을 불러줘요.

감나무 집 어른도 아니라 했지.

그 사람 아니에요.

단곡리 부녀회장도 아니겠지?

그 사람 아니에요.

그럼 대체 누군가.

정읍댁을 불러줘요.

자네가 자네를 찾는데 어디 가서 불러오나?

…….

여기 있지 않은가.

그는 아내의 손을 쥐고 아내의 가슴팍에 올려주었다. 아내는 조금
떨었다. 그는 세무서 근처 다방에서 중개인과 매매가를 두고 실랑
이를 벌였다. 그는 평당 오만 원을 불렀고 중개인은 평당 이만오천
원도 후한 편이라고 능쳤다. 그가 좀 더 뻗대자 중개인이 평당 삼만

오천 원 선에서 합의를 보겠다고 약속했다. 집에 돌아와 보니 아내가 없었다. 그는 아내가 있을 법한 곳을 찾아다녔다. 창고에도 축사에도 아내는 없었다. 오래전 이사를 간 뒤 이장이 헛간으로 쓰는 고창댁의 흙집에도 없었다. 그는 고샅길을 따라 빈집들을 돌아다녔다. 언제부턴가 마을에는 하나둘 빈집이 늘어갔다. 수십 년 동안 몇 해 걸러 하나씩 늘어난 터라 의외롭지는 않았으나 깊은 밤 그런 빈집 가운데 한곳에서 날카롭고 구슬픈 고양이 울음이라도 들려올라치면 오랫동안 이웃이었으나 이제는 어디에서 어떻게 사는지조차 알수 없는 사람들의 얼굴이 구름을 벗어난 달처럼 떠오르곤 했다. 그는 마을에서 외따로 떨어진 과부댁의 헛간에서 아내를 찾아냈다. 거기에서 아내를 찾아내기는 처음이었다. 아내는 맨발로 절뚝이며 걸었다. 그는 아이처럼 잠든 아내 곁에 누워 아내가 알아듣지 못하리라는 걸 알면서도 아들과 며느리와 딸들에 대해 이야기했다. 서낭당 밭은 조만간 팔게 될 것이라고 말했을 때 아내가 흐느꼈다. 그는 깜짝 놀라 아내의 얼굴을 지그시 내려다보았다. 아내의 눈가에 눈물이 맺혔다. 그는 손수건으로 아내의 눈물을 닦아주었다. 그는 아내에게 변명이라도 하듯 말했다. 자네도 아는가보네. 그 밭에서 자네가 욕많이 봤소. 약 치다가 쓰러져서 구급차에 실려 간 것도 거기였고 새참으로 막걸리 먹고 취해서 이장네 경운기 얻어 타고 온 것도 거기였지. 자식새끼들 오면 해 질 무렵 배추 솎으러 가고 깻잎 따러 가고 물외 따러 가고 참 많이도 댕겼지. 내가 아네. 자네 맘이 어떨지. 원수 같은 자식 덕분에 그놈의 밭과 헤어지네. 시원하고 섭섭하고 애달프고 짠한 거 내가 다 아네. 어떻게 아냐고. ……내가 그러네. 그는 갓난아이 어르듯 아내에게 이런 말을 주절주절 늘어놓았으나 아내가 도리질을 치며 정읍댁을 불러달라고 말했다. 그러니까 시방 자네는 서낭당 밭 때문에 운 게 아니란 말인가. 그는 슬그머니 부아가 났다. 자네가 찾으려는 정읍댁은 자네 아닌가. 나는 노망이 들어도 그리되지는 않으려네. 앞만 보고 가다가 개골창에 처박히듯 저세상으로 떨어지려네.

툭하면 사라지는 아내를 찾아 돌아다니는 일에 지쳐갈 즈음이었다. 가을도 무르익은 어느 날 요양보호사가 왔다. 단곡리 부녀회장이었다. 단곡리 부녀회장은 1급이 아닌 2급이라 집안일만 도울 수 있다고 했다. 건강보험공단에서 파견했다 해도 안면 있는 사람이 궂은일 하는 걸 맨눈으로 보기란 민망한 일이 아닐 수 없었다. 그는 포터를 몰고 나갔다. 네 시간 동안 무얼 할까 생각하다가 순자에게 전화를 걸었다. 순자는 마침 시내에 있었다. 구시장 입구에서 순자를 태워 내장산으로 향했다. 단풍이 물들면 관광객으로 발 디딜 틈조차 없을 내장산 케이블카를 타보기로 했다. 케이블카는 운행 점검 중이었다. 단풍철이 되어야 운행이 재개된다는 안내문을 뒤로하고 발걸음을 돌렸다. 주차장으로 가는 길에 순자가 정읍댁이 누군지 알아냈냐고 물었다. 그는 아마도 그건 아내 자신인 것 같다고 말해주었다. 순자는 고개를 주억거리기는 했지만 별다른 말을 덧붙이지는 않았다. 늙는다는 건 그렇게 알 듯 모를 듯한 타인의 속내를 판단하지 않고 선선히 수긍할 수 있게 된다는 뜻인지도 모른다. 순자를 다시 구시장 입구에 내려주고 농협 은행에 들러 아들에게 돈을 부쳤다. 집으로 돌아가는 길에 아들의 전화를 받았다. 운전 중이다. 그는 전화를 끊고 마을 입구에서 한참을 기다렸다. 얼추 시간이 되었다 싶었을 즈음 집으로 들어갔다. 단곡리 부녀회장은 아내가 잠들었다고 했다. 요양원으로 보내는 게 좋겠다는 말도 넌지시 건넸다. 그는 긍정도 부정도 하지 않은 채 단곡리 부녀회장을 마을 들머리까지 배웅했다. 돌아와 보니 잠들었다는 아내는 온데간데없었다. 빈 홍삼 드링크 병이 발끝에 차였다. 한 시간 동안 마을을 뒤졌으나 아내를 찾을 수 없었다. 해가 설핏 기울었다. 가을 해는 감쪽같아서 해가 지는가 보다 싶으면 금세 어둑어둑 땅거미가 깔렸다. 그는 행여나 싶어 서낭당 밭에 가보았다. 그가 캐다 말아 한쪽으로 기운 감나무 아래 아내가 김이라도 매듯 쭈그리고 앉아 있었다. 땅벌에라도 쏘인 게 아닌가 싶어 더럭 겁이 났다. 조심스레 아내를 불렀다. 아내가 고개를 들고 그를 보았다. 그는 아내를 일으켜 세웠다. 이번에도 맨발이었다. 아내는 거기까지 오느라 남은 기력을 소진해버렸는지 한 발짝도 떼지 못했다. 그는 아내를 업었다. 가볍고 차가웠다. 그가 신작로에 올라 마을 쪽으로 길을 잡자 아내가 그의 머리카락을 움켜쥐었다. 그가 어디로 가고 싶은 거냐고 묻자 아내가 끙끙댔다. 날은 이제 저물었고 아내를 찾아 헤맨 탓에 그도 피로했다. 이대로 아내가 잠들기만을 바랄 수밖에 없었다. 그는 반대쪽으로 길을 잡았다. 그의 머리카락을 쥐었던 아내의 손이 떨어져 나갔다. 하늘에 하나 둘 별이 떠올랐다. 상처투성이 맨발인 아내를 업고 그는 휘적휘적 신작로를 걸어갔다. 아내가 고른 숨소리를 냈다. 잠이 들었나. 아내는 잠이 든 것도 그렇다고 정신이 온전한 것도 아니었으나 어딘가 그가 알지 못하는 낯설고도 낯익은 곳을 여행 중인 것만 같았다.

선암댁, 아니 정읍댁. 밤공기가 소삽하오. 이제 들어갑시다.

나 정읍댁 아니오.

정신이 들었소?

나 정읍댁 아니라고.

정신이 들었구려.

정읍댁이 누군지 참말로 모르시오.

자네가 정읍댁이지.

나 아니오.

그럼 누구란 말이오.

우리 딸 말이오.

우리 딸?

첫 애기. 포천서 얻은 우리 첫딸.

……

아내를 업고 걷는 탓인지 그의 이마에 식은땀이 맺혔다.

자네, 그 딸을 기억하는가.

기억하고말고.

폐렴으로 잃은 것도?

아무렴요.

내가 묻은 것도?

나 그게 포한이 되었소.

자네가 아무 말 없어서 난 몰랐네.

나도 가보고 싶었소.

시방이라도 갈 수 있네.

데려다주시오.

근데 왜 우리 딸이 정읍댁인가.

다 키워서 서울로 시집보낼 거였은게.

자네 혼자 큰딸을 키우고 있었네그려.

데려다주시오.

그래, 가세.

그는 길가에 조심스레 아내를 내려놓았다. 아내는 그를 물끄러미 올려다보았다. 아내의 두 눈에 밤하늘의 별이 그득했다. 그는 솔밭으로 들어가 한참을 소리 죽여 울었다. 잊었던 일들, 잊었다고 믿었던 일들, 잊을 수 없는 일들이 한꺼번에 그에게 들이닥쳤다. 산 자식보다 죽은 자식이 그리워지는 날이 올 줄은 알았다. 그는 한 번도 아름다웠던 적이 없는 것 같았다. 선량했던 적도 순수했던 적도 없는 것 같았다. 그럼에도 불구하고 아내를 사랑했던 것만 같았다. 목숨이 하늘과 같이 가지런하다고 믿어도 좋을 만큼 고요하고 차갑고 가벼운 밤이었다. 솔밭을 빠져나온 그는 아내를 다시 업고 길을 걸었다.

이렇게 업어주니 좋은가.

언제 업어준 적 있소.

많지.

퍽도.

오래 살기나 하소.

오래 못 살면.

나도 못 살어.

퍽이나.

남정네 죽으면 여편네 스무 해라지만 여편네 죽으면 남정네 두 해라네.

당신 살자고 나 죽지 말란 말이오.

그렇게라도 산다면야.

그렇게라도 살아봅시다.

여보, 임자. ……말 안 해도 알지?

말 안 하면 모르오.

말 안 해도 아는 걸로 믿겠네.

맘대로 하시오.

손홍규

유언처럼 아껴둔 이 말

가만히 앉아 태초부터 주어진 질문을 어루만지듯

지나온 길을 돌아본다.

뭐라 말 못할 그 길 가야하고 가야만 할 길

어쩌면 끝내 갈 수 없는 길.

그 길에서 다시 넘어지고 서성거리겠지.

그런 날들이었고 그런 날들이겠지.

가만히 앉아 태초부터 주어진 질문에 대답하려 애쓰다

참으로 오랫동안 많은 이들이 환대했음을 깨닫는다.

어쩌자고 살아왔는가 싶은데 어쩌자고 이리들 환대하시는가.

소설가라는 현실에 절망하고

의심하고 후회하면서도 이 길을 걸어가겠지.

소설을 깊이 사랑하는 자는

소설을 깊이 의심하고 증오하는 자임을 매번 깨달으면서.

그러겠지. 그래야 하겠지. 그럴 수밖에 없겠지.

어느 날 내가 살던 마을에 눈이 내렸지.

홑이불처럼 눈을 덮고 잠든 밤.

무수히 지새웠던 소설 내리던 밤.

눈이 침침해서 바늘귀에 실을 꿰어달라던 노인.
내가 잠든 사이 담배 물고 바느질을 하던 그이가
눈송이로 내려앉아 단어가 되고 문장이 되고
서른다섯 개의 이야기가 되었지.

어느 해 내가 살던 마을에 눈이 내렸고
꿈에서도 눈이 내렸고
잠에서 깨어난 뒤에도 눈이 내렸고
사람은 나이를 먹는 존재가 아니라
사연을 쌓아가는 존재라고 말하듯
허공을 경작하는 거미처럼
지상 가까운 곳으로 하늘을 이주시키며
하염없이 폭폭하게 내렸으니.

고마운 이들이 너무 많아 가슴에 담아두련다.
미안한 이들도 너무 많아 가슴에 새겨두련다.
아짐찮다는 말, 고맙고 미안하다는 이 말.
유언처럼 아껴둔 이 말.

이 상 문 학 상

문학적 자서전

손홍규

절망한 사람

어느 해 초여름이었다. 보리 수확이 한창인 때였으니 절기로 보아 망종 부근이었을 것이다. 들판 곳곳에서 보리를 베고 탈곡을 하느라 분주했다. 후덥지근한 날들이었다. 숨을 들이쉬면 까끄라기 섞인 공기가 폐를 가득 채우는 걸 느낄 수 있을 정도였다. 나는 동네 어귀 또래의 집과 마을회관 등을 오가며 구슬치기를 하고 있었다. 누군가 달려와 소식을 전할 때까지만 해도 여느 휴일과 다름없이 즐거웠다. 나를 찾아온 동네 어른과 눈이 마주쳤는데 그 눈빛에는 이미 많은 말이 담겨 있었다. 그이는 어린 내게 어떤 식으로 말해야 할지 고민하는 게 분명했다. 두서가 없는 말이었다. 나를 힐난하는 것도 같았고 위로하는 것도 같았으며 그이 스스로를 나무라는 것도 같았다. 아버지의 손가락이 탈곡기에 빨려 들어갔다는 걸 이해하기까지 조금 시간이 걸렸던 이유도 그래서였다. 함께 놀던 아이들은 입을 꾹 다물었고 나 역시 무슨 말을 해야 할지 몰라 우두커니 서 있었다. 눈이 부실 만큼 햇살이 낭자하던 초여름 오후였다. 아버지는 누군가의 트럭을 타고 시내 병원으로 갔다고 했다. 어머니도 함께 갔다고 했다.

집으로 돌아간 나는 마루 끝에 앉은 채로 오후가 저무는 것과 땅거미가 깔리는 걸 지켜보았다. 서쪽 하늘은 불을 지른 것처럼 화악 타올랐다가 사위어갔고 눈을 한 번 깜박였을 뿐인데 순식간에 사방이 캄캄해졌다. 전등 켜는 걸 잊었던 탓에 마당을 채운 어둠은 대낮이 그러듯이 눈부시게 어두웠다. 여전히 마루 끝에 앉은 채로 나는 그 어둠의 일부로 스며들어갔다. 외양간에서 소가 울었다. 퍼뜩 정신을 차린 나는 홀로 집을 지켜야 할 때 늘 했던 일을 시작했다. 쇠죽을 쑤어 여물통에 부어주고 개 밥그릇에 사료를 채우고 닭을 몰아넣은 뒤 닭장 문을 잠갔다. 아궁이의 재를 삼태기에 담아 헛간에 부린 뒤 솥을 부시고 쌀을 안쳐 불을 땠다. 매운 연기가 눈을 찔러 열린 부엌문으로 바깥을 바라보니 박쥐가 마당을 스치듯 낮게 날았다. 설익은 밥 한 그릇과 김치 한 보시기를 할머니 영정사진 앞에 상식으로 올렸다. 더 해야 할 일이 없는지 두리번거리다 다시 마루 끝에 앉았다. 마치 내가 그 자리를 떠나본 적이 없는 것 같았다. 나는 여태 마루 끝에 앉아 깊은 어둠을 응시했을 뿐이고 내 안의 그림자 같은 게 밖으로 나와서 이런저런 일을 하다가 돌아와 옷을 입듯이 나를 입고 다시 앉은 것만 같았다.

지금도 그렇지만 그때도 나는 겁 많은 아이였다. 어머니와 아버지가 없는 집을 홀로 지키고 앉아 밤이 깊어가는 걸 지켜보는 게 쉽지 않았다. 어둠 속에서는 눈을 크게 떠봐야 소용이 없으므로 귀를 곤두세우게 마련이었고 그러면 낮에는 들을 수 없는 소리를 들을 수 있었다. 그 소리는 미약하지만 어떤 소리보다 강렬했다. 주위의 모든 사물들이 숨을 죽인 채 비명을 지르는 것 같았고 소스라치게 놀란 사람이 소리가 새어나가지 않게 손으로 입을 가리듯 나는 어둠을 끌어다가 내 귀를 틀어막았다. 외부의 소리가 내면의 반향이기도 하다는 걸 알아서가 아니라 이 세계와 분리되고 싶어서였다. 그날 밤에 대한 내 기억이 온통 어둠뿐인 건 거짓기억일 수도 있다. 별이 총총히 박혔을 수도 있고 만월이 떠올랐을 수도 있으며 그게 아니라 해도 앞집 뒷집의 전등불이 흘러들어와 아주 캄캄하지만은 않았을 수도 있다. 그러나 오랜 세월이 흘렀음에도 기억 속 그날 밤은 먹장 같은 어둠에서 조금도 벗어나지 않았으며 이 이미지는 앞으로도 변하지 않을 듯하다. 시간은 더디게 흘렀다. 밤은 이슥하다 못해 겹겹으로 두터워졌다. 그걸 지켜보면서 나는 이 현실을 무효화하고 싶다는 생각을 했다. 내가 처한 현실이 믿기지 않았고 대체 이런 현실 앞에서는 어떻게 행동하고 생각하고 말해야 하는지 알 수 없어 무서웠다. 그때의 나는 현실을 벗어나는 문제 혹은 현실을 초월하는 문제에 깊이 사로잡혔지만 그러기 위해서는 외려 현실을 외면하거나 못 본 체해서는 안 된다는 걸, 벗어나고 싶고 도망치고 싶고 부정하고 싶을수록 더욱더 현실을 질박하고 정교하게 실감해야 한다는 걸 알지 못했다. 그냥 여길 벗어나고 싶을 뿐이었다. 저 멀리 신작로를 달려오는 트럭 소리가 들려왔을 때는 자정 즈음이었다. 트럭은 사립문 앞에 멈췄다. 트럭의 전조등을 피해 담벼락에 기댄 나는 어머니에 이어 아버지가 왼손으로 오른손을 어정쩡하게 붙잡고 조수석에서 내리는 걸 보았다. 우리 식구 가운데 울음을 터뜨린 사람은 없었다. 울어봐야 소용이 없어서가 아니라 울게 되면 이 현실을 용납해버린 듯해, 결코 받아들여서는 안 되는 부조리를 승낙해버린 듯해 참담해질까 봐서 그랬으리라. 그 뒤 아버지는 병원을 오가며 치료를 받았다. 어차피 잘려나간 오른손 집게손가락은 탈곡기 날에 으스러졌으니 짧고 뭉툭해진 집게손가락의 절단면을 소독하고 붕대로 감싸는 게 치료의 전부였다. 가운뎃손가락은 잘려나가지는 않았지만 뼈를 상해 굽었고 아버지 혼자 할 수 없었기에 울혈을 풀어준다는 미역을 감아주는 건 내 일이 되었다. 일주일쯤 지난 뒤로는 예전과 다름없는 일상이 이어졌다. 아버지는 침착하게 당신이 사용하는 목장갑의 집게손가락 부분을 잘라냈고 어머니는 벌어진 끝을 바느질로 봉합했다. 아버지는 여느 날처럼 이른 새벽에 농기구를 들고 집을 나섰다. 아버지의 등은 허전해 보였다. 젊은 농사꾼의 열정 같은 게 피식 바람소리를 내며 빠져나가버린 듯했다. 사고를 당했던 그 무렵 아버지는 농민 가운데 젊은 축에 속했기에 의욕이 남달랐다. 농협 빚으로 뒷감당이 부담스럽기도 했겠지만 경운기, 이앙기, 관리기, 볏짚절단기 등 농기계를 기꺼이 장만했고 자전거가 있었지만 물꼬를 보러 가거나 이동하기에 편한 오토바이도 들여왔고 품앗이든 삯일이든 불러주는 곳이 있으면 어디든 달려갔으며 이장을 맡아 마을 대소사를 처리했다. 물론 타고난 농사꾼의 면모보다는 젊은이의 의지 같은 게 더 분명히 엿보였지만 말이다. 그러기에 나는 아버지가 손가락과 더불어 당신의 의지까지 잃어버린 거라고 생각했다.

그러나 얼마 지나지 않아 아버지는 예전의 활력을 되찾았고 오히려 전보다 더 당신의 일에 몰두하는 것처럼 보였다. 손가락 하나쯤이야 고수레를 한 거라 여기면 된다고 생각하는 게 아닐까 싶을 정도였다. 앞으로 닥칠 화를 면할 수만 있다면 손가락 하나는 흔쾌히 내줄 수 있는 거라고 말하고 싶어 하는 것 같았다. 내가 보기에 그건 좀 이상했다. 이를테면 농기계를 다루거나 간단한 수리를 할 때 아버지의 태도에는 범접하기 어려운 무언가가 있었다. 이전보다 훨씬 더 꼼꼼하게 살피고 조심스럽고 끈질기게 연장을 다루어 나사를 조이거나 윤활유를 칠하거나 부품을 교체했다. 그런 아버지를 보고 있노라면 아버지의 머릿속에서는 이 기계를 완벽하게 분해하여 작은 부품까지 하나하나 점검한 뒤 조립하는 일이 끊임없이 되풀이될 것만 같았다. 겨우 나사 하나 조이는 것일 뿐인데 매번 완벽하게 분해했다가 해체한다면, 비록 머릿속에서만 벌어지는 일이라 할지라도 기력을 소진하는 일이 아닐 수 없었다. 아버지는 스스로를 혹사하는 중이었다. 밝게 웃으면서.

그로부터 두 해가 지난 어느 날 아버지는 두어 마지기에 불과하지만 유일했던 무넘기 논을 아랫마을에 살던 고모에게 팔았다. 그 돈으로 중고 일 톤 트럭을 샀다. 어디에서고 흔히 볼 수 있는 파란색 용달차 말이다. 옷장사도 해보고 신발장사도 해보았다. 그릇장사도 해보고 이것저것 잡화들을 잔뜩 싣고 다니며 팔기도 했다. 죄다 신통치 않았다. 그 탓에 마루며 헛간이며 마당 한구석까지 팔지 못한 물품들이 쌓여갔다. 어머니와 아버지는 새벽에 트럭을 몰고 나가 지붕에 달아놓은 확성기로 트로트를 울리며 이 마을 저 마을 이 시장 저 시장을 돌아다녔다. 가끔씩 나는 아버지의 지시에 따라 구식 녹음기를 앞에 두고 싸다 싸, 두 번 안 와요, 마을회관으로 나오세요, 등등을 읽으며 녹음해야 했다. 가장 곤란했던 시절은 당신들이 닭 장사를 할 때였다. 짐칸에 닭장까지 짜 맞춰 장사를 다녔지만 새벽에 나갈 때나 밤에 돌아올 때나 달라진 게 별로 없었다. 날마다 닭털이 날아다니고 닭똥 냄새가 진동했다. 좁은 닭장에 갇힌 데다 팔려나갈 신세인 닭들의 구구대는 울음에는 독기마저 어려서 예사롭지 않았다. 장사가 시원치 않으니 병이 들어 골골대는 녀석을 우리가 처리해야 했다. 거기까지는 그럭저럭 견딜 만했다. 닭 장사를 작파한 뒤 당신들은 닭 내장 장사를 시작했다. 닭 내장이 담긴 커다란 고무함지, 가스통, 주물버너, 솥 등을 싣고 다니면서 원하는 사람이 있으면 그 자리에서 바로 삶아주었다. 대체 왜 닭 내장 장사가 전망이 좋을 거라고 판단했는지는 알 수 없었다. 팔지 못한 닭 내장이 넘쳐났고 하루 세 끼 반찬은 닭 내장 볶음이 전부였다. 두어 달 그렇게 먹고 살다보니 닭 울음만 들어도 구역질이 났다. 세상 모든 닭들이 날개를 활짝 펼치고 날아올라 어디론가 사라져버리기를 간절히 바랐다. 결국 닭 내장도 치워버리고 그 시절 사람들이 '약관'이라 부르던 정읍 시내 청과물도매시장에서 과일과 채소 따위를 도매로 떼어다가 팔러 다녔다. 아버지와 어머니는 그 장사를 제법 오랫동안 했다. 의외로 청과물 장사가 쏠쏠한 모양이었다. 그동안 나는 사춘기 중학생 시절을 지나 고등학생이 되어 집을 떠나 전주에서 학교를 다녔다. 대학생이 되어 뒤늦게 군대에 복무할 때까지도 아버지와 어머니는 트럭을 몰고 다녔으나 아이엠에프 이후로 실직자들이 트럭 행상에 뛰어드는 바람에 겨우 견디는 형편이었고 내가 복학할 무렵 비로소 트럭 행상을 그만두었다.

사실 나는 절망을 말하고 싶다. 절망한 사람을 말하고 싶다. 절망한 사람 가운데 정말 절망한 것처럼 보이는 사람이 많지 않은 이유를 말하고 싶다. 멀쩡하게 웃고 떠들고 먹고 마시고 즐거워하고 슬퍼하고 사랑을 나누는 사람인데 깊이 절망한 사람이기도 하다는 걸 말하고 싶다. 어떻게 말해야 할지 몰라 이토록 진부하게 구구절절 사연을 늘어놓고 있다. 그러니까 나는 손가락을 잃은 뒤로 아버지가 어떻게 절망했는지, 절망했음에도 불구하고 전혀 절망하지 않은 사람처럼 살아왔는지를 쓰고 싶다. 그날 이후로 내게도 한 가지 습관이 생겼다. 문을 열고 닫을 때마다 내 손가락이 문틈에 끼여 깨끗하게 잘려나가는 상상을 하게 되었다. 칼을 쥐거나 망치를 쥘 때마다 칼날이 손가락을 싹둑 잘라내고 망치가 손가락을 쾅쾅 짓뭉개는 상상을 하게 되었다. 이 상상을 멈출 수가 없었다. 의식하지 않아도 떠올랐다. 처음에는 섬뜩한 기분으로 세월이 흐른 뒤에는 그처럼 섬뜩하지는 않으나 가슴이 텅 비었을 때처럼 허탈한 심정으로. 손가락을 잃어버린 건 아버지였는데, 내 손가락은 무사한데, 나는 손가락을 잃어버리지 않을까 전전긍긍하며 살아왔고 이 긴장에서 놓여나기 위해 이미 손가락을 잃어버린 것처럼 굴거나 혹은 결코 누구도 내 손가락을 해코지할 수 없다고 으름장을 놓으며 살아왔다. 지금까지 내 손가락은 무사하다. 하지만 내 상상 속에서 나는 매번 손가락을 잃었다가 되찾았고 그럴 때마다 그 손가락은 이전의 손가락과는 조금씩 달라졌다. 그러면서 나는 타인들 역시 무엇을 잃었는지를 유심히 보게 되었다. 손 하나를 통째로 잃어버린 사람, 팔 하나를 잃어버린 사람이 보였고 다리가 없거나 허리가 없거나 머리가 없는 사람도 보게 되었다. 누구나 무언가 하나씩은 잃고 사는 것 같았다. 눈에 띄는 것일 수도 있었고 눈에 띄지 않는 것일 수도 있었다.

아버지는 절망한 사람처럼 보이지는 않았다. 이전보다 당신의 일에 진지하게 몰두하는 모습을 보면서 그런 기미를 읽어내기란 쉽지 않았다. 산과 들판, 대지와 농토, 하늘과 바람, 거기에 깃들어 사는 모든 생명을 경외하는 사람을 가리켜 어찌 절망한 사람이라고 할수 있을까. 아버지는 젊은이의 순진한 열정뿐만 아니라 농사꾼의 본래면목이라 할 법한 자연에 대한 경외심까지 지녔으니 농민으로서는 더 완전해진 셈이었다. 이 완전함이야말로 불완전의 표상일 수도 있음을 알게 되기까지 오랜 세월이 걸렸다. 나는 아주 가끔 어머니를 대신해 아버지의 조수 노릇을 했다. 내가 결코 좋아하지 않는 일이었다. 그즈음의 나는 사춘기 중학생이었다. 딱히 사춘기라서가 그랬던 게 아니라 워낙 데면데면한데다 살가운 대화조차 나눠본 적이없어서였다. 별일 아닌데도 아버지와 나는 의견이 맞지 않았고 아버지는 아버지대로 나는 나대로 서로를 귓등으로 넘기려 애썼다. 그런시절에 몇 번 아버지를 따라다니면서 아버지가 얼마나 장사에 무능한지를 알게 되었다. 어머니라고 해서 별다르지는 않았을 테지만. 어쨌든 아버지는 장사꾼의 덕목을 하나도 갖추지 못했다. 언변이 좋았던 것도 아니고 넉살이 좋았던 것도 아니다. 앞을 내다보는 밝은눈도 없었고 신념까지는 아니라 해도 당신 일에 대한 믿음 자체가없었다. 아버지는 트럭 행상으로 돈을 벌어도 뜻밖에 용돈을 받은아이처럼 어리둥절해했다. 이런 일로 돈을 벌 수도 있다는 사실을믿을 수 없다는 듯이. 그 사실에 매번 놀라는 사람처럼 말이다. 그런탓에 나는 아버지의 트럭 행상이 오래가지 못할 거라고 짐작했다. 예상과 달리 오랜 세월 트럭 행상으로 살림을 꾸려가는 걸 보면서나는 아버지의 절망이 생각처럼 단순하지 않다는 걸 알았다. 손가락을 잃은 뒤 갑자기 논을 팔고 트럭 행상에 나서기까지의 이 년여 동안 아버지가 보여준 모습은 불안의 대상, 증오의 대상에 한걸음 더 가까이 다가가 그것과 마주하고 그것을 껴안고 그것과 화해하려는 시도처럼 보였다. 아버지는 결국 실패했다. 빈 들판을 지나가다 거기 어딘가에 잔해로 묻혔을 당신의 손가락을 떠올렸을 테고 일단 한 번 그런 생각이 들면 장갑 낀 손이 탈곡기에 빨려 들어가던 순간으로, 운명이 완력을 쓰며 당신을 집어삼킬 듯이 끌어당기던 순간으로 되돌아갈 수밖에 없었을 거다. 화들짝 놀라며 손을 당겼을 때는 이미 장갑과 집게손가락이 어두컴컴한 탈곡기의 아가리에 삼켜진 뒤였다. 불시에 닥쳐온 개인의 재난. 그 앞에서 흔히 옛사람들이 그렇듯이 당신은 스스로 무슨 죄를 지었기에 이런 벌을 받는 것일까 생각해보았을 테고, 이런 처벌을 받아도 괜찮을 만큼 큰 죄를 지은 적은 없는 것 같은데 왜 당신에게 이런 형벌이 주어졌는지 의아해했을 것이다. 운명을 이해해보려는 시도는 이처럼 실패할 수밖에 없었을 테고 이윽고 아버지는 이 세계를, 당신 자신을 증오하게 되었을 것이다. 무언가에 깊이 절망한 사람은 그 무언가를 깊이 사랑하는 사람과 분간하기가 어렵다. 깊은 절망은 깊은 사랑과 닮은 구석이 있다. 절망이 가득한 눈으로 노을이 진 서편 하늘을 바라보는 이의 눈빛이 아름다워 보일 수도 있는 것처럼. 아버지는 농사꾼에서 탈출했다. 그러고는 트럭에 올랐다. 얼마나 많은 실패들이 당신을 뒤흔들었을까. 트럭에서 내려 저 지긋지긋하고 무섭기까지 한 농토로 되돌아가려는 스스로를 어떤 방식으로 다잡았을까. 그처럼 십여 년의 세월을 흘려보낸 뒤 트럭에서 내린 아버지는 승합차에 올랐다. 조경업체의 날품팔이로 다시 칠팔 년의 세월을 살았다. 마지막으로 소나무 우듬지의 전지작업을 하다가 이십 미터 아래로 추락했다.

목뼈에 금이 가고 왼팔의 신경이 절단됐다. 죽지 않은 게 이상할 만큼 운이 좋은 사고였다. 내가 첫 소설집을 낼 무렵이었다. 정읍에서는 수술이 불가능해서 전주의 대학병원으로 옮겨 수술을 받았다. 수술실에 들어갈 때였다. 마취실 입구에서 머뭇거리는데 아버지가 내 쪽으로 손을 뻗었다. 나는 아버지의 손을 잡았다. 기억할 수 없는 어린 시절 이후로 처음인 것 같았다. 탄력이 없고 거칠었다. 손가락 하나가 모자란 당신의 손이 내 손 안에서 어린 새처럼 떨었다. 당신의 두 눈은 이미 갈쌍갈쌍했다. 마취사가 나가라고 할 때까지 온 생애인 듯 생애 처음이자 마지막인 듯 다시는 그럴 수 없는 것처럼 한 번도 그런 적 없는 것처럼 아버지의 손을 쥐고 있었다. 당신의 손가락 하나가 내 가슴속에서 오래도록 영글어 내가 되고 소설이 되었음을 말해주고 싶었다. 어머니와 아버지 당신들을 속속들이 알아서가 아니라 잘 알지 못해서, 알고 싶어서, 알아야만 하므로 소설을 쓴다는 걸. 나는 당신의 발자국을 따라 이야기를 줍는 사람일 뿐이다. 걸을 때마다 연꽃이 피어나는 전설의 인물처럼 살아온 걸음마다 이야기를 남겨둔 당신들이 있어 행복했다.

오래전 내 꿈은 소설가였고 지금 나는 소설가인데 여전히 내 꿈은 소설가이다.

이 상 문 학 상

3부
우수상 수상작

구병모

한 아이에게 온 마을이

1976년 서울에서 태어나 경희대학교 국어국문학과를 졸업했다. 2008년 《위저드 베이커리》로 창비청소
년문학상을 받으며 등단했다. 단편소설집 《고의는 아니지만》 《그것이 나만은 아니기를》 《빨간 구두당》과
장편소설 《아가미》 《파과》 《한 스푼의 시간》 등이 있다. 오늘의작가상, 황순원신진문학상을 받았다.

이완의 이번 전근은 보복성 발령의 혐의가 짙었으나 증거가 없었다. 지금이라도 증인을 비롯한 협력자를 물색하고 녹취를 뜨는 등 강압에 의한 서류 작성 여부를 다툰다고 한다면, 소송이란 게 으레 그렇듯 최소 삼사 년은 내다볼 각오를 한다는 뜻인데, 법률 비용이야 양가에 손 벌리거나 머리 좀 조아리면 어른들이 영 모른 척하진 않겠지만 흘러가는 시간과 축나는 몸은 어쩔 텐가 싶어서 정주는 싸우라고 부추기지 않았다. 그런 불편과 긴장을 유지하다 4개월로 접어든 태아에게 무슨 일이 생겨선 안 된다는 염려, 출산과 동시에 생활비 규모가 두 배로 늘어날 것이 예상되는 상황에서 이완의 경력에 어떤 트러블이나 공백이 없기를 바라는 마음이 컸다. 입지가 좁아지고 왕따 분위기가 무르익어 가던 회사에서 늦은 나이의 임신으로 인해 더욱 제 발로 나가 달라는 압박에 시달리던 정주는 겸사겸사 삶의 반경을 대폭 변경해 보는 것도 나쁘지 않은 선택이라 여겼다. 연고가 전혀 없는 산골 생활이란 그저 나쁘지 않은 느낌 정도로 덤벼선 안 되며 엄청난 각오와 에너지가 필요하다는 이야기를 몇몇 귀농한 동창들에게 들은 적 있으나, 그것도 사람마다 달라 지나치게 핏대를 세우고 준비하다간 오히려 죽도 밥도 끓기 전에 지쳐버리니 맨땅에 헤딩이 차라리 낫다는 의견도 있었다. 도피 수단으로 귀농을 선택해선 안 된다는 일반론은 그다지 설득력이 없었던 것이, 사람은 매 순간 어딘가로부터 도망치지 않고는 맨정신으로 살아가기도 어렵거니와, 평생 도시 생활에 젖어 있던 사람이 그럼 숨 좀 트고 살려고 도망치는 거지 뭐 엄청난 대오 각성이라도 해서 내려가겠나. 정주는 농사를 지으러 가는 것도 아니며 당장 눈앞의 해코지가 미확인된 두려움을 압도했다.

양가에는 이완이 행정상의 복잡한 문제로 인해 전근 신청서에 써낸 지역과 무관한, 전교생 25명의 시골 분교에서 교사 생활을 하게 됐다고 둘러댔다. 공무원 인사규정관리법과 각종 구비 서류가 뻔히 있는 상황에서 현실성 없는 소리였지만, 평생 장사를 하며 살아온 양가에서는 불가해한 공직 사회의 인사이동 체계에 대해 의문을 제기하지 않았다. 협박에 다름 아닌 강권을 받아 서류를 썼다고 하자니 학교에서 수년간 이완이 어떻게 지내 왔는지부터 설명하기가 난감했다. 이완은 지금 있는 학교에서 4년째 근무 중이었고, 교장 교감 학부모 모두에게 불미스럽게 치여 심신이 지치기도 했겠다 순환 발령 시기도 마침 되었겠다 자포자기 심정으로 정주에게 상의 없이 1학기 말에 본가가 있는 도시로 전출 희망 서류를 쓴 적이 있긴 했다. 그러나 서울 경기권을 비롯한 주요 도시는 전입 희망 대기자가 언제나 많았고 매번 경쟁률이 높아서, 전출입 인원의 맞교환이 순조롭게 이루어지지 않았고 우선순위가 아닌 이들은 밀려났으므로 실제 원하는 곳으로 발령 날 확률은 희박했다. 그런데 2학기에 교감이 작성하라며 내민 것은 이완도 정주도 전혀 연고 없는 모 분교로의 전근 신청서였다. 그저 형식상 써 두기만 하면 된다고, 한 학년마다 이미 근무 중인 교사들이 있으니 거기 배정될 가능성은 한없이 제로에 가까우며 그럼에도 당신을 눈엣가시로 여기는 이들의 심신 평화를 위해 적절한 노력의 제스처를 보일 필요가 있어서일 뿐이라고 교감은 그랬었다. 이완은 교감의 말을 조금이나마 신뢰한 것이 제 발등을 찍는 일이었음을 뒤늦게 알았다.

정주의 친정에서는 처음에는 당혹스러워하다가 출산이 반년 앞으로 다가온 딸을 위로하려고 자신들도 확신하지 못하는 진부하고 원론적인 장점들을 주워섬겼다. 공기 맑은 데서 애 키우면 좋지, 가서 친환경 주택 같은 거 짓고 황토벽 바르고, 아토피니 뭐니 그런 건 생전 걱정 없겠다. 아이들은 물 맑고 흙냄새 나는 데서 뛰어노는 게 제일이다. 송 서방도 한갓진 데서 근무하면 얼굴 좀 안 펴겠니. 지난 명절 때 보니 새카맣게 타 들어갔던데. 우리랑 멀어지지만 시댁이랑은 가까워지는 셈이니 너무 겁내지 말고……. 그 말대로, 그전까지 차로 편도 4시간 거리였던 시가와의 거리가 1시간 40분으로 줄었다. 대폭 줄기는 했으나 1시간 40분이란 유사시에 뭔가 심정적으로 의지가 될 만한 시간이라고 보기는 어려웠으며 어디까지나 자차를 몬다고 가정했을 때 그 정도였다. 하루 네 번 운행하는 버스를 타려면 30분을 걸어 나가야 정류장이 나오는 산골의 교통 상황을 생각하면 어림없는 일이었다. 면 소재지의 산부인과에 다니려 해도 자차는 필수일 테고, 그나마도 출산이 가능한 곳인지 의문이며 두통 치통 복통을 비롯해 내과 계통을 두루 살펴주는 진료소 정도로 예상되니 처음부터 군청이나 시 단위의 병원을 알아봐야……. 퇴사하기 바쁘게 이사 견적을 뽑는 틈틈이 정주는 일어날 수 있는 경우의 수를 가능한 한 다양하게 꼽아 체크리스트를 정리했다.

어디까지나 임시로 살 집이라는 생각에, 포장 이사 견적을 내기 전 무거운 웨딩 앨범을 비롯한 추억거리와 결혼 패물이며 귀금속 일체 및 각종 인테리어 장식물과 1톤 트럭 분량의 책을 친정에 맡겼다. 정주의 남동생이 사흘돌이로 실어 날랐다. 길어야 4년 살 건데, 라는 생각이 들수록 소파나 침대 같은 덩치 큰 가구들도 맡기고 싶었으나 친정에 그만한 공간은 없었다. 대신 당장 쓰지 않고 자리만 차지하는 부엌 살림살이도 떠넘겼다. 주로 어디에서 선물로 받았는지 모를 와인글라스니, 혼수로 쓰이는 12첩반상용 한식 사기그릇 세트 같은 것들이었다. 부부가 쓸 그릇 두 벌과 수저 두 벌, 머그잔만 있으면 되었다.

그렇게 짐을 덜어 냈는데도 편도 다섯 시간 떨어진 지역, 게다가 산골이라 하니 이삿짐센터에서는 1박 2일로 견적을 냈다. 잠깐 무슨 다섯 시간씩이나, 휴게소에서 먹고 싸고도 네 시간이 채 안 되는데요? 정주가 흥분하며 뒷목을 잡자 센터 팀장은 대답했다. 사모님, 고속도로 사정과 관계없이 화물차는 속도제한이 걸려 있답니다……. 그보다 네 시간 차 몰고 달린 사람들이 당일로 짐을 내리는 일까지 가능할까요? 자연히 인건비를 이틀치 지불하는 셈이어서 어떤 수를 써도 이사비는 보통 집의 두 배가 나왔고, 눈 밑이 새까만 임부를 궁휼히 여긴 업체에서는 손 없는 날 명목으로 받는 추가 금액을 빼 주는 정도로 합의를 보았다.

교장과 행정사무직을 포함, 교사가 학년별로 배치되어 총 8인이 근무하니 분교치고 소규모는 아니었다. 내년 신입생은 1명이거나 아예 없을지도 모른다지만 현재는 학년별로 최소 2명에서 많게는 7명까지 다니고 있었다. 말하자면 완전 험지 근무는 아니라는 것이며, 그런 곳에서 근속 연한을 채운 교사는 그만큼 가산점을 챙겨 받아 추후 전근에 유리하니 감사한 줄 알라고 그전 학교 교감은 오히려 큰소리쳤었다.

근무 환경은 젊음과 사명감으로 수용 가능한 범위라 치고, 문제는 학교 코앞에 곧바로 이사를 들어갈 집이 없었다. 워낙 인가도 드문드문 있었던 데다 갑작스러운 이사여서 즉시 입주가 가능한 곳을 찾았는데 몇 군데 있는 빈집은 웬만한 청소나 수리로 해결될 성싶지 않은 흉가였다. 새로 집을 지을 빈터는 많았으나 부지를 매입하거나 건축 업체를 선정하는 등의 과정을 추가할 시간적 금전적 여유가 없었다.

그래서 선택된 곳이, 근무지에서 차로 15분 거리만큼 더 안쪽으로 들어온 곳에 자리한 이 집이었다. 업자의 설명에 따르면 3년째 비어 있으나 산골 다른 집들에 비해 폐가로 방치된 기간이 짧은 편이며, 주인이 건축 당시의 자재비에도 못 미치는 수준의 가격으로 내놓은 데다 가격에 비해 집 상태는 마을에서 제일 깨끗하고 튼튼한 편으로 LPG로 식생활과 난방을 하고 원하면 인터넷 연결도 가능한 환경이라 했다. 이 마을은 노령 인구가 대부분이어서 인터넷을 설치한 집이 많지 않은 까닭에 도시에서처럼 초고속 통신을 기대하기는 어려우나, 최근 농산물 거래에 스마트폰을 사용하는 어르신들도 계셔서 설비는 갖춰 두었다는 것이다. 그 외에 두어 곳 후보가 있었으나 학교와 떨어진 거리가 대체로 비슷하다는 점, 마을 초입에서 15분만 걸어 나가면 포도밭 앞에 작은 슈퍼가 있다는 점 등을 고려하여 지금의 집으로 정했다.

도배나 장판을 새로 바를 필요도 없이 용역 업체를 섭외하여 급한 수리와 청소를 마치니 집은 생각보다는 그럴듯했으며, 인터넷 업자도 사흘 내로 방문하겠다고 확답을 주었다. LPG는 예약해둔 대로 휴일을 아랑곳 않고 이사 당일에 와서 설치를 마쳤고, 임신 7개월째인 정주의 배를 보고 힘드시겠다며 값을 깎아주었다. 시골 인심이 이런 건가 보다, 정주는 첫출발이 나쁘지 않다는 예감이 들었다. 이사와 관련된 이 모든 실무는 정주가 홀로 전투적으로 진행했다. 이완은 원치 않았던 근무지 발령으로 인해 아직까지 넋이 반쯤 나간 상태로 새 학교의 사람들에게 인사를 다니는 일만으로도 고되어 보였고, 사회생활을 순조롭게 가꾸는 대부분의 봉급생활자가 그러하듯이 자기가 아닌 것을 자기 안에 이식하기라도 한 것처럼 혼곤한 미소를 지어 보이며 학교와 무슨 관계인지 모를 지역 어르신들께 안면을 트는 중이었다. 그가 그런 중대한 바깥일을 수행하는 동안 정주는 퇴직으로 수입 절반이 잘려 나간 만큼, 암만 해도 빛 안 나고 안 하면 대책 없는 자잘한 노동을 전담해서 이완의 짐을 덜어야 한다는 강박에 시달리고 있었다.

뒷마당에 쌓인 나무판자를 비롯하여 마지막 폐기물을 업자들이 트럭에 싣고 떠난 뒤, 가구 배치와 세탁기 설치 등을 지시하느라 줄곧 서 있던 정주는 비로소 복부에서 기지개를 켜는 아기의 움직임에 반응하며 토닥거렸다. 임신한 몸으로 자주 다녀갈 여건이 안 되어 물이니 전기 같은 생활에 필수적인 수리만 최소한으로 의뢰했고 그 결과를 오늘 처음 보게 된 셈인데, 염려했던 것보다 집 상태는 양호했으며 특히 과거에 창고였던 작은 별도 건물이 마음에 들었다. 경력 단절을 피할 길 없으나 회사 시절 뚫었던 인맥이나마 잘 붙들어 두면 아이가 조금 자란 뒤 디자인 외주를 받는 일도 꿈만은 아닐 터, 그때의 작업실로…… 그러자면 무엇보다 감각이 뒤떨어지지 않도록 평소 꾸준히 공부를…… 생각하며 고개를 돌리다가, 언젠지 모르게 마당 울타리 너머 다가온 이와 눈이 마주치는 바람에 정주는 비명을 지르며 어깨를 움츠렸다. 배 속 아이가 무슨 일이냐는 듯 엄마의 배를 노크했다. 아무리 인가가 적은들 사람 사는 곳이니 사람이 지나간대서 놀랄 일은 아니었으므로 정주는 귀신이나 본 양 소리친 스스로가 민망해졌으나, 따지고 들자면 인기척도 없이 다가와선 수많은 주름 사이 눈이 어디 붙었는지 얼핏 분간하기 어려운 얼굴을 들이대며 빤히 이쪽을 넘겨다보고 선 백발 노부인의 잘못이었다.

누구세요.

오늘 이사 오셨나.

그런데요. 누구세요.

저기 윗집이에요.

윗집이라고만 하면 어디 사시는 뉘신지 알 길이 없으나 그거야 차츰 알게 되겠지, 몰라도 그만이고, 생각하면서 정주는 고개 숙여 인사했다.

집 좀 봐도 되나, 여기 사람 사는 거 너무 오랜만에 보고…… 어떻게 고쳤는지 궁금도 하고.

노부인은 여기가 원래 자기 집터라도 되는 양 이미 대문 안으로 발 하나가 들어와 있었다. 정주는 막 혼자만의 시간을 가지려던 참이었으나, 몸을 절반 밀고 들어온 사람을 단호하게 돌려보내는 일은 상대방이 잡상인 내지는 종교 권유자일 때 시도해 봄직한 것이었다. 앞으로 오며 가며 마주칠 동네 어르신과 처음 만나는 자리에서 첫 부탁을 거절하는 것이 매몰차게 보일 듯싶어 정주는 모로 비켜서서 들어오시라는 몸짓을 취했다.

예 뭐, 아직 정리가 덜 되긴 했는데요, 한번 보세요.

노부인은 두리번거리다 외벽을 공연히 손으로 두드려 보거나, 미처 정리되지 않은 짐들 사이로 걸어 나가며 식탁과 소파를 쓸어 보기도 했다. 통 고친 게 없으니 그전과 바뀐 게 없어서 공연히 살림살이를 만지작거리나 싶어, 정주는 노부인의 주의를 끌기 위해 곁에 있던 냉장고를 열었다.

뭐 마실 것 좀 드릴까요.

아니 물 실컷 마시고 나왔어요. 어디 보자, 저기가 별채인가.

별채라기엔 좀 거창하고요, 창고 같은 거예요.

뭐라고?

노인분들께는 분명하고 큰 음성으로 말해야 한다는 걸, 그것도 여러 번 반복하고 때론 듣기 쉬운 말로 바꿔 보아야 비로소 원뜻이 올바로 전달된다는 사실을 정주는 문득 떠올리고 목소리를 좀 더 높였다.

별채라고 하기엔 좀 거창해요.

별채가 좀 뭐?

어, 그냥 창고예요. 가서 보시겠어요.

정주가 굽혔던 허리를 펴고 바깥을 향해 팔을 뻗어 보일 때 노부인은 비로소 정주의 상태를 알아차린 듯 그녀를 위아래로 훑어보았다.

새댁이 아기 가졌나 보네, 몇 개월인가?

새댁이라기엔 결혼한 지 이미 5년차. 이런저런 설명도 번거로워 정주는 다만 고개를 끄덕였다.

7개월 됐어요.

어디 보자, 배가 크고 펑퍼짐하니 아래로 처진 게 딱 고추네.

그러면서 노부인의 손길이 배를 슬쩍 건드리는 순간 정주는 이루 말하기 힘든 감정에 사로잡혔지만, 산골 어르신이니까 이해해야 한다고 마음을 다스렸다.

아직 모르죠. 주신 대로 낳아야죠.

쉰이 넘은 이완의 큰누나가 전화로 아기 성별을 물었을 적에는, 그게 어머님이 떠보라 시켜서 대표로 총대 멘 걸 눈치챈 이완이 앞장서서 쳐 냈었다. 서울 병원에서는 의료법을 잘 지켜요. 초음파를 몇 번을 찍어도 일체 함구한다고요. 분만실 들어가기 전까지 옷 색깔 따위 묻지 말라고 딱 자르더라니까? 그리고 어느 쪽이든 간에 둘째 생각 없으니까 얘기 꺼내지 마시라고. 우린 우리 수준에서 딱 할 도리만, 기본만 하기로 했어요. 정주는 결혼 생활 통틀어 그때가 이완이 제일 든든해 보였다. 그런데 돌아서고 나면, 인간의 할 도리와 기본이란 대체 누가 기준을 정해주는 건가 싶기도 했었다.

노부인이 이어서 대답했다.

대대로 조상 잘 모셨으면 고추지 뭘.

정주는 앞으로 이런 전근대적인 발화를 수시로 듣게 되리란 걸 예감하면서, 노부인의 손가락이 배에서 도무지 떨어질 생각을 않기에 별채로 나가는 척 뒤로 한발 물러섰다.

와 보세요, 창고는 창고인데 깨끗하게 썼나 봐요. 장판도 깔려 있고요.

노부인은 뒤를 따라가선 창고는 보는 둥 마는 둥하며 말을 이었다.

나 얼마 전 읍내까지 나가 신문에서 봤는데, 요즘 젊은 여자들이 그렇게들 애를 안 낳는다며. 아주 못돼가지고들. 새댁은 애를 갖다니 정말 장하네.

예, 고맙습니다.

이런 어르신에게 '여자들이' 애를 안 낳는다는 사고방식부터 바꾸어야 아이들이 태어날 거라는 발상의 전환을 촉구하거나, '다들 먹고살기 힘들어서요' 같은 최소한의 이유를 첨언해 보았자 좋을 일은 없다는 걸 정주는 익히 알고 있었다. 이들은 대체로 몇몇 신문에서 불러주는 대로 그것을 진실이라 믿으며 살아가는 한편, 사람의 출산을 발목에 감기는 기름진 흙이나 젖과 꿀이 흐르는 영토에서의 추수 같은 일련의 풍요와 긴밀히 관련짓는 구시대적 관념이 있었다. 그건 세상을 향한 통로가 마땅치 않아서일 것이며 그걸 탓할 수는 없었다.

그리고 내 또 신문에서 봤는데, 일본 무슨 마을인가 통째로 없어질 뻔했다가 조금씩 인구 늘어나서 잘 살게 된 거 보여주면서, 그걸 아주 멋진 말로 제목을 딱 달아 놓았더라고. 한 아이를 키우는 데에는 온 마을이 필요하다, 였던가. 그거 얼마나 좋은 말이야 그래. 어미들도 세상 편하고 서로 도와가며 기르고.

예, 그런 얘기가…… 있죠.

정주는 뒤에 나올 말을 삼켰다. 그거야 어르신들의 보편적 과거 체험이었겠지만, 이제 와 그런 사회학적인 명제로 익히시느라 애쓰셨습니다……. 이런 어르신들의 세계 속 어린이들은, 차 없는 거리에서 아무런 위험에도 노출되지 않고 다방구나 땅따먹기로 왁자하게 뛰놀다 저녁연기가 피어오르면 각자의 집으로 뛰어가는 생물들이었다. 거기서 좀 더 업그레이드된 세계에는 네발자전거나 축구공 같은 것이 포함되어 있을 터였다. 그리고 그 그림 같은 세계에서 어미란, 한 아이가 더 태어나면 상 위에 숟가락 하나만 추가로 올려놓으면 되는 존재였다.

바깥서방은 뭐하시고?

학교 선생님이라는 호칭을 자랑스레 떠벌릴 일도 아니어서 정주는 대수롭지 않게 대답했다.

뭐 그냥, 아이들 가르쳐요.

이쪽에서 겸손하게 둘러대면 보통은 상대방이 알아서 의미를 캐치하고 추어올리게 마련이었다.

아, 학교 선생님이신가?

예, 뭐 그렇죠.

초등학교? 중학교? 고등학교?

본인이 정규교육을 받았고 어느 정도 지적 성취를 이루었음을 드러내고 싶어 하는 어르신들이 이렇게 하나하나 짚어 묻는 경우도 흔했다.

초등학교예요.

아 그렇지, 면소재지 나가면 교차로 있는 거긴가 보다.

예.

재작년까지만 해도 우리 마을에도 거기 다니는 아이 하나 살았구먼. 그 애 아빠가 매일 아침 실어 나르다가 애가 중학교 올라가니까 도저히 안 되겠다고 이사를 가데.

예.

1년에 두 번 방문하던 시가에서라면, 정주는 아무리 피로하고 어색하더라도 이완 부모님의 말씀에 귀를 기울이고 살갑게 대하려 노력하는 제스처를—대화가 지나치게 일찍 끊어지지 않도록 덧붙이거나 되묻는 등의 적절한 호응을—아끼지 않았을 터였다. 정주는 이런 식으로 말할 수도 있었다. 예, 이제 막 부임해 와서 그이도 저도 모르는 게 너무 많네요. 이것저것 많이 알려주세요. 예, 그랬군요, 왜 이사 갔을까요? 중학교는 더 멀리 외곽에 있나 보군요. 고등학교라면 전교생 기숙사 학교가 곧잘 있을 거예요……. 그러나 그러한 연속성으로의 시도 없이 정주가 점점 단답식으로 무성의해지자, 노부인은 머쓱해하며 대문을 향했다.

젊은 새댁이 이사해서 힘든가 보구먼. 몸도 무거운데 이제 쉬어요.

예, 와 주셔서 고맙습니다. 정리 좀 되고 다음에 날 잡아서…… 남편더러 인사 다니라고 할게요.

어이구, 인사야 새댁이 돌면 되지.

몸이 이래서요.

정주는 집과 관련된 자지레한 일들이 당연히 아내 몫이라고 여기는 어르신과 말을 길게 섞을 여력이 없었다. 이완에게 읍내 어디를 헤매든 알아서 오늘내일 사이로 이사 떡을 맞춰 오라는 문자를 보내야겠다고 생각했다.

이완은 아직 돌아오지 않았다.

노부인이 떠난 뒤, 정주는 전화기에 뜨는 안테나 개수를 가능한 한 늘리려 팔을 뻗어 보다가 포기하고 나머지 청소를 하느라 문자 보내는 것을 잊었으며, 이완은 그날 교감과 교사들이 따라 주는 대로 환영주를 마시고 자정이 되어서야 동료 교사인지 누군지 모를 이의 차를 얻어 타고 돌아왔다. 뭐라도 이벤트를 꾸준히 만들어야 활기를 띠고 돌아가는 소규모 지역사회에서, 일종의 신고식 비슷하게 이런 일은 앞으로도 자주 있을 터였으므로 정주는 놀라지 않았다. 이튿날은 공휴일로 이완은 오래도록 깨어나지 않았고, 정주는 잠든 이완의 등을 한번 내려다보곤 전날 정리가 덜 된 자리들을 쓸고 닦았다. 떡은 인터넷 지도를 검색하여 가장 가까운 곳에 전화 주문하면 배달해줄 터였다. 인터넷 설치 기사는 모레나 되어야 올 터였고, 데이터를 조회해 보니 이달치 용량은 거의 바닥나 있었다.

한낮이 지나서야 눈을 뜬 이완은 교감이 무슨 마을 공공사업 문제로 보자고 했다며 차 키를 집어 들었다. 학교에 두고 온 차를 가지러 겸사겸사 나가긴 해야 했다. 그럼 학교까지는 무얼 타고 갈 건지, 큰길로 나가더라도 택시가 잡힐 만한 곳이 아닌데, 콜을 하면 이 구석까지 정말 와 줄까, 그보다 공공사업은 지역 주민센터 소관이 아닌가, 왜 초등학교 교사를, 교육 연계 사업이라는 뜻인가, 그렇다고 공휴일까지, 안 그래도 지금은 전국 봄방학 기간이며 신학기 맞춰 출근해도 그만인 걸 인사차 먼저 들렀을 뿐인데……. 정주는 물어보고 싶은 것이 많았으나 이완의 속눈썹에 매달린 피로와 긴장을 보고 말을 삼켰다. 작은 마을에는 늘 인구가 부족하고 고등교육을 받은 실무자가 도시에 비해 아무래도 좀 적은 편이라 네 일 내 일 서로 구별들 없는 경우도 있고 힘든 것만 골라다 아마 젊은 사람한테 떠맡기는 경향이 좀 있을 텐데 가서 처신 잘하게, 무조건 비위 맞춰 주지 말고 자를 거 확실히 자르고……. 뭐, 말처럼 쉽진 않겠지만 처음에 자기 입장을 정하는 게 유리하다네, 끌려 다니며 살 건지 어쩔 건지는 알아서 잘해 보게. 정주 아버지가 이완에게 전화로 건넨 말이었다. 정주는 황망한 상황에 유산기까지 있어서 이사를 내려오기 전에 친정과 전체 가족 모임 내지는 식사 자리를 정식으로 가질 틈이 없었으므로 인사도 거의 전화로 간단 통보했으며, 이완 역시 장인의 충고를 듣는 둥 마는 둥 예예 하기만 했었다. 비행기를 두 번 갈아타는 외국으로의 생이별도 아니고, 명절마다 찾아뵐 테며, 무엇보다 시한부 근무니까.

이완은 그날 늦도록 돌아오지 않았다.

마을의 범주가 어디까지인지 정주는 알 수 없었다. 주위 100미터 안팎으로는 네 가구뿐이었고, 그중 한 곳이 이사 당일 만난 노부인, 김 할머니의 집이었다. 집에서 걸어 내려가 마을 초입부터 또 15분을 걸어야 닿는 포도밭 앞 미니 슈퍼까지 확장해도 집은 스무 채 남짓이었다. 맞춤떡이 남아 산 아래 집들까지 돌렸다. 들르는 집들마다 처음에는 젊은 여성의 둥그런 배에 주목했고 다음으로 그녀 입에서 나오는 표준어에 데면데면했다가, 정주네 부부가 농사지으러 완전 귀촌한 게 아니라는 사실을 알자 반색하며 좀 앉았다 가라고 권했다. 교육자라니 대단하셔라. 지식 노동이 교환 가능한 가치로 간주되고 교사는 스스로를 교육 노동자로 정의하며 학부모는 교사를 서비스직 정도로 여기는 게 보통인데, 아직도 이곳 어르신들은 인사치레에 불과하더라도 스승이라는 존재에 절대 의미를 부여했다. 정주는 자신들의 정보를 물어 오는 이들에게 적절한 어깻짓과 말로 겸손을 표하며 자랑스러움이 묻어나는 미소를 짓지 않는 데 신경 썼다. 집집마다 밭일을 마치고 해 떨어지기 전에 들어온 장년층 부부가 수정과나 식혜, 과일을 내오며 정주더러 장하다고 칭찬에서 덕담까지 한마디씩 건넸는데 그 천편일률적인 내용에 정주 입가의 미소에는 미세한 경련이 묻어나왔다. 서울 아가씨가 남편 믿고 이렇게 촌구석까지 오다니, 아이를 배다니. 요즘 이런 젊은 여자가 어디 있담, 대견도 해라. 처음 김 할머니네 집을 포함한 네댓 집에서 같은 이야기를 듣고 다과를 얻어먹다가 나중에는 다른 집에도 인사를 드리러 가 봐야겠다는 구실로 정주는 몸을 일으켰다. 그럴 때마다 노인들은 행여 임부가 어디 걸려 넘어지기라도 할까 먼저 슬리퍼를 꿰고 나서서 문을 열어주고 앞을 살펴주었다. 어느 노인 할 것

없이 자기들 딸이나 며느리라도 되는 듯 어깨를 쓸어내리고 등을 두드렸으며, 정주는 어깨를 살짝 움츠리면서 상대가 내민 손이 민망하지 않을 만큼의 거리를 가능한 한 유지했다.

그 과정에서 아직 주인을 만나지 못한 포도밭 미니 슈퍼에는 이틀째 찾아갔다가 허탕을 쳤다. 슈퍼 옆에는 푸른 트럭이 주차되어 있었고 굳게 잠긴 미닫이문의 간유리 너머로 과자나 녹차, 휴지류가 정상적으로 배열된 모습이 비쳤으므로 영업을 하기는 하는 모양이었는데 그것이 언제인지는 알 수 없었다. 오늘은 떡을 냉동실에 넣어 두고 내일까지도 사람이 없으면 그만 포기하자 싶은데 마침 트랙터를 몰고 돌아오던 박 노인이 가게를 기웃거리는 정주를 불렀다. 애기엄마, 뭐 사시게? 살 거 아니고요. 정주는 은박지에 싼 떡을 들어 올리며 미소 지었다. 그 집은 뒤로 한 바퀴 삥 돌아가서 사람 불러야 나와. 가서 문 뚜디려 봐, 있을걸. 박 노인이 떠나고 정주는 가게 뒤편에 붙어 있는 것이 물건 보관 창고나 폐쇄 구조물 아닌 거주 공간이라는 사실에 작은 충격을 받으며 다가갔다. 계세요…… 계세요. 부르면서 보니 엉성하게 닫힌 문틈으로 가로질린 빗장의 일부가 보였다. 어둠 속에서 불쑥 튀어나온 손가락 하나가 그 빗장을 걸어 올리고 문을 열었다. 그때 배 속에서 울려오는 아이의 딸꾹질이 입으로 튀어나올 것처럼 정주의 명치를 흔들었다. 이사 오기 전까지 정주는 일하면서 세상천지 개성 강한 사람들을 두루 상대했고, 외모로 사람을 판단해선 안 된다는 걸 비롯한 최소한의 윤리를 장착하고 있었으며, 이 순간 자신이 가게 주인을 보고 입이 다물어지지 않은 까닭은, 그의 바싹 깎은 머리에 눈매랑 몸과 옷차림까지 지나치게 전형적이어서가 아니라 믿고 싶었다. 사실 그는 15년 전 극장가에 창궐하던 조폭 영화에서 5분도 등장하지 않아 기억에 남을 일 없는 '스쳐 지나가며 각목을 휘두르는 똘마니 4'를 오려낸 것처럼 보였고, 한쪽 눈두덩 바로 아래 5센티미터가량 꿰맨 자국은, 조직이 와해되어 이 고적한 마을에 은신하며 언젠가 올 날을 위해 절치부심하거나 반대로 손을 씻고 살아간다는 인생 요약본을 배경으로 담고 있을 법했다. 정주는 첫인상이 예단의 문고리를 틀어쥐는 것을 경계하며 한 발짝 뒤로 공손히 물러났다. 어디까지나 생김새가 그렇다뿐 그녀가 놀란 진짜 까닭은 그저 이 마을에서, 가스 배달이나 인터넷 설치 기사 같은 방문객들을 제외하곤 처음으로 노인에 조금도 가깝지 않은 사람을 만났다는 낯섦일 터였다……. 정주는 마을에 미니 슈퍼가 있음을 다행으로 여겼으나, 웬만큼 급한 물건이 아니라면 미뤘다가 한 번에 몰아 시내로 나가든지 그때그때 이완의 퇴근길에 부탁하는 게 역시 낫겠다는 결론을 마음속으로 내리며 은 박지에 싼 수수팥떡을 내밀었다. 슈퍼 주인은 새매 같은 눈으로 떡과 정주를 번갈아 바라보다 그녀가 저기 위쪽, 이사를…… 앞으로 잘…… 우물쭈물하는 말을 끝까지 듣지 않고 떡을 받아 들었다.

이걸로 마지막이라고 생각되는 마을 사람과 인사하는 데 성공한 그날, 마을에 젊은 사람이 다 있었어, 그런데 조직원같이 생겼어…… 같은 얘기를 들려주고 싶은 상대인 이완은 늦게까지 돌아오지 않았다.

한 대 있는 경차는 이완의 출퇴근에 주로 썼다. 정주도 가끔 산부인과 진료나 마트에 장을 보러 시내로 나가기 위해 차가 필요했고, 그럴 때면 그녀가 아침에 이완을 차로 학교까지 실어다 준 뒤 하교에 맞춰 데리러 갔다. 그러나 이완은 사전 연락 없이 퇴근이 늦을 때가 잦았고, 정주는 학교 밖에 정차 상태로 우두커니 기다리곤 했다. 그러다가 교장부터 동료 교사들을 한꺼번에 마주친 날도 있었다. 꽃씨 증정 및 심기 사업 관련 회의가 거의 마무리되어 간대서 기다린 지 30분쯤 지났을 때 정주는 읽을 책이라도 가져올 걸 그랬지, 멍하니 휴대전화나 들여다보다니…… 자신의 선택을 후회하는 참이었는데, 이완이 차창을 똑똑 두드리곤 어서 내려 보라고 손짓하는 대로 차 문을 열었다가, 궁금증 어린 눈들로 환영하는 교사 무리 앞에 모습을 드러내게 되었다. 허리와 배가 무거웠으므로 고개를 옆으로 기울여 보이는 인사였지만 정주는 그 자리에서 도망치고 싶은 충동으로 펄떡거리는 심장을 진정시키고 최선을 다해 얼굴에 미소를 띠었다. 눈앞에 지급된 현실의 사포로 마음에 일어난 불쾌의 거스러미를 갈아 내고, 부족한 남편을 잘 부탁드린다 했다. 별말씀을 다, 얼마나 솔선해서 일처리를 빠릿하게 하시는지 의지가 많이 되고 저희가 도리어 힘을 받는다는 교장의 인사치레에도 감사로 호응했다. 그리고 집에 돌아와서는 이완과 다투었다. 정주는 그런 경우를 예상치 못하여 화장기 없는 푸석하고 살찐 얼굴을 남편 직장 동료들에게 보인 데 대한 수치심을 토로했으며, 이완은 부인인데 뭐 어떠냐, 아무도 당신 얼굴 같은 건 신경 쓰지 않으며 사람들이 빤히 둘러서 있는데 아내 소개를 생략하고 안면몰수한 채 돌아와버릴 수 있겠느냐는 입장이었다. 그의 말은 일리 있었지만 정주는 감지 못한 머리를 질끈 묶고 나온 자신의 얼굴과, 질 초음파 검사대에 올라가 다리를 벌리기 용이하도록 펑퍼짐하고 후줄근한 홈드레스 쪼가리를 걸치고 나왔을 뿐인 자신의 불어난 몸집이, 무엇보다 그전과 달리 일하지 않고 있는 자신의 모습이 총체적으로 마음에 들지 않았고, 그런 모습을 처음 만나는 타인들에게 아무런 방어도 못하고 드러냈다는 사실 자체가 동물원 원숭이가 된 느낌이라 불쾌할 뿐인데 이는 어느 정도 느낌의 문제만이 아니라 사실에 가깝다고 주장했다. 그들 중 절반 이상이 정주의 얼굴을 보자 약간 흠칫하는 기색을 감추지 못했을 뿐더러 시선을 배에 두는 쪽이 차라리 편하다는 듯 눈을 내리깔았던 것이다. 어째서 사람들은 사전 약속도 없는 상태에서 타인의 부인이 바로 근처에 와 있다는 이유만으로 그리 쉽게 인사를 하러 오는—정확히는 받으려 드는—것인지, 이쪽이 전혀 준비되지 않은 상태에서 임신으로 인해 기미가 끼고 피부 트러블이 덕지덕지 앉은 채 눈썹도 반만 있는 얼굴을 단지 신분 및 소속 증명—이 사람은 제 아내이며 저를 픽업하러 왔습니다, 집에 차가 한 대뿐이라서요—을 위해 보이라는 것은 일종의 폭력이 아닌지, 나는 당신의 소유물 아닌 인간인데 어째서 그런 기분을 느껴야 하는지, 결국 그들은 인사를 빌미로 신임 교사의 아내에 대한 품평을 하고자 몰려온 게 아닌지, 입 밖으로 대놓고 별점을 매기지는 않더라도 이 산골까지 남편 하나 믿고 따라 내려온 아내가 어떤 여자인가 최소한 스캔하려던 게 아닌지. 정주의 원래 예정은 이완에게 초음파 사진 결과부터 보여주는 것이었는데, 자신이 고작 5분을 넘지 않은 인사 때문에 세상 모든 것에 시비를 걸고 싶어졌다는 걸 알았으나 한번 여울지기 시작한 생각은 바닥에 퍼진 물처럼 테두리를 잃고 확산되었다. 그런 상태에서는 이완이 남들 눈 필요 없고 제 눈에는 괜찮으니 걱정 말라든지, 임신독이 빠지고 나면 금방 좋아질 거라든지 그 비슷한 어떤 말을 해 보았자 소용없었다. 껍질에 불과한 얼굴이니 내면 운운하는 거야말로 이 순간은 세상에서 제일 무용한 소리였다. 하여 그날은 본질에서 벗어나 경차를 한 대 더 사느니 세워 둘 데가 없다느니 하는 실랑이로 튀었다가, 차를 두고 간 날 퇴근 시각이 불투명해지면 가능한 한 택시나 카풀을 이용하여 귀가하겠다는 이완의 대답으로 얼버무려졌다.

그다음 날 이완은 늦도록 돌아오지 않았다.

김 할머니를 비롯한 이웃들은 사흘이 멀다 하고 직접 만든 음식이나 재배한 채소를 들고 찾아왔다. 새댁, 우리 하우스에서 딴 건데 좀 먹어 봐. 생긴 게 이래서 어디다 못 파는 게 하나 가득일세. 한두 봉지가 아닌 한 궤짝으로 핸드카트에 끌고 오는 게 보통이라 정주는 저희도 둘밖에 안 살아요, 기겁하며 사양했으나 이웃들은 이대로 둬 봤자 집에서도 상할 뿐이라며 굳이 상자를 부려 놓았다. 물건만 내려놓고 바삐 돌아서는 이들도 있었지만 대부분은 집 안을 기웃거리며 살림이나 배 속 아이에 대해 참견하는가 하면, 간혹 정주와 이완 부부의 출신지 및 떠나온 곳에 대해 캐기도 했다. 정주가 아무리 요령 좋게 둘러대거나 화제를 전환한들 찾아온 이들에게 음료수 한 잔 내오지 않을 도리는 없었고, 노인들은 단 10여 분을 머물다 가더라도 당신들이 듣고 싶은 것만 쏙쏙 뽑아 가는 신이한 귀를 지니고 있었다. 이완이 아이들 다툼에서 비롯된 학부모 간 분쟁을 중재하다가 오히려 학폭위에 불려 가 교감과 한바탕했다든지 학년부장과 주먹다짐이 오갈 뻔했다든지, 결국 혼자서 경위서 작성을 덤터기 썼다든지 일련의 사정을 누구에게도 털어놓아서 좋을 일 없었으므로— 시골에서는 그런 얘기 입도 뻥긋하는 거 아니란다, 한마디라도 밖으로 냈다간 굽이치는 길목마다 얘기가 와전되어 네 서방은 어느새 학부모와 바람나서 쫓겨온 걸로 둔갑해 있을 거란다……, 떠나오기 전 모친이 건넨 당부였다—정주는 남편을 향한 타인들의 호기심을 자기한테로 돌리는 데에 주력했다. 서울에서요? 저는 디자인 일을 했어요. 디진? 뭘 뒤지나? 디, 자, 이, 너, 였어요. 아, 디자이너가 그, 집에 이런 거 옷에 저런 거 꾸미고 만들고 붙이고 하는 일이지? 여기서 광고나 각종 산업용 패키지 디자이너라고 했다간 설명도 어렵고 얘기가 길어지므로 그 비슷한 거예요, 라고 말하며 정주는 웃어 보였다. 좋은 일 하시다가 남편 따라 이런 산골에 왔어 그래, 적적해 어째. 우리 밭일 하루 종일 해도 늦어야 네댓 시면 다 집에들 와 있거든, 아무 때나 사양 말고 놀러 와요. 이때쯤 정주는 몸을 일으키며 대화 종료의 신호를 보냈다. 고맙습니다. 제가 지금부터 산후조리원을 알아보러 시내로 나가야 해서요……. 조리를 해? 벌써? 몸도 안 풀고? 그게 아니라 예약을 해 두어야죠. 산후조리원이 뭐하는 곳인지는 알지만 그걸 선금 걸고 예약까지 한다는 데에 노인들은 혀를 내둘렀다. 개중에는 가뜩이나 계집들이 애를 안 낳아 나라가 망한다는데 실상은 조리원에 줄까지 서야 들어갈 수 있다니 당최 누구 말이 맞느냐고 되묻는 이도 있었다. 거기에 더하여 옛날에는 여자들이 일하다 밭고랑에 주저앉아 낫으로 탯줄을 끊었다느니, 집에서 돌보는 게 당연한 것을 무슨 애 낳는 데 호텔씩이나 잡아 들어가느냐 든지, 한 사나흘 자리보전하며 미역국 먹고 나면 으레 다시 밭일하러 애를 업고 나오는 법이라는 19세기 레퍼토리가 한 치도 기대에 어긋나지 않고 돌림노래처럼 흘러나왔으며, 남편이 피땀 흘려 벌어다 준 돈을 장사치들 아가리에 쏟아 부어 되겠냐는 대목에서 정주는 더 이상 참지 않고 먼저 가방을 챙기거나 겉옷을 꿰는 등 부산을 떨면서 이제 정말 시간이 없으니 나가 보아야겠는데요, 했다. 그러면 방문객들은 암만 봐도 집에서 살림 돌보는 게 전부인 여자가 어째서 시계를 수시로 들여다보며 종종거리는지 이해할 수 없다는 듯한 표정으로 앉은 자리를 털었다.

그렇게 시내에 다녀와서는 각종 파과 상자와 뿌리에 흙이 고스란히 묻은 나물 한 소쿠리를 내려다보며 한숨짓게 마련이었다. 정주는 회사를 다니는 동안 천연비료로 재배한 유기농 채소는 물론 세척 손질 전의 흙당근이나 껍질을 벗기기 전의 양파나 마늘도 사 본 적 없었다. 요리라곤 신혼 초 몇 차례 집들이 때 레시피가 동봉된 반조리 파티 음식을 맞추어서 굽거나 끓이거나 꽂은 게 다였다. 그 뒤로는 철저히 쌀만 안쳤으며 양가에서 보내온 반찬도 정주의 야근이 잦다 보니 이완 혼자선 소비가 느렸다. 이제 냉장고에는 더 이상 자리가 없었고, 과일은 빠르게 변질할 터였는데, 그 와중에 3년 전 귀농한 동창이 집에서 가꾼 농산물을 한 상자 부쳐주었다. 이사하고 환경이 급변한 데다 임신으로 정신없을 줄 아니 고작 1시간 밖 거리에서 직접 차를 몰고 들르려다 마음만 보낸다는 사려 깊고 다정한 메모가 색색의 피망 사이에 꽂혀 있었다. 그 호의에 미소 짓다가도 정주는, 낭비하는 과일이 없도록 갈아서 얼리거나 잼으로 끓이는 한편, 흐르는 물로 흙덩어리를 씻어 낸 나물을 데치고 무치는 일들 위주로 재편되는 자신의 삶을 인정하고 싶지 않았다.

이완은 아직 돌아오지 않았다.

극구 마다했으나 그전 회사 동료들과 친구들의 성의를 거절하지 못하고 정주가 주소를 불러준 뒤 이틀에 한 번꼴로 출산 준비 선물이 배달되었다. 한날한시에 도착하는 게 아니라 어느 날은 아기 이불, 이튿날은 수유 쿠션, 강화유리 젖병 세트, 전동 유축기, 젖병 살균 소독기, 배냇저고리, 우주복, 아직 아이가 태어나지도 않았는데 성급하게 흑백 모빌 세트, 헝겊 딸랑이, 업체 대여로 잠깐 쓰고 반납하면 되는 걸로 여겼던 원목 아기 침대, 7개월 넘은 아기에게나 필요할 보행기를 보낸 동료도 있었다. 대부분 아이를 먼저 낳고 키워서 이제 처분하려던 것을, 집에 오래도록 두기도 비좁고 이참에 청소 겸해서 정주에게 보낸 것이다. 언제가 됐든 어차피 있으면 좋은 품목들이었으므로 정주는 발송인들에게 일일이 연락하여 고마움을 표하는 한편, 거저 받기엔 비싼 물건들이라 중고 시세대로 대금을 치르는 게 마음이 편하니 계좌 번호를 찍어 달라 했다. 언젠가 작업 방으로 쓰고 싶었던 창고에 출산 물품이 쌓이는 걸 보면서 정주는 가능한 한 미니멀하게 살고 싶었던 소망을 아이의 탄생과 함께 접을 수밖에 없음을 알았다. 그러던 중 모친이 오가닉 뭐라나 하고 끊어 보내온 순면 기저귀 일습은 화살을 돌리기에 그나마 만만한 대상이었다. 마침 그것을 배달한 지역 담당 택배 기사는 나흘 연속으로 똑같은 고객과 얼굴을 마주치자, 이 동네에선 사모님 말고는 아무도 이렇게 물건 시키는 분이 안 계셔서요, 보시다시피 여기 트럭 드나들기도 길이 애매한데 덕분에 자주 오게 되네요—라는, 비난인지 감사인지 모를 인사와 함께 정주가 건넨 캔 음료를 받아 들고 의미심장한 웃음을 지어 보인 뒤 떠난 참이었다. 나 그냥 처음부터 일회용 쓴다고 했잖아요, 어쩌자고 내가 감당도 못할 걸 보내셨어요? 전화 너머에서 들려오는 모친의 혀 차는 소리—첫아이한테 고작 그만한 정성도 못 들여서 어미 노릇을 어떻게 하느냐부터, 옛날엔 일일이 기저귀를 대야에 담그고 빨래해서 쓰느라 손목이 죄 나가는 게 당연했다는 사실과, 요즘은 세탁기에 삶기 기능도 있는데 뭐가 걱정이냐는 반문에, 아이가 어릴 동안은 공기 좋은 데서 지낼 텐데 형광증백제가 잔뜩 묻은 종이쪼가리를 쓰면 말짱 헛것 아니냐까지, 정주는 한 귀로 듣고 흘리다가 신경질을 부리곤 전화를 끊어버렸다. 10분 뒤 도착한 모친의 문자는 '정 거추장스러우면 행주로 쓰다가 나중에 걸레로 쓰든지, 세상에서 제일 비싼 걸레가 되겠네'였다.

문득 대문 밖에서 윤 할머니와 김 할머니가 기웃거리는 모습이 건너다보여 정주는 마당으로 내려섰다. 그들은 왜 서로 다른 얼굴의 젊은 남자들이 낮 동안 새댁 혼자 있는 집에 드나드는지를 궁금해 했고, 택배 기사라는 걸 알게 되자 집에서 얌전히 출산을 준비하고 있어야 할 여자가 남편이 번 돈으로 무슨 물건을 그렇게 많이 사들이는지 호기심을 드러냈다. 제가 산 것은 아무것도 없어요. 다 태어날 아기에게 친구들이 보내는 선물이라고요. 그들이 정주의 목소리에 묻어나오는 날카로움을 알아채고 각자의 집으로 돌아갔기 때문에 저는 새댁이 아니라든지, 설령 남편의 돈으로 샀던들 무슨 상관이며 그것이 자신의 권리라는 부연을 정주는 덧붙이지 못했다.

이완은 아직 돌아오지 않았다.

정주는 그저 커피를 간절히 마시고 싶었을 뿐이고, 마침 원두 봉지는 물론 100개들이 믹스커피 통마저 바닥을 드러냈으며, 그날은 이완이 차를 끌고 출근했는데 무슨 학년 행사인지 마을 벽화 프로젝트 준비로 늦는다는 문자가 왔을 뿐이었다. 이제 정주는 그가 무슨 행사를 진행하는지 궁금하지 않았고 들어도 그 의의를 자신이 이해하지 못하리란 걸 알았으며 그저 친정아버지가 우려했던 얘기가 현실이 됐을 뿐이라 여겼다. 그래도 4년……을 습관적 기도처럼 외우며 정주는 몸을 일으켰다. 로스팅 원두를 미리 주문하는 걸 깜박했다. 아니 떨어질 때가 된 걸 알았는데 주문하기를 꺼리고 미루었다. 집에 택배 기사고 누구고 한 번이라도 덜 오는 게 나았다.

평소 걸음이라면 15분이지만 막달에 접어든 무거운 몸으로 정주는 내리막길을 20여 분 걸어 포도밭에 이르렀다. 미니 슈퍼는 불이 켜져 있었고 미닫이가 살짝 열려 있었으며 주인 최 씨가 거의 아무도 찾지 않을 카운터에 앉아 있기까지 했다. 마침 직전에 손님이 다녀가기라도 한 모양이었다. 정주는 최 씨의 눈과 마주치지 않으려는 듯 고개를 숙이며—그의 눈 밑 상처에 눈길을 주지 않으면서 가게에 들어섰다. 미니 슈퍼의 주인을 최 씨라 부른다는 것도 인사 다니는 동안 마을 어른들이 뒷공론 비슷이 알려준 것이며, 빵에 들어갔다 나왔다느니 양팔인지 등판인지의 문신 때문에 반소매 흰옷 입은 걸 못 봤다느니 눈 아래 상처는 ○○○파 시절 조폭끼리 벌인 로터리 난동의 칼자국이라든지 같은 출처 불분명의 이야기들이 발효되어 가는 포도처럼 시큼한 냄새를 풍겼었다. 가게 안은 주전자의 물 끓는 소리와, 라디오를 틀어 두었는지 바이올린과 피아노의 온화한 협주곡이 흘러나오고 있었다. 93.1메가헤르츠라니, 정주의 온 근육에 배어 있던 긴장이 풀려나갔다. 눈앞에서 칼부림이라도 나지 않는 이상 사실 여부를 확인하게 될 일은 없을 터였다.

어차피 주말에 차 몰고 마트 가면 되니까 그때까지만 버틸 요량으로 20개들이 믹스커피 통을 만지작거렸다. 그러다 손가락은 곧 50개들이 상자로 옮겨 갔고 마지막에 집어 올린 것은 100개들이 봉투였다. 11000이라고 적힌 견출지가 봉투에 붙어 있었다. 똑같은 걸 마트 가서 사면 9500원이며 인쇄된 유통기한이 거의 지워져 얼마나 오래된 물건일지 짐작 가지 않았고 막상 개봉하면 눅눅한 커피크림 냄새로 입맛을 오히려 버려 놓을지도 몰랐지만, 정주는 카운터에 커피를 올려놓고 지갑을 열었다. 어쨌든 지금 당장 커피에 갈급증이 들렸고 마트는커녕 집까지 도로 걸어 올라갈 길만도 까마득했다.

본인이 드시는 겁니까.

예?

낼 돈은 이미 냈고 봉투만 집어 나서려던 정주는 적묵의 세계에 돌연 금을 긋는 목소리를 듣고 움찔했다. 이완의 미성과는 사뭇 다른 저음으로, 돌바닥에 쓸리는 듯 거친 질감을 지닌 목소리였다. 자기도 모르게 고개를 들자 눈 밑 꿰맨 자리가 코앞에 들어왔다. 고작 5센티미터에 불과한 상처가 그의 표정을 장악하고 있었다. 그 상처는 원래 몸의 일부인 척 비슷한 색깔을 유지하고 피부에 밀착되어 있지만 완전히 그 자리에 융화되기를 거부하는 듯 선명한 몇 땀의 바늘 자리와 함께 볼록 튀어나온 모습을 하고 있었다. 살갗의 불순물. 얼굴 위의 이물질.

마실 수 있어요. 4개월만 지나도 안정기에 접어들어서 하루 두 잔, 그것도 꺼림칙하면 한 잔까지는 괜찮아요. 그전엔 최소 다섯 잔을 입에 달고 살았다고요, 이런 거 말고 새까만 걸로, 에스프레소, 아메리카노, 더치. 정말 아무 상관없어요. 의사도 별말 안 했다고요.

엄마 될 사람이 무슨 커피야, 애한테 해롭게 웬 커피, 같은 소리를 삼시 세끼 인사처럼 건네며 커피를 술 담배와 동일선상의 유해 물질로 간주하고 핀잔주던 어르신들을 떠올리며 정주는 지레 쏘아 댔다. 물 끓는 소리가 방해되어 자기도 모르게 목소리를 한껏 높여 소리쳤는데, 말을 마치기도 전에 전기포트 작동이 멎었으므로 가게 안에는 고즈넉하다 못해 비현실적인 바이올린 선율만이 어색한 공기를 밀어내고 있었으며 정주는 제가 뱉은 마지막 어절이 열없어졌다. 아니 그러니까 믹스도 먹긴 먹는데, 그렇다고 믹스가 필요 없는 건 아니지만, 카페인 부족으로 말마저 조리 있게 나오지 않는다고 느낀 정주는 이제 빨리 돌아가서 물을 끓이고 싶었다.

원래 취향이 그러시면.

최 씨가 허리를 숙였다가 꺼내 들어 보인 것은 김이 올라오는 커피메이커 서버였다.

마침 다 내려와서요.

회사 근처에 즐비한 테이크아웃 전문점에는 댈 수 없는 소박하고 어설픈 향기를 들이마시는 순간 정주는 별다른 고민 없이 진열대 앞 미니 식탁 의자를 끌어다 앉았다. 커피를 마신 시간은 다해야 20분을 넘기지 않았고, 최 씨와 마주 앉아 오간 얘기는 네댓 마디에 불과했다.

시루떡 잘 먹었습니다.

예, 별말씀을요. 전 또 뭐라고, 한참 전의 일인걸요. 커피 맛있네요.

천천히 드세요.

……원래 여기 분 아니시죠? 아닌 것 같아요.

뭐 피차 마찬가지일 듯합니다.

그렇죠, 저도요. 그런데 이렇게 조용한 데서 잘 지내지세요?

잘 지내는 게 뭔지에 따라 다르겠지요.

아마 최 씨는 그저 지내기만 하면 됩니다, 같은 말을 뒤이어 붙였을 테지만 정주는 클래식 연주의 잔향과 커피에 취하여 그다지 귀담아 듣지 않고 있었다. 그가 구 조직원의 잔당이든 등판에 문신이 있든 이 자리에서 웃통을 까고 보여줄 게 아니라면 상관없었고, 밀랍으로 봉한 봉투를 뜯어 열듯이 그에게서 뭔가 끌어내고 싶은 이야기는 없었다. 상대방이 먼저 입을 열고 싶어 어쩔 줄 몰라 하는 눈치가 엿보인다면 적당히 추임새라도 넣어주었겠지만, 정주는 어차피 오랫동안 알고 지낼 사람이 아닌 다음에야 그의 눈 밑 상처의 배경에 훅 불면 흩날릴 관심을 갖고 싶지 않았다. 그것이 타인에 대한 최대한의 예의라 믿었고, 김 할머니를 비롯한 동네 어르신들을 그동안 보아 오면서 깨달은, 타인에 대한 가장 바람직한 자세였다.

남편과 함께 밭일을 마치고 돌아오던 윤 할머니가 길가 건너편에서 이쪽을 유심히 들여다보는 시선을, 정주는 알아차리지 못했다.

이완은 그날 예상보다 일찍 지역사회의 회합이 종료되어 9시 전에 들어왔다.

……깡패 새끼라더라. 가까이 가지 말라더라. 넌 어떻게 된 게 밖에 하루 종일 나가 있는 내가 그런 소리를 듣게 만드냐? 출산 전 마지막 진료여서 월차를 내고 시내 병원으로 동행한 이완이, 돌아오는 길에 대뜸 그리 말했다. 빗물이 점점 빠른 리듬을 갖고 제 몸을 부딪쳐 오는 차창 밖을 내다보던 정주는 무슨 뜬금없는 소린가 하다가 폭소를 터뜨렸는데, 얼마 못 가 쓴웃음으로 바뀌더니 입가에서만 조금 나부끼다 멎었다. 가게에서 커피를 샀을 뿐이며 쉬어가는 셈치고 커피를 얻어 마셨을 뿐이라는 설명이나, 최 씨가 인상만 험악하고 사람들과 섞이지 못하는 것처럼 보일 뿐 깡패 여부는 확정되지 않았다는 변호 또한 나오지 않았다. 해명을 해야 하나 싶은 상황 자체가 모욕이었고, 이완의 입에서 나오는 것이 아내 신변에 대한 염려가 아니라 마을 사람들 보기 면구하다는 얘기였으므로, 설령 변명이나 나아가 거짓말까지 필요한 일이 발생했던들 정주는 아무 말도 하지 않을 터였으며, 해보았자 그 말들이 마찰력을 잃고 미끄러져 허공에 부서지리라는 걸 예감했다. 정주의 태도에서 못마땅함을 기미챘는지 이완은 서둘러 말을 이었다. 아니 공연히 무슨 일에 엮이

기라도 하면 걱정되니까, 그런 구멍가게에 뭐 쓸 만한 물건이 있다고, 뭐든 필요하면 나한테 시켜, 들어오는 길에 사 갖고 오면 되잖아. 정주는 어디까지나 속으로만 그를 비웃으려던 참이었는데 자기도 모르게 실소와 함께 입 밖으로 흘러나왔다. 퍽이나. 이완이 핸들을 주먹으로 내리쳐서 정주는 반사적으로 배를 감쌌다. 아니 미안, 믿어, 믿는데……. 적신호에 걸리자 이완은 양손으로 제 머리를 쥐어뜯으며 핸들에 고개를 묻었다. 굳이 남들한테 그런 얘깃거리 제공할 필요 없잖아. 그래서 하는 얘기지. 이렇게 누구네 집 개 콧구멍 속까지 들여다보이는 마을만 아니라면 네가 뭘 해도 믿을 거고 찬성인데, 네 잘못 아니고……, 그 남자가 이상하다잖아. 괜히 함께 거론되면 싫잖아, 그렇지? 설득과 강요 사이 어디쯤 자리한 말투로 이완은 혼자 결론짓고, 신호를 받자마자 앞만 보고 운전하기 시작했다. 정주 입 속에서는 밖으로 꺼내지 못한 한마디만이 올공거렸다. 이상한 사람 아닌데. 최 씨가 이상한 사람이라면 마찬가지로 밖에서 온 지 두 달밖에 안 된 자신은 얼마나 이상하게 보일지 정주는 짐작해 보았다. 학교 선생님이라는 명확한 신분을 지닌 이완은, 자신의 몫이 아닌 일도 마다하지 않으며 어른들에게 인사성 밝은 이완은, 헌칠하고 호감 가는 인상의 이완은 경우가 좀 달랐다. 그러나 정주는 불어난 체중으로 턱이 두 겹 잡히고 잡티 가득한 얼굴에 늘 피로가 묻어 있었으며 결정적으로 일하지 않았다. 물론 밥과 빨래와 청소를 했고 자신은 목둘레가 늘어난 임부복만 걸친 채 이완이 밖에 입고 나갈 셔츠와 바지를 다리는 한편 부족하거나 소진된 살림을 살펴 채웠으며, 서울에 돌아가서 살 집을 마련하기 위해 10원 단위까지 가계의 모난 부분을 두드려 맞추는 데 축을 세웠다. 그러나 그중 어떤 것도 노동이 아니었다. 마을 사람들의 눈에는 그녀가 무언가를 끊임없이 사들이는 모습만 보였고, 외간남자와 한가로이 티타임을 즐기는 장면만 포착되었다. 그녀는 앞으로 자기가 이 마을에서 잘 해낼 수 있을 것 같지가 않았다. 무얼 잘 해낸다는 건지도 사실 애매모호하고, 비단 이번 일 때문이 아니라 이미 그런 뉘앙스를 담은 얘기를, 두 명의 친구와 각각 통화하며 토로한 적 있었다, 그것도 집 밖으로 목소리가 새어 골목길을 타고 올라갈까 저어하여 덧문까지 닫고서. 젖병 소독기를 보내준 서울 친구는 초등학생인 둘째 아이를 학원에 데리러 가는 길이라 하여 오래 전화를 붙들지는 않았으나, 정주 얘기를 듣고선 하이톤으로 웃으며 말하길, 아이고 난 네가 내려간다기에 이제 마냥 매실이랑 쌀로 술 빚어다 한잔 여유롭게 걸치고 밤이면 풀벌레 소리 들으며 잠들겠구나 싶어 부러웠는데! 했다. 그 목소리에 악의 없이 다만 무신경한 고소함……이라기엔 그녀가 생각보다 잘 지내지 못하는 모습에 안도하는 기색이 느껴졌으므로 정주는 일찌감치 전화를 끊었다. 채소 상자를 보내온 친구는 네가 먼저 어른들께 싹싹하게 다가가서 그들과 섞이려 노력한 적 있느냐고, 4년 뒤에 떠난다는 생각만 하지 않았느냐고 거의 책망하듯이 물었다. 정주는 이완의 부모에게 하려 해도 결코 쉽지 않은 일을 심지어 온 마을에다 대고 자신이 먼저 노력해야 한다는 생각은 못해 보았는데, 친구의 경우 정착해서 농사를 짓는다는 특수성 때문에 그래야 할 입장과 필요성이 충분히 있었으리라는 짐작이 갔으며, 마을 어른들이 정주 배 속의 고추 여부를 두고 참견하거나 이완의 과거를 캐거나 하는 일은 정주가 싹싹하게 군다고 사라질 성싶지 않았으므로 다소 울가망하여 통화를 마쳤다.

빗줄기가 더욱 굵어지며 점점홍의 꽃잎을 실어 날라 와서 차창에 붙였다. 집 골목길로 올라가기 전 내다보니 꽃잎 사이사이로, 수많은 물방울에 상이 이지러진 포도밭 미니 슈퍼가 보였다. 전등이 들어와 있었고 최 씨는 가게 안에 조금 들이친 빗물을 닦아내는 모양이었다.

부엌 전기를 켜고 겉옷을 벗을 때 정주는 휴대전화가 없어진 걸 알았다. 이완이 전화를 걸자 병원 옆 커피숍 알바생이 받았다. 넌 이제 막 들어왔으니까 쉬고 있어, 내가 금방 다시 다녀올게. 온 길을 고스란히 두 번 걸음하게 만든 것은 직전 그의 언행과 무관하게 미안한 일이긴 했으므로 정주는 가만히 고개만 끄덕였다. 이완은 이완대로 핸들까지 내리친 게 마음에 걸렸는지, 정신을 어디다 빼놓고 전화를 떨어뜨렸느냐는 잔소리 없이 정주의 눈치를 보다가 집을 나섰다.

가는 데 20분, 오는 데 20분. 빗줄기가 점점 세차게 내리긋는 이유로 감속을 감안하더라도 1시간이 넘도록 이완은 돌아오지 않았다.

마을에서는 그 마을의 형태를 유지하기 위한 무슨 사업들을 때때로 벌이는지 이완에게는 교감이나 면사무소 직원으로부터의 휴일 호출도 종종 있었고, 이완이 오늘 모처럼 월차를 낸 걸 고려하자면 학교나 학생의 급한 연락을 받고 도중에 방향을 틀었을 개연성도 충분했다. 그런 일에는 웬만큼 적응되었으나 이제 두 사람의 전화는 모두 이완의 손에 있었고, 설령 그의 차바퀴가 빗길에 미끄러졌더라도 정주는 연락을 받을 길이 없었다. 심심하면 먹통이 되곤 하던 셋톱박스는 우천에 선 어디가 끊어졌는지 이젠 아예 전원이 들어오지 않았다. 집 전화를 따로 놓을 생각을 왜 안 했을까. 이완이 나간 지두 시간째에 접어들었고 텔레비전 뉴스에서는 극심한 노이즈 사이로 호우주의보가 흘러나왔다. 점심때 먹은 게 얹힌 듯 배 속에 싹을 틔운 불안이 술렁였다. 정주는 전화를 빌리기 위해 이웃집 문을 하나하나 두드렸다. 어느 집 마당에서는 개들이 짖었고 어느 집은 대답이 없었다. 담벼락 너머를 기웃거리며 계세요, 소리쳐 보았으나 우산을 때리는 빗소리만 돌아왔다 시간상 누구든 밭에서 돌아오려면 아직 멀었고, 오늘 같은 날은 수해 대비로 더욱 늦을 터였다. 아이만 없었다면 이 정도 높이의 담은 타넘어서 남의 집 전화를 실례했을 테지만 지금은 누구든 돌아올 때까지 서성이며 기다릴 도리밖에 없었다.

그때 허벅지 사이로 더운물이 흘렀다. 아랫도리의 근육이 모든 관성과 긴장을 잃고 활짝 열리더니 물이 콸콸 쏟아지면서 미지근하게 다리를 적셨다. 치맛단에 튀는 빗물의 차가움과 대비되어 한층 더 뜨겁게 느껴졌다. 말도 안 돼 아무리 배가 무거워졌어도 그렇지, 남의 집 대문 앞에서 대량의 실금이라니…… 아니다. 정주는 이 느낌이 뭔지 알았다. 택시, 아니 119, 그런데 전화가. 요도와 질에 힘을 주고 골목길을 걸어 내려갔다. 마음은 급한데 그 자세론 터무니없이 보폭이 좁았고 그대로 가다간 두 발목이 꼬여 내리막길을 공처럼 구르게 될 터였다. 돌풍에 뒤집힌 우산은 정주의 손끝에서 떨어져 나와 갈빗대가 꺾인 채로 어디론가 날아갔다. 정주는 엉덩이에 힘을 풀고 최대한 보폭을 크게 하여 뛰다 말다 하면서 내려갔다. 펑 터져 나온 물이 흐르더니 길 곳곳 웅덩이진 빗물에 섞여 들어갔다.

발걸음을 떼어 놓을 때마다 슬립온 안에 가득 찬 빗물과 양수가 출렁거렸다. 속눈썹 끝에 알알이 매달린 빗물이 시야를 방해했으며 저절로 턱이 떨려 눈앞의 나무와 길은 위아래로 흔들렸다. 폭우가 머리꼭대기를 무겁게 적시는 한편 가랑이 사이 밀려들어간 대로 착 들러붙은 치마가 발목을 붙들었다. 미니 슈퍼를 고작 30여 미터 남겨 놓고 정주는 진흙을 밟아 미끄러졌다. 발꿈치에서 벗겨진 슬립온이 도로 한가운데로 굴러갔다. 발톱 일부가 뒤집혔다. 전화, 어떻게든 기어가서라도 전화를 써야겠는데 몸을 일으킬 수 없었고 목소리가 나오지 않았다. 눈꺼풀 안에 들어찬 빗물이 따가웠고 눈이 자꾸만 감겼다.

그때 노란 비옷 차림의 최 씨가 다가와 정주의 팔을 붙들었다. 제 어깨로 물에 젖은 무거운 몸을 부축하고, 마지막엔 힘껏 들어 올려 트럭 조수석에 태웠다. 정주는 트럭에 실리기 전 자신이 그의 등이나 무릎을 있는 대로 밟은 것 같았다. 그가 몸을 굽혀 안전띠를 채우곤 빙 돌아가 운전석에 올라타서 시동을 걸고 기어를 넣는 내내 정주는 추위에 이가 부딪치고 눈앞이 아득하여 사과가 나오지 않았다. 그저 차가 달리는 동안 눈에 고여 출렁이는 물방울 너머로 그의 희부연 옆모습만을 바라보았다. 몇 개의 과속방지턱을 넘으며 배가 흔들리지 않도록 감쌌을 때 어느새 히터가 들어왔고, 정주는 점점 감기는 눈꺼풀에 더 이상 힘을 주지 않았다.

모친을 제외한 모든 이들에게 면회 사절을 걸어 놓은 산후조리원의 개인실 안에서 젖을 먹이며 정주는 통화 중이었다. 예, 이사님도 잘 지내시죠. 다른 게 아니고 지난번에 왜 경력 좀 있는 사람 찾으셨잖아요. 그 자리 제가 가면 안 되나 해서요. 아니 최대한 민폐는 안 끼칠 거예요. 저 아시잖아요, 할 때는 얼마나 이 악물고 하는지. 우리 뻔히 다 아는 사이에, 이사님도 지금 한창 자리 잡으실 타이밍인데 그 보수로 그만한 경력자는 구하기 쉽지 않은 거 아시죠. 출퇴근이나 야근 특근만 가끔 조율 좀 해 주시면 서로 어떻게든…… 예, 당연히 생각할 시간 필요하시죠, 그 정돈 알죠. 그러면 검토해 보시고 연락주시면…… 애 운다, 또 연락드릴게요, 고맙습니다. 정주는 다 식은 미역국을 한 숟갈 뜬 뒤 입가에 묻은 기름을 혀로 훑으며 식판을 물렸다. 아이의 목을 흔들림 없이 팔에 받쳐 안고 일어나 토닥이며 쓴웃음을 흘렸다. 신출내기 평균의 80퍼센트에 해당하는 급여로 10년차 경력자를 찾는 날도둑들이 태반인 현장이었다. 그런 사람 없다고 장담하며 저라면 그 돈에 기꺼이 일하겠노라 매달렸지만, 사실 정주는 알고 있었다. 그만한 돈에 자신의 재능을 거의 반 이상 기부할 고학력자가 지천에 널리고 깔렸으며 대신 그 반작용으로 그들은 끝없이 퇴사 및 부속 교체되리라는 것을. 이럴 때 아이를 안고 있으면 세상의 모든 근심이 물러가는…… 게 아니라 그 자리를 굳건히 지킨 채 한때 투명해지기만 했다.

정주는 시내 병원에서 눈을 뜬 뒤—그곳은 평소 다니던 여성 전문의원이 아닌 좀 더 큰 종합병원이었으며, 그러고 보니 정주는 최 씨에게 무슨 병원으로 가달라는 얘기도 못하고 축 늘어졌을 텐데 양수가 터진 다음의 신속 처치를 고려하면 최 씨의 현명하고 순발력 있는 선택의 결과였다—신생아실로 들어간 아이의 얼굴을 창문 너머로 한번 본 다음, 마을로 돌아가지 않기로 한 결정을 이완과 모친에게 통보했다. 먼 길 달려온 모친은 당장 이유를 묻지 않았으나 왠지 알조라는 듯 혀만 찼었다. 이완은 말문이 막힌 채 정주를 노려보기만 했다. 장모가 있는 자리여서도 그랬지만 몸을 푼 지 얼마 안 되는 산모와 병원에서 고성이 오고 가봤자 지역 좁은 바닥에서 자기 얼굴만 깎아 먹는다는 최소한의 예상은 되는 것이었다. 게다가 가장 위험하고 중요한 순간에 그는 두 사람의 전화기를 모두 켠 채로 다른 급한 일을 보러 다녀오다 때를 놓친 상황이었던 만큼, 어째서 하필 또 문제의 깡패 새끼라는 자가 정주를 이리로 실어 날랐는지 그 덕에 병원에서는 동행한 그를 남편이라고 일시적으로 착각하지 않았겠는지부터 시작하여 묻고 싶은 게 분명 많을 텐데도, 거기에 토를 달지 못할 입장임을 알았던 것이다.

마을로 돌아가지 않음이 곧 이완과 결별한다는 뜻이 되지는 않았다. 서울에서 모친의 도움을 얻어 아이를 키우는 동안 이완으로부터는 당분간 생활비만 받는 쪽으로 이야기 가닥을 지을 예정이었다. 그러나 이완은 가족이란 함께 있어야 옳은 것이며, 월급만 부치는 원거리의 기러기로 살고 싶지 않다고 이미 확고하게 얘기했던 바 있었으므로 여기 선뜻 동의할지는 알 수 없었다. 고작 이 정도의 의견 불일치로 이혼이라는 결론에 도달하기엔, 결혼이 이튿날 리본과

풍선의 잔해를 청소할 일만 남아 허무해지는 아이들 파티가 아닌 칼날 같은 계약과 무거운 책임이라는 점과, 갈라섰을 때 양쪽의 리스크 또한 크다는 점을 어필할 예정이었다. 길어야 4년만 참으면 된다고, 그때 가서 함께 생활하지 못했던 딸아이와의 서먹함은 부부가 공동으로 감당할 몫이라고 정주는 말해줄 참이었다. 그 어떤 불편도 부작용도, 정주가 원하는 시간에 원하는 장소에서 원하는 모습으로 원하는 사람과 함께 있지 못하는 것보다는 나았다. 정주는 문득 러시아워에 어깨를 부딪치거나 서로 발을 밟고 밟히는 사이였던, 다시 스쳐 갈 일 없으며 형상이 떠오르지 않는 수천수만의 얼굴들이 그리워졌다. 누구도 정주를 알지 못하며 정주 또한 그들을 모르는 세계에서의 불안과, 서로에 대해 잘 안다고 믿어 의심치 않으나 실상은 아는 것이 없는 세계에서의 안식 가운데 선택을 요하는 문제에 불과했다. 환멸과 친밀은 언제라도 뒤집을 수 있는 값싼 동전의 양면이었고, 이쪽의 패를 까거나 내장을 꺼내 보이지 않은 채 타인에게서 절대적 믿음과 존경과 호감을 얻어 낼 방법은 세상에 존재하지 않았다.

그때 폭우 속에서 자신을 아무런 조건 없이, 자신의 정체나 이완의 내력이나 소재에 대해 아무것도 묻지 않고 병원까지 실어다 주었던 최 씨의 얼굴이 갑자기 생각나지 않아 정주는 의아해졌다. 마취제와 항생제를 비롯한 온갖 약을 맞아 가며 아이를 낳다 보면 며칠에서 몇 주간은 이미지가 철저히 또는 처절히 붕괴되고 통증이 용해된 현실은 어느새 허구에 가까워지는 등 기억의 질이 급락하는 경험을 하게 마련이라 크게 이상한 일은 아니었다. 그보다는 그녀가 한 번쯤 고개를 제대로 들어 그의 얼굴을 마주 들여다본 적이 없어서일 터였다. 그래도 이렇게 인상 자체가 떠오르지 않을 줄은 몰랐다. 마을을 떠날 정주에게 그는 오로지 눈 밑 상처만으로 남아 있는 사람이었고 그것이 왼쪽이었는지 오른쪽이었는지도 분명치 않았다.

방현희

내 마지막 공랭식 포르쉐

1964년 전북 익산에서 태어나 전북대학교 간호학과를 졸업했다. 2001년 단편소설 〈새홀리기〉로 《동서문학》 신인문학상을 받으며 등단했다. 단편소설집 《바빌론 특급우편》 《로스트 인 서울》, 장편소설 《달항아리 속 금동물고기》 《달을 쫓는 스파이》 《네 가지 비밀과 한 가지 거짓말》 《세상에서 가장 사소한 복수》 《불운과 친해지는 법》, 산문집 《오늘의 슬픔을 가볍게, 나는 춤추러 간다》 《우리 모두의 남편》, 청소년 소설 《너와 나의 삼선슬리퍼》, 심리치유 우화집 《아침에 읽는 토스트》 등이 있다. 《문학 · 판》 장편소설상을 받았다.

*

　그가 소리를 선별적으로 듣게 된 것은 구형 포르쉐 때문이었다. 빨강색 1989년식 포르쉐를 사랑하게 된 이후로 그는 다른 어떤 소리에도 귀를 기울이지 않았다. 그의 손과 발이 무엇을 어떻게 조작하는지 곧이곧대로 알려주는 수동식 올드 모빌. 문짝이 덜컥 닫히는 소리를 사랑했고 도로와 마찰하는 쇳덩어리의 감각을 아꼈다. 에어컨 없이도 여름 한낮의 운전을 두려워하지 않았고, 무릎과 엉덩이를 따뜻하게 감싸주는 히터 없이도 겨울밤 운행을 마다하지 않았다. 소리 때문이었다.

　그에게 소리는 이동이었다. 소리를 타고 이동하면 영혼이 순식간에 그를 떠나고, 공업사에서 벗어나고, 세상에서 달아났다.

　1963년 공랭식 엔진으로 시작된 911 시리즈 중 1989년 964 모델이 그의 손에 들어온 것이다. 964 자동차는 일견 태어날 때와 거의 다름없는 완벽한 몸이었다. 이십칠 년 동안 여덟 명의 주인을 옮겨 다니면서 사건 사고를 많이 냈지만 파란색으로 나왔던 것을 색깔을 바꾸느라 강렬한 오렌지 레드 시트로 래핑한 덕에 외견상 말끔했다. 물론 멀쩡한 차가 그의 손에 들어온 것은 아니었다. 트렁크에 있는 엔진이 반쯤 파손된 것을 그의 손으로 수리하고 빨간 시트를 래핑한 것이다. 그러니까 엔진이 반파되었다는 것은 큰 사고가 있었다는 말이겠다.

친구가 죽었다. 국내에 몇 대 없는 클래식 카가 그의 손에 들어온 것은 그 때문이다. 친구의 아내는 남편을 원망하고 또 원망했다. 친구는 그날 아침 눈이 오고 바람까지 거세게 불 것이라는 기상 예보를 들었다. 그런데도 무슨 영문인지 가끔 고장을 일으키던 올드 모빌을 타고 서해안고속도로에 나갔다. 거기서 그만 이십중 추돌 사고를 당하고 말았던 것이다. 그는 마침 사고 현장을 중계하는 뉴스를 보고 있었다. 설마하니 그 대열에 친구가 끼어 있을 거라고 생각이나 했을까. 그는 이십중 추돌이 발생했다는 뉴스 화면에서 뒤엉킨 차들을 떠메고 갈 듯 몰아치는 눈보라의 거센 울음소리를 들었다. 누군가의 차가 부서지고 누군가의 뼈가 부러지고, 누군가의 차가 불에 타고 누군가의 옷과 머리가 그을렸다. 그것들을 뒤덮고 눈보라가 윙윙 몰아치고 있었다. 추돌을 피하고자 친구는 브레이크를 밟았지만 브레이크가 듣지 않아 차가 두어 바퀴를 돌아버렸고 엔진이 있는 트렁크로 앞 차를 들이받고 말았다. 친구는 현장에서 숨을 거뒀다. 가야 할 곳이 있는 것도 아닌데 날씨가 궂은 날, 상태도 좋지 않은 차를 몰고 고속도로를 달리는 사람이 꼭 한둘은 있기 마련이다.

친구의 아내는 걸핏하면 차를 몰고 튀어 나가더니 이 꼴로 죽으려고 그랬느냐고 울며불며 소리쳤다. 친구는 평소 개인 딜러를 통해 차를 사고팔았으며 수입차를 수리하는 개인 공업사를 이용하곤 했었다. 친구의 아내는 남편의 차와 관계된 사람들을 보기조차 싫어했지만 차는 처분해야 했으므로 폐차장을 겸한 공업사에서 일하는 그에게 알아서 하라고 했다. 그녀로서는 남편을 죽인 고물 자동차 따위 없어져도 그만이었다.

친구가 죽고 차는 버려졌고, 그는 버려진 그것을 훔치듯 끌고 왔다. 친구의 클래식 카를 탐내고 있었던 것이 사실이긴 했다. 그렇다 해도 그가 친구의 죽음에 그 어떤 영향도 끼친 바가 없으니 폐차 직전의 차를 가져오는 것에 조금이라도 도의적 책임을 느낄 필요는 없을 터였다. 그러나 왠지 부끄러웠고, 남들이 알까 두려웠고, 그래서인지 더욱 꼭 움켜쥐려는 마음이 되었다.

공랭식 포르쉐는 그 후로 오랫동안 그의 유일한 탈것이었다.

*

자동차에 올라타 엉덩이를 의자 깊숙이 앉혔다. 꼭 맞는 위치에 달린 페달. 편안히 팔을 늘어뜨렸을 뿐인데 자연스럽게 손아귀에 잡히는 기어봉. 태어날 때 그대로라던 부드러운 가죽. 무겁디무거운 차체와 묵직한 진동. 그르렁거리는 엔진음. 도로와 마찰할 때 나는 쇳덩어리 소리. 무엇보다 그를 으쓱하게 만든 건 그 작은 차체에서 뿜어져 나오는 가공할 만한 출력이었다. 집도 절도 없는 그에게는 마치 안전한 철갑을 입은 것처럼 느껴졌다. 핸들을 꼬옥 움켜쥘 때면 이것만이 내 것이다, 싶었다. 수리 맡겨진 고가의 차들을 잠깐씩 끌어 보는 것과는 달랐다. 하물며 공업사에서 쓰는 낡은 포터를 모는 것과는 비교할 수도 없었다.

그에게 수입 자동차는 언감생심 꿈도 못 꾸는 것이었다. 차가 필요할 때에는 포터를 이용하는 것만으로도 충분했다. 그렇긴 해도 돈 많은 친구가 끌고 오는 새 자동차를 볼 때마다 부럽지 않은 건 아니어서 여느 남자들처럼 막연하게나마 자기만의 애마가 하나 있었으면 했었다. 친구가 새 차를 사서 길을 들였네, 어쩌네 하는 걸 보면 속으로 꼴값을 떠네, 하고 빈정대기도 했지만 말이다.

친구는 자동차를 바꿀 때마다 그를 태워준답시고 불러냈다. 그가 썩 내키지 않는다는 표정으로 조수석에 앉으면 친구는 한 손을 핸들에 턱 얹고 다른 손으로는 기어를 한 바퀴 감아 가볍게 손아귀에 쥐고 장광설을 늘어놓았다. 자동차는 말이야, 산업재이면서 감성 소비재거든, 독특한 위치를 차지하고 있지. 출발 직전에 뜨겁게 달아오른 엔진이 부르르 떨면 마치 우주선 발사대에 오른 듯한 느낌이라니까. 출력을 높이 올려 출발하는 순간 곧장 우주로 뛰어드는 것 같은 거야. 그거 땜에 탄다니까.

뜨거운 바람이 부풀려 놓은 비닐봉지처럼 어딘가 들떠 있던 친구는 종종 사고를 쳤고 사고를 치면 그를 불렀다. 그는 곧장 달려가 뒷수습을 했다. 친구는 자신이 말한 대로 사고도 멀리 가서 쳤다. 어느 날은 강원랜드에 가서 게임을 하다가 싸움이 붙어서 그를 부르고, 어느 날은 바다 건너 대만의 한 호텔에서 그를 부르기도 했다. 바닷바람이 밀려드는 호텔에 가서 보면 웬 여자와 벌거벗고 싸움을 하고 있었다. 저 여자 좀 말려줘. 사람을 잡네. 친구는 여자와의 사이에 그를 세워 놓고 옷을 주워 입었다. 여자가 그를 밀치고 친구 옷을 빼앗아 여기저기로 집어던졌다. 그는 사나운 여자를 처리하고 친구는 비닐봉지같이 허청대며 사라졌다. 간신히 여자를 떼어놓고 돌아오면 친구는 술을 사고 밥을 사고, 가끔 생활비도 대주곤 했다.

친구는 국내 제일의 미술대학에 입학했지만 돈이 없어 학교를 그만두어야 했다. 그는 타고난 감각을 이용하여 건물의 리모델링 작업을 시작했다. 그것은 먼지와 소음 속에서 고강도의 노동을 하는 것을 뜻했다. 닥치는 대로 일을 하면서 하나의 목표를 가졌으니 스물다섯이 되기 전에 페라리를 산다는 것이었다. 첫 번째 목표는 금방 이루었다. 강철 같은 몸은 아무리 노동을 해도, 아무리 바쁘게 뛰어다녀도 피곤한 줄을 몰랐다. 게다가 자산을 불릴 줄도 알았다. 그는 낡은 건물을 사서 말끔하게 단장하여 되팔았다. 그런즉 마흔이 되기 전에 상당한 자산가가 되어 있었다.

친구와 그는 둘 다 늦게까지 여자를 만나지 못했다. 친구는 재력을 쌓아가던 삼십 대 중반에 어떤 건물주의 딸을 만나게 되었다. 그 여자는 친구보다 여섯 살이나 연상이었으니 당연히 나이가 너무 많았다. 그럼에도 친구는 전혀 문제 삼지 않고 결혼을 했다. 그리고 곧 아들도 낳았다. 친구는 결혼하고 오 년쯤 지나자 이제야 좀 사람 사는 것 같네, 라고 했다. 친구는 자신과는 달리 모든 것을 다 이룬 것이다. 여자도 돈도 사는 곳도 별 게 없던 그는 친구를 만나는 것이 마뜩찮았다. 남자들이란 친구 간에도 매사에 경쟁심이 작용하기 때문에 사는 것이 심하게 차이가 지면 마음 편히 만날 수 없는 것이다. 그렇지만 친구는 여전히 그를 불렀고 뒤치다꺼리를 맡겼고, 술을 사고 생활비를 주었다.

친구는 마흔이 넘어가자 어느 때부터인가, 인생이 아무 의미가 없다면서 차를 바꿔대기 시작했다. 그러고는 걸핏하면 속도를 높여 고속도로를 달렸다. 왜 이렇게 서글프냐, 왜 이렇게 불행하지, 그런 말을 입에 달고 살던 친구는 결국 고속도로에서 죽었고, 죽으면서 남자들의 로망이라는 공랭식 포르쉐를 남겼다.

친구가 죽어서 얻게 된 행운이라니, 여간 꺼림칙한 게 아니었다. 자동차를 끌고 오면서 기억 속을 뒤져 가장 구역질나는 뒤치다꺼리를 몇 건 떠올렸다. 구질구질한 해결사 역할에 대한 대가로 반파된 자동차는 껌 값이지 뭐, 하고 중얼거렸다. 그것으로 깨끗하게 계산을 끝냈다. 차를 이적하는 과정에서 알게 된 몇 건의 큰 사고 내역이 또 마음에 걸렸다. 그러나 삼십 년 가까이 최고 속도로 달리던 자동차이고 보면 무사고가 되려 이상한 거지, 중얼거리는 것으로 그 꺼림칙함도 날려버렸다. 마지막 남은 관문은 김 사장이었다. 공업사 안쪽에 차를 집어넣으면서 사장한테 뭐라고 둘러대야 할까, 머리를 굴렸다. 그런데 뜻밖에 김 사장이 반색을 했다. 수입차를 수리하는 일에 적극 동참하겠다며 완벽하게 수리해서 수입차 수리전문점이라는 간판을 달자는 것이었다.

―폐차장에 있는 차에서 부품 호환되는 거 찾아봐라. 없는 건 수입사에 주문하고. 나도 수입차 수리전문가 좀 되어보자.

그는 김 사장의 말을 듣자마자 해외 클래식 중고차 사이트에 주문을 넣었다. 어서 빨리 엔진을 순정 제품으로 갈아 넣고 시트를 래핑하여 완벽한 몸으로 복원하고 싶었다. 물론 친구의 몸이 깨부순 전면 유리창을 제일 먼저 갈아 끼워야 했다. 공업사 옆에 폐차장이 있었다. 그들은 폐차장에서 필요한 부품을 떼어다가 수리하는 데 쓰곤 했다. 마침 폐차한 차 중에 포르쉐와 비슷한 유리창이 있었다. 사이즈를 맞춰 가장자리를 갈아내고 포르쉐에 끼웠다. 엔진이 오기를 애타게 기다리며 차 외부를 래핑하고 닦고 조였다. 마침내 머나먼 독일에서 날아온 엔진을 갈아 끼우자 비로소 기나긴 장정이 시작되었다.

그는 이제 자기 것이 된 자동차의 수동 잠금쇠를 풀고 시동을 걸었다. 엔진이 거세게 끓어올랐다. 다리로부터 전달되어 온몸으로 서서히 번지는 묵직한 진동이 예상치 못하게 그를 뒤흔들었다. 흡사 변신을 하는 중인 것 같달까. 독일 놈들처럼 단단하고 자신만만한 근육질이 되어가는 것 같았다.

역시 독일 놈들은 쌈빡해.

차체가 충분히 예열된 뒤 부드럽게 클러치에서 발을 뗐다. 액셀을 밟았다. 명쾌한 출발. 으르렁, 자동차는 목울대 저 깊은 곳에서 낮고도 기운찬 울음을 토하는 맹수처럼 기다렸다는 듯 튀어나갔다.

성질 독한 독일 놈들답네.

바닥을 긁는 쇳덩어리 소리가 귀청을 울리고 뱃구레를 울렸다. 그는 자신의 몸이 느끼는 그 즉각적인 반응에 홀렸다. 강력한 출발은 작은 차라는 걸 잊을 정도로 짜릿한 쾌감을 안겨주었다. 어디든 갈수 있다는 것은 그에게 마치 이제야 힘 센 동물로 다시 태어난 듯한 느낌을 주었다. 그것이 무엇이든 앞에서 알짱거리는 건 모조리 쓸어버릴 수 있을 것 같았다.

그는 일어나면 옷을 입듯 차를 탔다. 차에 다가설 때면 설핏 친구의 얼굴이 스쳐갔다. 그러나 차에 올라타 엔진을 가동시키면 삼십 년 친구의 죽음은 곧 잊혀졌다. 친구의 말처럼 마치 우주선 발사대에 오른 듯 온몸이 긴장되었기 때문이었다. 긴장과 쾌감은 등을 맞대고 민감하게 서로를 길항하는 둘도 없는 관계였다. 액셀러레이터에 발을 올리면 곧장 성기 끝이 짜릿하게 울렸다. 그것이 마치 등줄기의 신경을 팽팽히 잡아당겼다 놓는 신호라도 된 듯 그는 반사적으로 액셀을 밟고 차는 순식간에 튀어나갔다. 그 역시 친구처럼 하나의 점을 향해 맹렬히 달리는 발사체가 되어 죽자고 달려갈 뿐이었다.

그는 처음 당구를 배울 때처럼 폭 빠지고 말았다. 책상 앞에 앉으면 책상이 당구대로 보였고, 자려고 누우면 천장이 당구대로 보였고, 보도블록만 봐도 당구대로 보였다. 그는 그때처럼 자나 깨나 포르쉐를 타고 달리는 것만 생각했다. 수리 맡겨진 국산 자동차들은 약속한 기일을 넘기기 일쑤였고 보다 못한 김 사장이 투덜대며 리프트에 올려야 했다. 그래, 네가 수입차 기술자가 되면 나도 좋지. 김 사장은 쉽게 받아들였다. 김 사장은 '수입 자동차 완벽 수리'라는 새 간판을 달 생각만 했다. 누군가의 죽음이 있었기에 가질 수 있었던 행운, 그는 그것을 꼭 붙들었다. 기회는 이런 식으로 탈 수도 있다고 생각했다.

그는 예닐곱 살 때 처음으로 트럭의 핸들을 잡아 보았다. 트럭은 아버지의 과일가게였다. 길가에 트럭을 세워 놓고 수박이며 참외를 파는 동안 어린 그는 아버지의 운전석에 앉아 입으로 부릉부릉 침을 불어대며 기어도 넣고, 사이드 브레이크를 올리고 내리는 시늉도 했다. 어린 아들이 운전대 잡고 놀곤 한다는 것을 아는 아버지는 바퀴 앞뒤로 커다란 돌덩이를 받쳐 놓는 것을 잊지 않았다. 아들이 더 위에 지치지 않도록 수박도 잘라주고 참외도 깎아주던 아버지였다. 고물 트럭을 타고 과일을 팔며 떠돌던 아버지는 한밤중에 불을 밝히며 공부를 했다.

아버지는 어린 아들에게 종종 문제집을 건네주고 문제를 읽게 했다. 아들은 졸음이 몰려와 그 자리에 고꾸라지기 전까지 아버지를 위해 시험 문제를 읽어주었다. 아버지가 답을 맞추었는지 못 맞추었는지 그는 알지 못했다. 그는 옷소매가 종이 위를 스치는 소리, 책장이 넘어가는 소리, 볼펜이 구르는 소리를 들으며 잠에 빠져들었다. 아버지의 열기가 어떻게 누그러드는지 보지 못했다. 그러나 밤이 깊어감에 따라 고요 속에서 사그락거리는 소리들이 아버지 또한 깊은 잠으로 이끌었을 것이다. 자고 일어나면 아버지는 여전히 트럭에 과일을 실었다. 트럭은 늙은이 같은 소리를 내며 어느 골목에 주차되곤 했다. 그러나 과일이 얼마나 싱싱한지 얼마나 달고 맛있는지 설명할 때 아버지의 목소리는 맑고 힘찼다. 그는 아버지의 리듬 있고 맑고 힘찬 목소리를 들으며 자동차 놀이를 했다.

그가 보기에 아버지는 매번 시험에 떨어지는 것 같았다. 합격했다며 의기양양해하는 모습을 본 적이 없었으니까. 그는 차마 아버지에게 매번 떨어지는 시험을 왜 치르느냐고 물어볼 수 없었다. 아버지가 시키는 대로 잠에 곯아떨어지기 전까지 시험 문제를 읽을 뿐이었다. 나중에 안 사실이지만 아버지는 많은 시험에 통과했고 마지막 하나의 시험에서 여러 번 낙방했을 뿐이었다. 정비공 기능필증, 고압가스 보안교육 이수증, 전기설치기사 자격증, 가전제품 고장수리

자격증, 부동산 공인중개사 자격증. 아버지는 그런 자격증들을 가지고도 정착에 성공하지 못했다. 아버지는 떠돌이 장사로는 여자가 붙어 있지도 못하고, 붙어봤자 똑같은 떠돌이 여자라며 주변의 여자는 거들떠보지도 않았다. 아버지는 종종 그에게 힘주어 말하곤 했다. 너도 잘 알아둬. 남자는 말이야, 번듯한 자격증 하나는 있어야 기회를 탈 수 있어. 그래야 괜찮은 여자도 만날 수 있고 대접도 받을 수 있는 거야. 그렇게 불을 밝혀 아버지가 마지막까지 쳤던 것은 공무원 시험이었다. 어디 동사무소에서 증명서라도 떼어주고 있어야 사람답게 집 짓고 살 수 있다는 것인데 아마도 끝내 그 시험에는 붙지 못했던 듯했다.

그 모든 자격증들과 수십 년 동안 지불했던 온갖 영수증들이 커다란 상자 하나에 가득 차 있었다. 맨 위에 9급 공무원 응시 교부증이 몇 장이나 차곡차곡 쌓여 있었다. 그는 아버지가 남긴 종이 쪼가리들을 움켜쥐고는 가슴이 메어 한동안 숨을 쉬지 못했다. 마지막까지 아버지는 사철 과일을 팔았고, 과일이 적은 계절에는 알감자와 호박 따위를 함께 팔았을 뿐이었다. 아들이 보기에 아버지는 언제나 실패하고 있었다. 매번 시험에 떨어지는 아버지가 부끄러웠다.

그가 고등학생 때 아버지가 돌아가셨다. 어이없게도, 아버지가 돌아가신 건 그가 공부를 한답시고 아버지를 따라다니지 않게 되었기 때문이었다. 문제집을 소리 내어 읽어주는 것도 잊었고 곤한 잠을 부르던 책장 넘기는 소리도 잊었다. 아버지는 어린 아들과 함께 다니지 않게 되자 운전할 때도 안전을 소홀히 했다. 트럭을 세우고 과일을 팔 때도 바퀴에 돌을 받쳐 두지 않았다. 차를 점검하는 데에도 소홀해서 마침내, 평지에서 급커브를 돌다가 브레이크 고장인지 뭔지 차가 뒤집히고 말았다. 고물 트럭 하나 건사하지 못했던 아버지. 그는 아버지의 시신을 거두고 트럭은 버렸다. 이십 년을 아버지와 아들을 먹였던 트럭은 고물 값도 나오지 않았다.

그는 아버지에게 매일 밤 시험 문제집을 읽어주었던 덕분에 어렵지 않게 문제를 풀었고 몇 개의 기능사 자격증을 갖게 되었다. 그것으로 한 시절은 전기기사가 되어 이 집 저 집 에어컨을 달아주고 보일러를 달아주었으며, 또 다른 한 시절은 가전제품 수리기사가 되어 이 집 저 집 티브이와 냉장고를 고쳐주었다. 그런 일들 역시 떠돌이 생활과 다를 바가 없었으므로 또 다른 한 시절은 부동산 중개인이 되고자 했으나 그 시험에는 매번 낙방을 했다. 그는 과일은 손에 대지도 않았다. 그러나 결국 트럭이며 오토바이며 언제 설지 알 수 없는 중고차들을 고치는 일에 손을 대게 되었다.

자기만의 차가 생겼으니 그는 공업사를 거점으로 갈 수 있는 모든 곳을 갔다. 그에게 한반도는 가고 가도 길이 이어지고 듣고 들어도 새로운 소리가 이어지는 거대한 대륙이나 다름없었다. 그는 거친 땅을 박차며 질주하고자 했다.

그러던 어느 날, 돌아오던 길 어디에서 그는 사고를 일으켰다. 오래 손을 탄 순한 말 같던 자동차가 아무리 브레이크를 밟아도 듣지 않았다. 자동차는 오른쪽으로 바퀴를 틀었고 어떤 여자를 쳤다. 그는 핸들을 부서져라 부둥켜안고 브레이크를 깊이 밟았다. 끝장이다, 싶었다. 한참을 꼼짝하지 못했다. 가까스로 몸을 가누며 나갔더니 등을 돌리고 웅크린 여자가 보였다. 여자는 다친 데가 없다고, 다만 차가 달려들어서 놀랐을 뿐이라며 그 자리를 떠났다. 그는 한동안 여자의 뒷모습을 보며 망연해 있다가 오싹한 소름을 느끼고 차를 돌아보았다. 오른쪽 헤드라이트가 부서져 있었다. 길 가장자리로 휙 돌아가 있는 자동차를 보며 그는 자신이 잠깐이나마 졸았는가, 의심했다.

*

문제를 정확히 확인해야 했다. 한적하고 널찍한 국도로 나갔다. RPM 올라가는 소리에 귀를 기울이며 점점 속력을 높였다. 변수가 작동될 상황인 건 아니어서인지 현재로서는 특별히 이상한 소리가 들리지 않았다. RPM이 사천을 넘자 핸들을 살짝 돌리면서 브레이크를 밟았다. 차가 서지 않고 미끄러졌다. 무슨 일인가 일어날 것을 예상하고 긴장을 하고 있었음에도 어어어, 하면서 당황하게 되었다. 핸들을 꼭 움켜쥐고 브레이크를 콱 밟았지만 결국 차가 미끄러지는 것을 잡지 못했다. 차는 크게 빙글 돌았다. 다행히 넓은 국도였고 수풀 우거진 길옆이 나대지여서 움푹 팬 길 가장자리에 바퀴가 박히면서 차가 멈췄다.

김 사장과 함께 면밀히 조사해본 결과, 출력이 높은 차를 받쳐주는 고압 브레이크 호스가 터져 있었다. 호스가 오래되지도 않은 걸 보니 갈아 넣을 때 너무 세게 조여서 한쪽이 터졌고 그리로 브레이크액이 샌 것 같았다. 그까짓 거 토크 렌치를 조절해서 알맞게 조이면 되는데 어설픈 녀석들 같으니라고. 수입차 딜러들이 운영하는 정비소 기술자들을 떠받들 듯하던 친구를 비웃어줬다. 이런 것 하나 제대로 못하는 것들이 무슨 대단한 기술자라고.

김 사장이 다른 차에서 떼어낸 호스를 가져왔다. 그는 대놓고 마뜩찮은 표정을 지었다. 그렇잖아도 웬만한 호스는 이 차의 출력을 감당할 수 없을 텐데, 국산차 중고부품으로 당키나 하겠냐고, 안 그래도 벌써 수입상에 부품 구입을 의뢰해놓았다고 했다. 김 사장이 화를 버럭 내며 호스를 흔들었다.

　—이 사람아, 이거 새 거야. 금방 교체한 거라고.

　—그 걸로는 이 차 감당 못해요.

　—아, 이 사람아, 고물 차에다가 너무 돈 많이 들이지 말라니깐.

　—수입차 수리를 제대로 해봐야 기술이 늘지요. 아무 거나 갖다가 땜빵해버리면 성능을 확인도 못하고, 수입차나 아니나 암껏도 안 돼요!

　—그래도 지금 몇 번째야.

　—브레이크는 제일 중요한 안전장치잖아요. 아무거나 쓰면 안 된다구요.

　—아, 맘대로 해! 자네 월급에서 까면 되니까.

김 사장이 그 따위로 말을 하는 바람에 그는 들고 있던 토크 렌치를 확 집어던졌다. 어라, 강철 손잡이가 툭 부러져버리네. 아니, 무슨 이런 뭣 같은 경우가 다 있어. 그는 성질을 부렸고 김 사장은 얼씨구, 성질 좀 보라지, 하면서 어디론가 나가버렸다.

그는 다른 토크 렌치를 찾았다. 그런데 어찌된 게 굴러다니던 토크 렌치가 하나도 보이지 않았다. 다른 차라도 수리해야 하는데 영 마음이 잡히지 않았다. 간이 의자에 엉덩이를 걸치고 리프트에 올려진 포르쉐 뒤태를 멍하니 바라보았다. 차의 엉덩이가 여자의 엉덩이 같다는 생각이 잠시 스쳤다. 그러자 친구가 저 차를 산 직후, 그러니까 삼 년쯤 전에 있었던 일이 떠올랐다. 한여름 어느 날 친구가 급하게 부산의 한 호텔로 와달라고 했다. 녀석이 와달라고 한 곳은 70층짜리 아파트형 호텔이었다. 처음 그 앞에 도착했을 때 호텔 같지 않아 이게 호텔인지 주상복합 아파트인지 알 수가 없었다. 일층을 거의 다 차지하는 영화관과 편의점이 두어 개가 보일 뿐 도대체 호텔의 로비 같은 게 보이지 않아 이곳이 맞는지 빌딩 앞을 여러 번 오갔다. 70층짜리 빌딩 한가운데 쓰인 호텔 이름을 확인하느라 쏟아지는 햇빛 속으로 잔뜩 눈을 찌푸리고 올려다보기도 했다. 호텔 이름은 확인했지만 높디높은 꼭대기는 햇빛에 묻혀 보이지 않았다. 그렇게 하고서야 한쪽 끝에 있는 작은 간판과 로비를 발견하고 들어갔다.

초고속 엘리베이터를 타고 친구가 묵고 있는 47층에 내렸다. 어, 왔냐? 하며 문을 열어주는 친구는 옷을 다 입고 있었고 바로 뒤에 서 있는 여자는 얇은 슬립 차림이었다. 친구는 가타부타 말없이 베란다로 나갔다. 그를 따라 베란다로 나가보니 눈이 부신 바다가 펼쳐져 있었다. 야, 바다네. 친구 집에 놀러라도 온 것처럼 감탄을 터트렸다. 드넓은 바다는 빛이 미만해 있어 눈을 바로 뜰 수도 없었다. 친구가 그에게 담배를 한 대 건네주고 자기도 한 대 피웠다. 그는 담배를 피우면서 슬쩍 호텔 내부를 둘러보았다. 아파트형 호텔이라더니 주방도 꽤 큼직하게 마련되어 있었고 베란다에는 세탁기도 놓여 있었다. 침실도 상당히 넓어 보였고 침실을 빙 둘러 베란다가 붙어 있었다. 주방이 크네, 집 같다, 라는 그에게 친구가 시큰둥하게 말했다.

어, 여기 레지던스 호텔이라 일 때문에 오래 있어야 하는 사람들이 간단하게 뭐 해 먹으면서 한 달씩 살고 그래. 그는 말없이 고개를 끄덕였다. 이런 호텔에서 한 달씩 사는 사람도 있구나.

여자는 소파에 팔짱을 끼고 다리를 꼰 채 앉아 있었다. 친구가 담배를 다 피우고 나더니 거실로 들어와 캐리어를 들었다. 여자가 친구를 노려보며 바짝 다가와 섰다. 친구가 그에게 이 여자 좀 붙잡아 줘라, 라고 했다. 그가 무슨 말인지 알면서도 여자 보기가 겸연쩍어 짐짓 모르는 척 뭐라고? 하고 묻는데 친구가 신경질적으로 다시 말했다. 이 여자 좀 잡고 있으라고, 나 좀 가게. 여자가 흥, 콧방귀를 끼고는 팔짱을 풀더니 친구 앞을 가로막았다. 친구는 아주 흥미를 잃었다는 표정으로 나 좀 가자, 하면서 여자를 밀쳤다. 여자가 그 팔을 확 낚아챘다. 그도 반사적으로 달려들어 여자를 잡았다. 여자는 힘이 셌다. 그는 친구에게서 여자를 떼어놓기 위해 여자를 끌어안아야 했다. 여자는 몸을 뒤틀어 빠져나가려다 친구가 문을 나서는 것을 보고 팔에서 힘을 뺐다. 그도 팔을 살짝 풀어 여자를 놓아주었다. 돌아서는 여자의 미끌미끌한 슬립과 탄탄한 살의 촉감이 두 팔에 느껴졌다. 여자가 소파에 가서 풀썩 주저앉았다. 그러고는 말없이 담배를 피워 물었다. 첫 모금을 깊이 빨아들이더니 고개를 높이 쳐들고 연기를 내뿜었다.

그는 잠시 망설이다가 친구가 남기고 간 여자 앞에 마주 앉았다. 여자를 혼자 두고 나가자니 어쩐지 못할 짓인 것 같았기 때문이다. 담배나 같이 피워주자, 했다. 여자가 그를 쳐다보더니 팔을 쭉 뻗어 담배를 건네주었다. 어깨에서부터 손끝까지 길고 매끈했다. 팔을 쓰다듬고 싶었다. 그는 담배를 받아 한 모금 길게 피웠다. 그는 친구가 어떤 여자들을 만나는지 알고 있었다. 영화배우라 해도 좋을 만큼 예쁜 여자들이거나 이런저런 분야에서 전문가입네 하는 여자들이었다. 그런 여자들이 저 따위 인간에게 떠나지 말라고 애원하는 것이다. 담배를 다시 건네주며 자기를 시종 바라보고 있는 여자와 눈을 맞추었다. 여자와 친구를 함께 능멸해줄 기회가 온 것이다. 눈빛이 거센 걸 보니 이 여자는 친구에게 따귀 몇 대쯤 시원하게 날렸을 것 같았다. 그는 자기에게 눈길을 꽂으며 담배를 눌러 끄는 여자를 보고 일어났다. 여자가 슬립의 어깨 끈을 내렸다. 젖가슴 한쪽이 드러났다. 그가 다가가자 젖꼭지가 오뚝 일어섰다. 그는 여자에게 달려들었다. 친구는 여자를 엿 먹이려 하고, 여자는 친구를 엿 먹이려 하고, 그는 친구와 여자를 엿 먹이려 했다. 여자는 시큰둥해 보이는 표정과는 달리 땀을 흠뻑 흘릴 정도로 열심히 사랑을 해주었다.

사실 말이지, 처음 있는 일은 아니었다. 몇 차례 이런 일이 있고 보니 녀석이 먼 곳에서 부를 때면 오랜만에 여자를 만날 수 있을지도 모른다는 생각에 마음 한구석으로는 은근히 기대를 품곤 했다. 그래서 달려갔을 때 막상 여자 문제가 아니라면 내심 서운하기까지 했다. 속옷 차림의 여자가, 간혹 속옷도 안 입은 여자가 눈길을 번들거리며, 때로 눈물짓고, 때로 경멸하는 표정을 지으며, 짐을 꾸리지도 않고 무언가를 기다리고 있다면 어찌 그가 아무 일도 없이 방을 나올 수 있겠는가.

일이 끝나자 그는 서둘러 여자에게서 몸을 뗐다. '친구가 남기고 간 여자'는 일을 치르고 보니 '친구가 버린 여자'였다. 여자의 숨소리가 들리는 쪽으로는 고개도 돌리지 않았다. 급하게 바지를 꿰는데 발이 엇갈려 넘어질 뻔했다. 그는 별다른 인사도 없이 서둘러 방을 나와버렸다. 문을 나서기도 전에 여자 얼굴이며 몸이며 숨 가쁘던 순간이며, 깡그리 잊혀졌다.

친구는 그에게 어디로 내려오라거나 같이 밥이나 먹자거나 함께 서울로 올라 가자거나 하는 연락을 남기지 않았다. 엘리베이터를 타고 내려오는 동안 전화를 했지만 친구는 전화를 받지도 않았다. 어쩌자는 거지? 주차장으로 가야 하나, 망설이다가 주차장 어디에서 녀석을 찾을까 싶어서 그냥 호텔 앞으로 나갔다. 길가에 멍하니 서 있는데 낯익은 포르쉐가 탕탕탕, 낯익은 소리를 내며 앞을 지나갔다. 어어? 야! 하면서 뛰어갔지만 친구는 멈추지 않고 교차로를 지나가버렸다. 멀어지는 포르쉐 뒷모습을 바라보고 있자니 허탈하기 그지없었다. 지금 내가 뭐하는 거지? 저 놈은 도대체 뭐하자는 거지? 수치심이 밀려왔다. 멀고 먼 부산까지 내려와 한 짓이라고는 녀석이 달아나도록 여자를 붙잡고 있어 주고 그 여자와 몸을 섞는 것뿐이었다니. 고속버스를 타고 올라오는 내내 잘난 포르쉐를 타고 달아난 녀석을 생각하며 혼자 속을 끓였다. 버스가 쉴 때마다 밖에 나가 담배를 뻑뻑 피웠다. 생각할 때마다 얼굴이 뜨겁게 타오르고 속도 바짝 타올랐다.

*

친구가 공업사 앞에 포르쉐를 대놓고 그를 불렀다. 그는 힐끗 쳐다보고는 하던 일을 계속했다. 녀석은 차창으로 팔을 늘어뜨리고 느긋하게 그를 기다렸다. 가끔 한 번씩 그를 돌아보다 눈이 마주치면 손짓을 했다. 그는 마지못해 연장을 집어던지고 손을 작업복에 쓱쓱 문지르며 차에 올라탔다. 그가 자리에 앉자마자 녀석이 차를 출발시켰다. 차는 부릉, 하고 나가는 게 아니라 마치 길가의 상점들을 다 때려눕힐 듯 탕탕탕, 하는 커다란 공명음을 내며 튀어나갔다. 튀어나가는 속도에 놀라 그의 다리에 저절로 힘이 들어갔다. 고속도로로 들어서 RPM이 사천을 넘어 오천을 향할 때는 금방이라도 차가 폭발할 것처럼 커다란 소리를 터트렸다. 차는 고속도로 옹벽을 긁어버릴 것처럼 거세게 달렸다.

시속 250킬로로 달리는 차 안에서 친구는 등받이를 뒤로 젖혀 먼 곳에 시선을 두고 읊조렸다. 슈퍼 카를 타는 건 소리 때문이야. 생김새가 마초적이기도 하고 속도도 엄청나게 빠르고 그런 점도 있지만, 진짜는 소리를 즐기기 위해 타는 거야. 녀석은 터널에 들어서자 창문을 내렸다. 높디높고 세찬 소리가 터널을 할퀴듯 휘몰아쳤다. 거센 회오리바람이 귓속으로 파고들었다. 그는 야, 역시 엄청난 사운드를 자랑하는구나, 라고 맞장구를 쳤다. 그렇게 하지 않고는 배길 수가 없었다. 이런 차 타고 다니면 사람들 이목을 끄니까, 으쓱한 기분 느끼려고 타는 건 줄 아는데 말이야, 그건 그냥 일부에 불과해. 진짜 마니아들은 말이야, 소리 때문에 슈퍼 카를 타는 거야. 폭발하는 듯한 분출음만 있는 게 아니거든. 자, 우리 들판으로 나가볼까. 녀석은 여유를 부렸고 그는 무언지 모를 열패감에 휩싸인 채 아무렇지 않은 표정을 지었다. 공랭식 포르쉐 964는 이제 가을이 한창인 들판으로 나왔다.

친구는 차의 속도를 늦췄다. 통통통통, 하는 소리가 너른 들판을 울렸다. 닦은 지 오래된 거친 도로가 마치 금방 닦은 도로인 것처럼 맑은 소리로 진동했다. 녀석이 또 연설을 시작했다. 잘 들어봐, 세단을 탄 것보다 정감 있잖아. 통통통 울리는 소리 사이로 풍경이 스며드는 것 같잖아. 소리는 크지만 역설적으로 잔잔하고 평화로운 기분이 들게 해. 잘 들으면 바람 소리도 새소리도 같이 묻혀 들어온다니까. 녀석은 한껏 제 기분에 취해 있었다. 자동차는 산업재이면서 감성 소비재거든. 단순한 물건이 아니라고. 녀석은 낮고 굵직한 목소리로 읊조렸다. 등받이를 젖힌 채 눈은 멀리 두고, 여유롭고 느긋한 어조로.

친구에게 들리는 그 소리들이 그에게는 들리지 않았다. 그런 소리들이 들리는 게 다 무언가. 소리가 들리기는커녕 비싼 차를 타는 이유가 여자나 태우고 다니며 온갖 난봉을 다 피우려는 건 줄 알았는데, 자신이 모르는 소리의 세계를 살기 위해서라니, 얼굴 가죽이 조여들고 가슴이 답답해지고 목구멍 아래에서 무언가가 울컥울컥하고 치밀어 오르기만 했다. 그냥 돈 많은 거 자랑하고 여자 많이 따르는 거 자랑하는 편이 훨씬 녀석답지 않나 말이다. 개같이 벌었으면 개같이 쓰라고.

고압 브레이크 호스가 왔다. 새 토크 렌치도 샀다. 호스를 관에 끼우고 알맞은 세기로 단단히 조였다. 허참, 이렇게 간단한 일을 제대로 못해서 그걸 터지게 만들었단 말이야.

차를 이적할 때 보험사에 다 알아보았다. 큰 사고만 네 건이었다. 더 상세하게는 주인 바뀔 때마다 무시할 수 없는 사고가 한 번씩 있었다. 친구는 큰 고장이나 결함에 대해서는 그에게 묻지 않았다. 하지만 잔 고장에 대해서는 종종 묻곤 했다. 자식, 언제나 자동차에 문제가 생기면 나한테 꼬치꼬치 물어봤지. 내가 고치면 훨씬 정밀하게 저렴한 값에 고칠 수 있다고 말했건만 들은 척도 하지 않았지. 묻기는 나한테 물어놓고 가기는 딜러한테 갔단 말이야. 내 기분은 생각도 하지 않고 말이지. 그런데 그렇게 해서 자동차가 잘 고쳐졌냐 말이야, 문제를 계속 일으키지 않았냐 말이야. 자동차에 관해서는 내가 전문가인데, 내 말을 안 들었지. 그렇게 큰돈 들여 고치고 매번 얼마 안 가 다시 고장 나던 차를 그가 이제 제대로 고친 것이다.

결국 잦은 사고를 당하고도 딜러만 믿은 친구는 똑같은 고장으로 세상을 뜨고 말았다. 이름 없는 동네 공업사에 있다는 이유로 제대로 된 기술자를 몰라본 탓이라고 해야 할까. 자기 손으로 완벽한 차를 만들었다고 생각하니 그는 비로소 친구 녀석에게 단단히 설욕을 하는 기분이 들었다. 녀석에게 보여줄 수 없는 게 단 하나의 아쉬움이라면 아쉬움일까.

완벽해진 자동차를 타고 속도를 높여 터널로 들어갔다. 터널을 뚫고 달리는 자동차는 마치 총열을 통과해 쏟아지는 총알 같았다. 어둡고 좁은 데다 거센 소리와 바람이 회오리치는 터널을 빠져나가는 순간 저 먼 우주로 튕겨져 낯선 공간에 내던져진 것만 같았다. 그는 뜻밖에 맑은 소리 속으로 풀려난 유영체처럼 어리둥절했다. 그러다 곧 자신이 터널 밖 들판에 내던져졌으며 자신도 모르는 새 속도를 늦추었다는 것을 깨달았다. 열린 차창으로 통통통, 탕탕탕, 공기를 울리는 소리가 들렸다. 소리가 열어주는 길을 타고 멀리 달렸다. 친구가 갔던 길이었다. 그 코스는 그에게 '달릴 만한 길'의 기준이 되어 주었다. 소리는 코스마다 멀어졌다 가까워지고, 귀청을 찢어 놓았다가 짧은 순간 가뭇없이 사라졌다. 그는 들리는 소리마다 귀를 기울였고 각각의 소리들을 분간했다. 그는 긴장을 늦추고 먼 곳에 시선을 두었다. 차를 타고 있을 때 그는 공업사도, 김 사장도, 친구가 남긴 여자들도 모두 잊었다. 그들이 없는 세상으로 그는 달려갔다.

누가 뭐래도 잘 길들여진 자동차가 내는 소리가 있게 마련이다. 자동차든 바이크든 오디오든, 기계는 자기 손으로 길들여야 한다. 이른 바 에이징이라고 하는 거고 요는 둘이 시간을 많이 보내야 한다는 것이다. 그는 하나씩 제어해 나가는 삶이 좋았다. 불안은 미리미리 없애야 하는 것이다. 이상 징후를 미리 알아차리지 못한다는 것은 무능한 것. 자동차를 몸으로 여기고 타고 다니다 보니 청각이 예민해졌다. 기계란 소리를 내게 되어 있고 이상 징후란 대개 소리로 나타나게 되어 있다. 수동식 올드 모빌이 전자동 자동차 같은 소리를 내면 그게 이상한 거다. 문짝이 닫힐 때도 콱 처박히는 소리가 나는 게 당연한 거고 매끈한 아스팔트길을 달려도 두 발과 엉덩이를 통해 거친 쇳덩이가 마찰하는 소리가 들리는 게 당연했다. 이 녀석은 원래 그렇게 태어난 것이니까.

점차 그는 자동차가 자기에게 보내는 소리가 있다고 믿기 시작했다. 다른 세계로 이동하는 통로이니까 무슨 신호를 보내도 보낼 거라고. 그렇게 시간을 들여 귀를 기울였다. 귀를 기울일수록 역시 무

슨 소린가가 들렸다. 같은 코스를 주행한 지 두어 달 만에 호소하는
듯한 소리가 들리기 시작했다. 속도를 조금만 올리면 엉덩이 밑을
긁는 소리에 이어 찌그럭거리는 소리가 들렸다. 발사대에 올라 발
사의 순간만을 기다리던 대포동 미사일이 바퀴벌레 한 마리 때문에
버그를 일으킨 것 같았다. 진입로를 타고 웅장한 소리를 내며 멋지
게 도약해야 할 슈퍼 카가 찌그럭거리는 소리라니. 그는 고개를 젓
고 쯔쯔 소리를 냈다.

　게다가 고질라가 자동차를 잡고 좌우로 흔드는 것처럼 차체가 흔
들리는 것을 느꼈다. 그는 다시 한 번 고개를 젓고 쯔쯔 혀를 찼으나
내심 기뻤다. 이상 징후를 발견해낸 자신의 과민함을 신뢰하지 않을
수 없었던 것이다. 쇼크업 쇼바가 닳아빠졌군, 그렇다면 쇼바를 바꿔
보지. 승차감이 말도 못하게 좋아질 거야. 수입상에 물어서 순정품
을 찾았으나 생산이 중단되었고 국산 제품에도 맞는 쇼바가 없었다.
수입상은 데데한 목소리로 애프터 마켓용으로 파는 수입품만 있는
데 고급형이라 값이 두 배도 더 된다고 했다. 그는 당장 그것을 보내
라고 호통을 쳤다. 쇼바를 바꾸자 곧바로 찌그럭거리는 소리가 사라
졌다. 좌우로 미세하게 흔들리는 느낌도 없었다. 그는 자동차를 안을
수만 있었다면 담쑥 끌어안고 뺨을 비볐을 것이다. 너를 안다는 것
은 너를 장악하는 것이고, 장악한다는 것은 이렇게 뿌듯한 것이지.

＊

작업복을 입은 채 잠이 들었던가 보다. 개운하게 눈을 뜨게 된 것

이 새로웠다. 그는 밖으로 나오다가 선뜩한 바람이 목으로 파고들어 움찔 놀랐다. 벌써 서리가 내렸네. 한 바퀴 돌고 올까. 그는 포르쉐에 올라탔다. 차가운 시트에 엉덩이를 앉히자 기분이 더욱 좋아졌다. 단단한 차가움. 동그란 쇠공 모양의 기어를 손바닥으로 감싸듯 쥐었다. 자, 출발! 자동차는 차가운 날씨에 예열 없이도 거세게 튀어나갔다. 뒤쪽에서 들리는 탕탕탕 소리는 마치 정비소를 향해 대포를 쏘는 것 같았다.

조금 달리다보니 엔진에서 뭔가 거슬리는 소리가 났다. 쇳덩어리끼리 마찰할 때 들리는 소리지, 싶었다. 어서 들어가서 뚜껑 열어봐야지. 서둘러 창고로 들어오는 그를 보자마자 김 사장은 노발대발했다.

—너 에쌤 쓰리 문짝 고쳐놓으라고 했지! 지금 주인 온다는데, 어쩔 거야, 인마!

—아, 그거 금방 해요, 금방 해.

—저 그랜저 휀다는! 저건 이따 한 시에 찾으러 온다고 했잖아!

—아, 금방 해요. 금방.

그는 사장이 왜 저러는지 알 수가 없었다. 수입자동차 완벽 수리를 지향한다고 해놓고 저렇게 중도에 그만둬서는 될 것도 안 되는 거지. 그는 우그러진 문짝을 당겨 펴는 압착 기계를 끌고 가며 투덜거렸다. 김 사장이 뭐 인마? 어서 일 안 해? 하면서 등짝을 쳤다.

에스엠3 문짝 따위를 고치고 있으려니 신이 나지를 않았다. 어서 빨리 내 자동차 엔진을 점검해야 하는데 에스엠3 문짝 따위를 만지고 있어야 하다니. 그는 대강 문짝을 펴놓고 사장에게 보고했다. 사장이 딴 생각 말고 그랜저 고쳐놓으라고 소리 지르는 바람에 어정

어정 그랜저를 보러 갔다. 우그러진 휀더를 뜯고 사장이 주문해놓은 새것을 끼워 넣었다. 벌써 점심 먹을 때가 되었는지 청소 아줌마가 뭘 먹을 거냐고 물었다. 그는 점심 메뉴 따위 아무래도 좋았다. 아무거나요, 라고 대답하면서 포르쉐에게 뛰어갔다. 아줌마가 뒤에서 밥도 제대로 안 먹고 저이가 왜 저래, 하면서 주방으로 들어갔다.

그는 포르쉐 엔진 룸 뚜껑을 열었다. 전문가의 눈으로 면밀히 살펴본 결과, 엔진을 얹고 고정한 부분에서 마찰이 일어나는 것 같았다. 사그락, 사그락거리는 소리가 들릴 곳이라곤 거기밖에 없었다. 그는 단걸음에 청계천으로 달려갔다. 선반 가게 사장님에게 열심히 설명해봤지만 알아듣지도 못해서 그가 직접 만들겠다고 굽신거렸다. 세 시간을 들여 엔진을 얹는 받침쇠에 끼울 링을 우레탄으로 열 벌을 깎았다. 지금 당장은 네 벌만 있으면 되지만 깎는 김에 넉넉하게 깎은 것이다. 그는 우레탄 링을 두 손으로 안아들고 정비소로 달려왔다. 혼자 진땀을 흘려가며 엔진을 들어내고 링을 끼웠다. 기름에 전 목덜미를 수건으로 쓱 문지르는데 김 사장이 와서 또 잔소리를 하기 시작했다.

─엔진 바꾼 지 얼마나 되었다고 그런 짓을 해.

─엔진이 아니라 엔진 얹은 데가 낡아서 마찰이 일어난다고요.

─차 고칠라 말고 네 인생이나 고쳐, 인마.

─아, 인생 못 고치니까 차를 고치는 거죠. 쓸데없는 소리를 하고 그래요.

그는 버럭 소리를 질렀다.

─하, 저 놈이 저 놈의 자동차 얻은 뒤로는 꼬박꼬박 대드네. 내 살

다 살다 엔진에다 고무링 끼우는 사람 첨 봤다. 너 그러다가 월급 다 날린다! 내 원망하지를 말어.

그는 상관 말라며 귀찮은 파리 쫓듯 손을 내저었다. 그는 제법 기술이 좋은 편이라 사장이 쉽게 해고할 수 없다는 것을 잘 알고 있었다.

*

김 사장이 방으로 들어와 발로 이불을 걷어찼다.

—방이나 좀 치우고 살아, 이 사람아. 이게 뭐냐.

공업사 한 켠에 그가 먹고 자는 방이 있다. 부엌이랄 게 따로 없어서 방 안에 두 칸짜리 싱크대가 있었다. 냄비 두어 개, 그릇 몇 개가 개수통에 들어 있었고 앉은뱅이 탁자에 어제 시켜 먹은 족발 세트가 그대로 놓여 있었다. 양말도 바지도 아무렇게나 벗어 놓은 그대로였다. 밤늦게까지 자동차를 고치고는 늦잠을 자고 있던 그는 김 사장 잔소리에 더 이상 누워 있을 수가 없었다.

—이러고 사니 여자가 생기냐? 정신 차려 이 사람아. 지금 자네 나이가 몇이야.

그는 김 사장 말에 아무 대꾸도 하지 않고 커피포트에 물을 받아 스위치를 올렸다. 물이 금세 끓어올랐다. 그는 여전히 아무 말도 하지 않고 커피를 타서 김 사장에게 건넸다. 김 사장 목소리가 조금 누그러졌다.

—자네 지금 자동차하고 싸우자는 거야?

그는 잠기가 묻어 있는 목소리로 느릿느릿 무슨 소리냐고 되물었다. 김 사장은 무슨 소리인지 알고도 모르쇠로 나오는 그를 한심스럽게 쳐다보다 절레절레 도리질을 했다.

—자동차를 고치라고 했지, 자동차하고 싸우라고 했어?

—자동차는 완벽해요. 제가 완벽하게 고쳐놔서 더 손볼 데가 없어요.

그는 기름때에 찌든 작업복을 꿰며 정비소로 나왔다.

—이 사람아, 눈 좀 똑바로 뜨고 차를 봐. 자네가 어떻게 만들어놨는지. 얼마나 뜯어 고쳤는지 포르쉐가 아니라 생판 다른 차가 됐잖아. 사람이 말이야, 도무지 말을 안 들어.

그는 고물 그랜저의 보닛을 열며 웅얼거렸다.

—내가 왜 사장님 말을 들어요. 나는 포르쉐의 말을 듣고 있다니까요.

—포르쉐의 말 좋아하네. 내 말이나 좀 들어라. 다른 사람 눈에는 보이는데 왜 제 눈에는 안 보이는지 몰라. 사람들이 하나 같이 저 사람 저러면 안 되는데, 할 때 그만둬야 하는 거야. 이러니 아직까지 여자도 하나 없고 그러지.

친구가 남겼던 여자들이 문득 떠올랐다. 얼굴도 없고 이름도 없는 여자들. 그 여자들이 한꺼번에 둥글둥글 뒤섞이더니 묵직하고 날렵한 포르쉐로 둔갑했다. 내 팔자에 여자는 없는 모양이지. 그는 신경질을 냈다.

—아, 듣기 싫어요. 그만 좀 해요.

—돈도 모으고 집도 장만하고 그래야 할 거 아냐.

—제가 다 알아서 해요. 잔소리 좀 그만하세요.

—자네 아버지도 트럭 몰다 돌아가셨다고 했지? 고물 차 갖고 드리프트 했다고 그러지 않았어? 타이어가 터져서 굴렀다고?

　아니, 김 사장이 오늘따라 나를 왜 이렇게 코너로 몰지. 그는 정신 산란하게 왜 작업하는 데 따라다니며 이러느냐고 짜증을 부렸다.

　—자네 아버지가 드리프트 했는데 브레이크가 고장 나서 뒤집혔다고 했잖아?

　—아니, 뭐, 꼭 그런 건 아니었고요. 졸음운전으로 차가 굴렀어요.

　—에헤, 이사람 참, 왜 그래? 왜 자꾸 말을 바꿔?

　—트럭 가지고 어떻게 드리프트를 해요.

　—그러니까 내가 어이가 없다고 했잖아. 되도 않는 허세를 부리고 그래.

　—아버지가 공터에서 가끔 드리프트한 건 사실이에요. 뭐, 달리 즐길 게 없던 분이니까.

　—그런데 왜 또 아니라고 그래? 사실은 사실대로 말해야지.

　그는 화를 벌컥 냈다.

　—저리 좀 가세요. 차 좀 고치게.

　그는 바닥에 널린 연장들을 걷어차며 자동차 밑으로 들어갔다. 김 사장이 손을 내저으며 자리를 떴다.

　—고치기는, 더 망가뜨리지 않으면 다행이겠고만.

　그는 차체를 쓰다듬었다. 단단한 몸체가 그의 손바닥 안에서 미끄러졌다. 나는 이 자동차를 사랑한다고. 내가 이날 이때까지 뭘 사랑해본 적이 없잖아?

　그는 밥을 제대로 먹지도 않았다. 예전에는 친구를 만나러 가거나 여자를 만나러갈 때 제법 말끔하게 꾸밀 줄도 알았다. 그런데 이제 목욕은 뒷전이었다. 방 안에는 각종 라면 봉지와 컵라면 빈 용기가 굴러다녔고 언제 벗어놓은 옷인지 빨지도 않았으며 옷을 갈아입지도 않았다. 그는 눈을 뜨기가 무섭게 포르쉐에 올라탔다. 손으로 어루만지고 눈으로 어루만졌다. 액셀을 밟고 온몸으로 진동을 느꼈다. 묵직한 진동이 몸의 심부를 울린다 싶을 때 거세게 튀어나갔다. 점점 속도를 높여 터널 속을 달렸다. 한겨울 창문을 열고 터널 속을 달리면 휘갈기고 찢어발길 듯 울부짖는 소리가 들렸다. 그는 소리를 타고 달렸다. 높디높은 굉음에 온몸을 맡겼다. 그러다 순식간에 다른 소리로 이동할 때면 삽시간에 다른 세상에 내던져진 듯 가슴이 벅찼다. 그렇게 돌고 오면 새로 태어난 듯 개운해졌다. 소리는 그에게 애착이었고, 강박이었다.

또다시 브레이크 호스가 터졌다. 김 사장은 이제 더 이상은 못 봐주겠다고 선언을 했다.

—네 인생이나 좀 브레이크를 밟아. 사람은 브레이크를 밟아야 할 때를 알아야 하는 거야. 사람들이 말이야, 망해 먹을 때는 꼭 저러더라니까. 죽을 거 알면서도 끊지를 못해.

그는 가까스로 하나 남은 순정부품을 얻었다. 대리점 직원은 이제 이것으로 더 이상은 구할 수 없다고 냉정하게 말했다. 김 사장은 포르쉐를 완벽하게 수리해서 수입차 수리점을 하겠다는 꿈을 접었다. 그는 김 사장의 꾸지람을 듣지 않으려고 속으로 중얼거렸다. 자동차는 단순한 산업재가 아니라고. 자동차 엔진은 펄펄 끓는 심장이라고. 찐득찐득한 심장을 손아귀에 쥐어보면 사람이 달라지는 거야.

더구나 공랭식 포르쉐는 남자들의 로망이라는 거지. 이걸 타기 전에는 자동차를 탔다고 할 수 없어. 무엇보다 소리에 눈을 뜨게 되어 있거든. 심장이 뛸 때는 소리가 나. 소리는 살아 있다는 증거잖아. 이 자동차는 영혼을 품은 강철이라고. 당신이 뭘 몰라서 그래.

아버지의 트럭이 급커브를 돌다 맨땅에 콱 처박히며 뒤집히던 광경을 보았다. 공부를 한담시고 친구들과 어울려 담배 한 대씩 피우고 뒷골목을 빠져나오다가 공터에서 드리프트를 하는 아버지의 트럭을 본 것이다. 트럭이 넘어졌을 때 짐칸에서 쏟아지던 붉은 사과들, 알감자들, 그것들과 함께 짓이겨지던 붉은 감을 보았다. 아버지는 또 한 번의 응시에서 떨어졌으리라. 아버지는 또다시 떠돌아야 했을 테고, 울분을 어쩌지 못해 한밤의 공터에서 트럭을 달리다 콱 처박았을 게다. 트럭은 좌석 앞에 공간이 없어서 사고가 나면 핸들이 가슴과 배로 곧장 밀고 들어온다. 아버지의 심장과 내장이 짓이겨졌다. 그는 마지막 감이 트럭에서 떨어져 그대로 박살나는 소리를 들었다.

떠돌지 않으려고 그렇게 기를 쓰고 시험공부를 한 사람이 왜 차를 몰다 사고를 냈을까. 울분을 토하듯 거칠게 운전대를 꺾는 아버지를 몇 번 보았었다. 아버지가 돌아가신 뒤에 그는 그 사고를 여러 번 되짚어 보았다. 아버지는 트럭을 탔지만 어디로도 이동하지 못한 것이겠지. 트럭의 소리는 그토록 보잘 것 없었던 걸까.

친구 녀석은 비바람이 몰아치는 고속도로를 달렸다. 비바람이 몰아치는 고속도로만이 들려줄 수 있는 소리를 들으며 달렸을 것이다. 어쩌면 그런 도로에서 미끄러질 때만 들을 수 있는 소리가 있는지도 모른다. 미친 녀석을 받아주는 공간은 작은 차체 하나 만큼일 뿐인 게다. 그 차체 하나로 뚫고 가는 외길 만큼이었을 테다. 친구는 그 작은 차체로 뚫고 가는 길에서 들을 수 있는 모든 소리를 들으려 했던 것뿐인지도 모른다. 미친다는 건 그런 거니까. 고장 나는 곳이 또 고장이 나면 그 차는 버려야 하는 것이지. 그러나 녀석은 고장 난 곳이 매번 다시 고장 난다는 것을 모르는 척했지. 미친다는 건 그렇게 남김없이 탕진하는 거니까. 그는 토크 렌치의 눈금을 정밀하게 맞춰 브레이크 호스를 조였다. 그 역시 두 사람의 뒤를 따를지도 모른다. 그러나 지금 그만둘 수는 없었다. 누추한 공업사를 벗어나는 길은 소리를 타고 이동하는 길뿐이니까.

정지아

존재의 증명

ⓒ 이태건

1965년 전남 구례에서 태어나 중앙대학교 문예창작학과를 졸업하고 동 대학 대학원에서 석사 학위와 박사 학위를 받았다. 1996년 《조선일보》 신춘문예에 단편소설 〈고욤나무〉로 등단했다. 단편소설집 《행복》 《봄빛》 《숲의 대화》와 르포집 《벼랑 위의 꿈들》 등이 있다. 이효석문학상, 한무숙문학상, 오늘의 소설상, 노근리 평화문학상을 받았다.

그는 자신이 처한 상황을 전혀 알지 못했다. 이디오피아 하라를 다 마시기 전까지는. 2팝 초까지 중배전했는지 깊은 다크 초콜릿 향이 인상적인 하라였다. 하라는 랭보가 가장 사랑한 커피이기도 했다. 스무 살에 이미 시와 결별한 랭보는 연인 베를렌과도 결별한 후 세계를 떠돌았다. 그러다 자리를 잡은 곳이 이디오피아의 하라였다. 시를 버린 그는 하라에서 무기와 커피를 파는 무역상이 되었다. 시와 커피와 무기…… 이 세 가지는 공통점이 있었다. 없어도 인간이 사는 데 별 지장이 없다는. 저항과 반항의 상징이었던 시인 랭보는 삶 자체를 부정하고 싶었던 것일까? 그래서 마침내는 무기상이 되었는지도 모를 일이었다. 그는 무기상이 되었다가 병에 걸려 다리 하나를 자르고 서른일곱의 나이에 세상마저 버린 랭보의 삶이 꽤 마음에 들었다. 돈이든 여자든 목숨이든 하찮게 버릴 수 있는 인생이야말로 진짜 뽀대나는 인생이라는 게 그의 지론이었다. 지론을 되새기면서 그는 잔을 내려놓았다. 그리고 문득 한 생각이 스쳐갔다. 근데 내가 왜 여기 있지?

왜 왔는지 도무지 기억나지 않았다. 여기가 어딘지도 알 수 없었다. 머릿속이 구름에 잠긴 알프스 같았다. 알프스, 라는 단어에 뒤이어 한 장면이 떠올랐다. 구름이 눈처럼 소복이 쌓인 알프스 전경을 내려다보면서 누군가 신라면을 먹고 있었다. 본 듯이 선명한 장면이었다. 누군가는 그 자신일 수도 있었다. 알프스에 간 적이 있었는지 기억을 되짚었다. 루체른의 호수, 영혼의 약국이라 불리는 생 갈렌 수도원의 도서관, 마테호른의 설산 등등 여러 장면들이 떠오르긴 했다. 그러나 그게 영화나 드라마 속 장면인지 누군가의 블로그에서 본 사진인지, 혹은 그가 직접 경험한 장면인지 분명하지 않았다. 그만의 기억이라고 말하기에는 너무 널리 알려진 일종의 공공재였다. 그는 다시 자신의 뇌를 헤집으며 사적인 기억을 발견하려 노력했다.

곰곰 기억을 더듬던 그는 마침내 결론을 내렸다.

나는 기억을 잃었다.

이름조차 기억나지 않는다는 건 기억상실이 아니고는 설명할 수 없었다. 결론과 동시에 피식, 헛웃음이 새 나왔다. 기억상실이라니. 아침 드라마나 주말 드라마의 가장 식상한 소재가 그의 현실이 된 것이다. 드라마와 달리 지금 그가 처한 상황은 전혀 식상하지 않았다. 기억나지 않는 그의 과거가 롤러코스터 같았다 한들 이보다 참신하고 혁명적인 순간은 아마도 없었을 터였다.

흰 와이셔츠 차림의 청년이 그를 향해 다가왔다. 군중 속에서 익숙한 얼굴을 발견한 듯한 반가운 표정 때문에 그는 다소 마음을 놓았다. 청년과 그는 아는 사이가 분명했다.

"한 잔 더 드릴까요?"

말꼬리를 높일까 내릴까 잠시 고민하던 그는 내리기로 결정했다.

"네."

이 집의 하라는 한 잔 더 할 충분한 가치가 있었다. 빗방울이 마른

땅을 막 적시기 시작한 순간, 잠들었던 땅이 기지개를 켜면서 나야,
라고 나지막이 읊조리는 듯한 커피였다.

"저…… 저를 아시나요?"

이 정도 커피라면 그의 단골 카페일지도 몰랐다. 지금의 그라면
반드시 다시 찾을 맛이었다. 청년이 환하게 웃었다.

"그럼요. 단골이신데요. 게다가 하라를 찾는 손님은 많지 않지요.
식은 커피가 싫어서 완샷을 두 번 시키는 손님은 더더욱 없구요."

잠시 머리가 복잡했다. 단골 카페라고 해도 도와주세요, 내가 누
군가요? 나는 기억을 잃었어요, 라고 솔직하게 말할 수는 없는 노릇
이었다. 주인인지 직원인지 모를 이 청년이 단골손님에 대해 얼마나
알고 있을지도 미지수였다.

"저에 대해 또 알고 계시는 게 있나요?"

손님이 할 만한 질문은 물론 아니었다. 그러나 그의 머릿속에 떠
오른 수많은 질문 중에서는 가장 무난했다. 눈빛에 약간의 의아함이
담겼지만 청년은 선선히 대답했다.

"비가 오는 날에는 피베리를 드시죠."

케냐의 피베리는 하나의 체리 안에 두 개가 아닌 하나의 생두가
들어 있는 커피콩이다. 두 개의 생두에 들어갈 맛을 한꺼번에 간직
하고 있다고 해서 커피의 에센스라고 불리기도 한다. 청년의 말을
듣는 순간 아마도 위키백과에 적혀 있을 법한 문구가 술술 떠올랐
다. 적어도 한 가지는 알게 된 셈이었다. 과거의 그는 커피에 대해 잘
알고 커피를 좋아하는 사람이었다. 기억을 잃은 지금 떠오르는 정보
들이 옳다고 가정한다면 그, 보다 정확하게 그였던 자의 커피 취향

은 더할 나위 없이 훌륭했다.

"처음 피베리를 드셨을 때 왜 피베리를 좋아하시냐는 제 질문에 답하셨던 거, 기억나세요?"

물론 기억나지 않았다. 그는 지금 제 이름조차 기억하지 못하는 처지였다. 그는 모호한 해석을 기대한 채 어깨를 으쓱해 보였다.

"서운해서라고, 첫 키스한 여자를 집에 들여보내고 돌아선 기분이라고, 피베리를 두고 그런 말은 첨 들었거든요."

청년이 이를 드러낸 채 활짝 웃었다. 교정한 듯 가지런한 이가 지나치다 싶을 만큼 새하앴다. 너무 완벽해서 살아 있는 몸의 일부처럼 느껴지지 않았다. 어쩐지 대화를 중단하고 싶은 마음이 들었지만 지금은 취향을 따질 계제가 아니었다. 어떻게든 청년으로부터 그에 대한 가급적 많은 정보를 얻어야만 했다

"제가 뭐 하는 사람 같으세요?"

"공부하는 분 아니세요?"

청년의 말을 듣고서야 그는 자신의 나이도 모른다는 당연한 사실을 깨달았다. 거울로 제 얼굴을 비춰보고 대충의 연령대를 짐작해야 할 판이었다. 어림잡아 마흔에 가까운 나이로 보이지는 않는 듯했고 대학생보다는 들어 보이는 듯했다. 청년의 나이가 이십대 후반 정도, 그가 대학생으로 보였다면 손님이라고 해도 지금처럼 깍듯한 존대를 하지는 않았을 터였다.

"왜 그렇게 생각하셨는데요?"

"아무 때나, 불규칙하게 들르셔서요. 하루에 두세 번씩 들르실 때도 있고, 자주 책을 읽으시기도 하고 그래서 이 근처 사시는 대학원

생이신가 보다 했죠."

그럴 듯했다. 하루에 두세 번씩 카페에 들락거렸다면 일단 직장인
은 아닐 터였다. 뭐 백수일 수도 있을 테지만. 이 근처 살 거라는 청
년의 추론도 맞을 듯했다. 커피에 미치지 않고서야 하루에 두세 번
씩 먼 거리의 같은 카페에 드나들지는 않을 테니까. 동네마다 좋은
생두를 직접 로스팅하는 괜찮은 커피 전문점들이 우후죽순으로 생
기는 판이었다. 그러고 보니 그의 기억은 그 자신에 대한 정보만 싸
그리 지워진 것 같았다. 원래 기억상실증이라는 게 그런 건지 그의
경우만 특수한 것인지는 알 수 없었다. 기억상실증에 걸릴 줄 알았
다면 아침 드라마를 봐 둘걸. 기억나지 않는 과거가 처음으로 후회
스러웠다. 드라마의 식상한 단골 소재에 대해 정작 그는 아는 게 없
었다.

"그밖에 저에 대해서 아시는 게 있나요?"

그는 자신의 질문이 기억상실증에 걸린 사람의 것으로 느껴지지
않게 최대한 평온하게 물었다. 다행히 청년이 그를 환자나 이상한
놈으로 여기는 것 같지는 않았다. 인문학이 유행인 시대니까 자기발
견 혹은 자기반성의 노력쯤으로 해석했을 수도 있었다.

"글쎄요. 늘 혼자 오시고 워낙 말을 걸지 않으셔서…… 이렇게 길
게 대화를 나눈 건 오늘이 처음인걸요. 그럼……."

잠시 뒤 청년은 새로 내린 하라를 들고 다시 나타났다. 청년이 그
의 자리로 다가올수록 하라 특유의 흙 향이 짙어졌다. 찻잔은 발퀴
레 로씨의 블랙 스트라이프였다. 하라와 로씨, 나쁜 조합은 아니었
다. 그러나 찻잔을 내려놓는 청년의 새하얀 이처럼 지나친 감이 있

었다. 하라에는 뭐니뭐니 해도 안캅의 팔레르모였다. 에스프레소 잔은 형태든 무늬든 집중력을 흐트러뜨려서는 안 된다. 기본에 충실한 팔레르모는 아무 장식이 없음에도 불구하고 그 형태만으로 완벽했다. 단순하지만 흠 잡을 데 없는 완벽함. 대지의 향을 품기에 가장 적절한 조합이었다.

로씨의 블랙 원심형 무늬가 거슬리긴 했지만 깊은 대지의 향이 그를 사로잡았다. 그는 로씨 손잡이를 엄지와 검지로 붙잡았다. 그는 작은 에스프레소 잔에 적합한 자신의 긴 손가락이 마음에 들었다. 손가락 모양이 발퀴레의 명성에 흠이 되지 않도록 각도를 조절하면서 그는 찻잔을 들어올렸다. 몇 년 전부터 발퀴레가 유행하면서 카피품들이 판을 치고 있었다. 그러나 이 카페의 발퀴레는 진품이었다. 잔의 모양을 흉내 내기는 쉽지만 이 무게감까지 흉내 내기란 쉽지 않다. 찻잔의 무게감을 즐기면서 그는 하라를 한 모금 입에 머금었다. 가장 먼저 은은한 신맛이 제 존재감을 드러냈고 그 맛을 채 음미하기도 전에 다크 초콜릿 향이 치고 올라왔다. 삼키고 나자 달달한 허니 향이 오래도록 입 안에 맴돌았다. 자신이 누구인지도 모르는 난감하기 짝이 없는 이 상황조차 잠시 잊을 만한 맛이었다. 적당한 반응인지는 알 수 없지만 약간의 여유가 생겼다. 그게 커피에 대한 예의이기는 했다. 밤샘 기도하는 수사들의 잠을 깨우기 위한 용도로 탄생했다는 설도 있지만 설령 그렇다 한들 오늘날까지 각성제 대용쯤으로 여기는 건 커피에 대한 예의가 아니다. 커피는 소환의 마력을 지니고 있다. 가슴 시린 이별, 탈락의 고배, 자위의 허무, 그 모든 것들로부터 커피는 인간을 소환하여 오롯이 저를 느끼게 만든다. 가만히 무릎 꿇고 무장해제한 채 몸을 맡기는 것이 마력에 대한 예의인 것이다. 어쩌면 자신이 누구인지를 잊은 지금이 커피를 음미하기에는 최적의 순간인지도 몰랐다.

에스프레소는 세 모금만에 사라졌다. 그는 그를 다시 소환했다. 물론 과거의 그는 여전히 소환되지 않았다. 에스프레소 한 잔에 기억상실증 치료의 마법까지 기대할 수는 없는 노릇이라 딱히 서운하거나 실망스러울 건 없었다. 그는 천천히 몸을 일으켰다. 어디로 가야 할지 막막했다. 그렇다고 카페에서 언제까지 뭉갤 수는 없었다. 카페에 대한 예의가 아니었다. 카페는 커피와 커피 향을 위한 공간이다. 좋은 카페의 공기는 시시콜콜한 잡담이 아니라 커피 향을 머금고 있다. 그 공기 속으로 간혹 이른 봄의 빗소리 같은, 톡톡, 커피 내리는 소리가 스며든다. 커피 향에 몸과 영혼을 잠시 적시는 곳이 바로 카페다. 적당히 우울하고 적당히 평화롭고 적당히 고요한 곳에서는 잠시 머무는 것이 좋다. 무엇보다 의자가 그를 거부하고 있었다.

이 카페의 의자는 토넷 No. 14였다. 1859년에 처음 생산된 토넷 No. 14는 160년 가까이 판매되고 있는 불멸의 베스트셀러다. 이 녀석을 만든 미하일 토넷은 금형틀 안에 나무를 넣고 구부리는 획기적인 기술을 발명했다. 한마디로 산업혁명기의 기념비적 작품인 것이다. 역사상 최초로 대량생산된 녀석이기도 하다. 그러나 그가 이 녀석을 좋아하는 것은 역사적 기념비라서가 아니다. 녀석은 의자가 갖춰야 할 가장 단순한 것만을 가지고 있다. 더 이상 뺄 것 없는 단순한 미학이 마음에 들 뿐이다. 미니멀리즘에서는 제스퍼 모리슨의 에어 체어가 유명하지만 너무 들어내서 앙상한 느낌이랄까. 에어 체어 이전에 만든 플라이 체어가 그의 취향에는 한결 낫긴 하다. 그래도 역시 토넷 같은 완전성은 느껴지지 않는다. 토넷의 유일한 단점이라면 엉덩이가 배긴다는 정도? 물론 쿠션을 깔면 낫겠지만 그건 녀석의 단순성을 배신하는 행위라고 할 수 있다. 녀석에 대한 예의 역시 적당한 시간에 떠나주는 것이다.

그는 옆 의자에 놓여 있던 코트를 집어 들었다. 그의 것인지 장담할 수 없었지만 그의 테이블에 있는 것이니 그의 것이라고 짐작해도 괜찮을 터였다. 습관처럼 코트 안주머니에서 지갑을 꺼내던 그는 자신의 어리석음에 잠시 당황했다. 자신의 기억, 그러니까 자신의 정체를 찾을 수 있는 모든 정보는 지갑에 있었다. 그걸 지금까지 생각하지 못했던 것이다. 자신의 신분을 밝힐 수 있다면, 그러니까 돌아갈 곳이 정해진다면, 나머지 기억이야 천천히 찾아도 괜찮았다. 집이라는 공간에 그의 기억을 되찾아줄 가족도 있을 테고, 그와 시간을 함께한 일기장이든 뭐든 기록이나 물건이 있을 테니까.

3단 가죽 지갑이 손에 잡혔다. 오래 사용한 듯 길이 잘 든 가죽이었다. 3단 지갑이라는 것도 꽤 만족스러웠다. 장지갑은 가방을 일상적으로 들고 다니는 남자가 아니고는 몸에 지닐 수가 없다. 2단 지갑은 윗주머니에 넣으면 옷태가 나지 않고, 바지 주머니에 넣으면 옷태가 나지 않을 뿐만 아니라 지갑의 형태까지 망가진다.

그는 급히 지갑을 열었다. 지갑 안은 토넷 No. 14만큼이나 단순했다. 주민등록증이나 운전면허증은 물론 그 흔한 카드조차 없었다. 든 것이라곤 빳빳한 5만 원권 몇 장뿐이었다. 허탈했다. 동시에 그는 안도했다. 신분을 찾지 못한 것은 허탈했지만, 지갑 안이 각종 영수증이나 명함 따위로 너저분하지 않은 것에 안도한 것이다. 앉아 있는 공간이나 소지품의 상태나 그는 자신의 취향이 썩 마음에 들었다. 기억을 찾지 못하는 것은 물론 두려웠다. 그러나 사라진 기억 속의 자신이 허접쓰레기 같은 취향을 가졌을지도 모른다는 것은 두려움을 넘어선 공포였다.

그는 약간의 두려움에 떨면서 코트의 양쪽 주머니를 뒤졌다. 손안에 쏙 들어온 것은 아이폰 7이었다. 이건 약간 의외였다. 아이폰이라는 것을 확인한 순간 아이폰을 가짐으로써 자신이 특별해졌다고 생각하는 사람들에 대한 약간의 거부감이 들었기 때문이다. 게다가 지금까지 밝혀낸 자신의 취향이라면 아이폰은 아닐 것 같았다. 단순하고 튀지 않는 것을 좋아하는 성향의 소유자가 아이폰이라니. 어쩌면 사진 찍기를 좋아하는 사람일 수도 있긴 했다. 사진이라면 역시 아이폰이었다. 이런 앱등이애플 제품만 선호하는 사람을 일컫는 조어 같은 발언이라니!

이래서 아이폰을 쓰는 건가 의심하면서 그는 즐겨찾기를 검색했다. 어떤 번호도 기록되어 있지 않았다. 연락처를 다시 검색했다. 단 하나의 번호조차 저장되어 있지 않았다. 뭔가 이상했다. 그의 손길이 빨라졌다. 하다못해 대출이나 대리 운전 같은 스팸 문자조차 없이 깨끗했다. 카톡 또한 마찬가지였다. 등록한 친구가 없는 것은 물론 주고받은 대화의 기록도 남아 있지 않았다. 프로필 사진으로 자신의 사진 대신 블랙의 루이 고스트 체어 사진이 올라 있을 뿐이었다. 아무리 깔끔한 성격이라고 해도 지갑과 휴대폰에서 단 하나의 정보조차 찾을 수 없다는 건 자연스럽지 않았다. 기억을 잃기 직전

스스로 모든 기록을 지웠거나 누군가 의도적으로 지웠다고밖에는 생각할 수 없었다. 도대체 왜? 도대체 누가?

그는 여기에라도 제발 단서가 있기를 바라는 간절한 마음으로 트위터를 열었다. 첫 계정은 프로필 사진조차 채워 넣지 않은 알계였다. 타임 라인에도 자신의 정보는 담겨 있지 않았다. 다른 트위터에서 알티RT해온 글과 음식 사진 몇 개가 전부였다. 이른바 구독계였다. 다음 계정으로 전환했다. 조명에 관한 알타라는 것 외에 마찬가지였다. 총 네 개의 트위터 계정이 비슷했다. 각 트위터마다 음식, 의자, 조명, 여행에 관한 남의 글과 사진들이 가득 차 있었다. 기억을 잃은 그가 떠올렸던 커피와 의자에 관한 정보의 출처가 트위터였던 것이다. 자신의 신분을 여전히 모르는 채였지만 자신의 전부를 알게 된 느낌이었다.

그는 여행에 관해 기억을 잃기 전의 그가 남긴 알티들을 훑어보면서 곰곰 생각에 잠겼다. 이름이 뭔지 어디 사는지 가족이 누군지 어떤 학교를 나왔는지, 그에겐 그다지 중요하지 않았다. 그래도 알아내긴 해야 했다. 자신의 신분을 찾지 않고는 오늘 밤 당장 가야 할 곳이 없었고, 학력이나 경력을 알지 못하고는 돈 벌 방도가 막막했다.

그는 외투를 입고 카운터로 다가갔다. 청년이 점점 더 신경을 긁기 시작한 하얀 이를 드러내며 환히 웃었다. 그는 5만 원권 한 장을 내밀었다.

"제가 여기 온 게 몇 시쯤이었죠?"

"한 시간 전쯤이요. 보통 한 시간 이상 계시지 않으시잖아요?"

그는 거스름돈을 받으며 다시 물었다.

"제가…… 혼자 왔나요?"

누가 들어도 이상한 질문이었다. 치매 환자가 아니고는 물을 수 없는 질문이었다. 그러나 물어야 했다. 알아야 했다.

"네."

청년이 걱정스러운 눈길로 그를 한참 바라보았다. 그는 불쾌했다. 그라면 티내지 않았을 것이다. 남의 아픔은 아는 척하는 게 아니다. 잘 아는 사이가 아닐 때는 모른 척해주는 게 최고의 위안이다. 설령 친한 사이라고 해도 모르는 척해주는 게 더 좋을 때가 많다. 그러나 지금은 타인의 싸구려 걱정이라도 붙잡아야 했다. 그는 불쾌함을 감추고 공손하게 다시 물었다.

"여기서 제일 가까운 경찰서가 어딘가요?"

그는 기억을 잃었다는 명백한 고백을 하는 게 죽기보다 싫었다. 아마 그는 자존심이 꽤 강한 사람이었던 모양이다. 다행히 청년은 더 이상 묻지 않고 친절하게 대답했다.

"종로경찰서인가? 그건 잘 모르겠고 파출소라도 괜찮다면 서운 파출소가 가깝죠. 걸어가셔도 돼요."

답변은 친절했지만 청년의 얼굴에서 웃음이 사라졌다. 자연스러운 척하기로 작정한 사람의 경직된 표정이 웃음을 대체했다.

"길은 아시죠? 조금 내려가서 우회전, 그리고 죽 직진하시면 돼요."

이 근처에 사는 사람일 거라고 추측했다는 조금 전과는 백팔십도 다른 대답이었다. 그는 가벼운 목례를 남기고 거리로 나섰다.

거리는 익숙했다. 조금 전의 카페가 익숙했듯. 청년의 말대로 이 근처에 집이 있을 확률이 높았다. 수예품을 파는 공방, 뜨개질가게가 연달아 나타났다. 수제 인형을 파는 가게도 있었다. 그는 가게들을 가볍게 스쳐 지났다. 마음이 급하기도 했지만 마음이 끌리지 않았다. 수예? 저런 걸 어디에 쓰지? 뜨개질? 요즘 기계가 얼마나 정교한데. 알파고의 시대에 고작 사람의 손을 믿다니. 인형? 차라리 고양이를 키우겠다. 이게 그의 즉각적인 반응이었다. 편의점을 지나치면서 그는 생각했다. 20세기 최고의 공간이지. 김혜자는 대한민국 청년들의 진정한 어머니야. 일용할 양식을 주시잖아. 이것이 기억을 잃은 그만의 생각인지 기억을 잃고서도 남아 있는, 그러니까 기억을 잃고도 관통되는 일관된 생각인지는 알 수 없었다. 특색 없이 브랜드를 파는 몇 개의 프랜차이즈 커피 전문점과 간판만 봐도 정통일 것 같은 평양냉면집을 지나치자 청년이 말한 파출소가 나타났다.

출입문 앞에서 그는 잠시 숨을 골랐다. 10여 분 걷긴 했지만 심장 박동이 늦춰지지 않는 걸 보니 예전의 그는 파출소라는 공간에 익숙하지 않은 인생을 살아온 모양이었다. 그는 심호흡을 하고 결연한 각오와 함께 문을 열었다. 대낮의 파출소는 다행히도 혹은 불행히도 아까의 카페보다 한가로웠다. 그 결과 세 명의 경찰이 동시에 그를 바라보았다. 제복을 입은 자들이 동시에 보내는 시선은 어쩔 수 없이 위압적이었다. 심장이 더 떨렸다. 돌아서고 싶은 마음이 굴뚝같았지만 그는 간신히 걸음을 옮겨 개중 똑똑해 보이는 경찰에게 다가갔다. 순한 인상을 선택할까 잠시 고민했지만, 불편함을 참는 것이 멍청함을 참는 것보다는 쉬웠다.

"무엇을 도와드릴까요?"

뜻밖에 경찰의 어조는 카페 청년만큼이나 다정하고 친절했다.

"뭘 분실하셨나요?

분실과 상실은 무엇이 다를까 잠시 생각하다 그는 고개를 끄덕였다.

"뭘, 어디서 분실하셨죠?"

경찰이 뭔가를 찾으며 물었다. 분실물 접수 서류를 찾는 것일 터였다. 그러나 그의 기억은 그 서류에 분실 신고를 할 만한 게 아니었다.

"기억이요."

다른 일을 하던 나머지 경찰들까지 일제히 그를 쳐다보았다. 얼굴이 상기되는 게 느껴졌다. 어쩌면 아까 불편했던 건 제복의 시선이 아니라 그냥 낯선 자의 시선이었을지 몰랐다. 그는 기억의 유무와 상관없이 자신에 대해 속속들이 동의할 수 있을 것 같았다.

"젊은 사람이 대낮부터 이게 무슨……."

"정말입니다. 갑자기 아무것도 기억이 나지 않아요. 제 이름도요. 어디 살았는지도 모르겠어요. 제가 누군지 좀 찾아주세요."

앞자리의 경찰이 그의 얼굴과 행색을 찬찬히 살폈다.

"실없는 장난칠 사람 같지는 않은데…… 그게 정말이요?"

"정말이라니까요?"

"지갑이나 휴대폰…… 뭐 그런 것도 없어요?"

그는 지갑과 휴대폰을 경찰에게 건넸다. 뒤져보던 경찰이 아까의 그와 똑같이 낭패스러운 얼굴로 다시 그를 바라보았다.

"뭐가 이래? 지갑이야 그렇다 쳐도 휴대폰에 번호 하나 저장되어 있지 않다는 게 말이 됩니까?"

"그러니까 여기로 왔죠."

호기심을 느낀 다른 경찰들까지 그의 앞으로 모여들었다.

"자기 번호는 알 수 있잖아? 그 번호부터 조회해보지?"

"아니죠. 지문 조회가 더 빠르죠. 확실하고. 자기 명의로 휴대폰을 개설했다는 보장도 없지 않습니까?"

자기들끼리 갑론을박하던 경찰들은 가장 어린 경찰의 말에 고개를 끄덕였다.

"일단 지문 조회부터 해봅시다."

"설마 지문이 없어진 건 아니겠지? 뭐 그런 드라마들 많잖아."

우스갯소리를 꺼낸 경찰이 찔끔했는지 그의 눈치를 살폈다.

"아니, 이런 경우는 머리털 나고 처음이라…… 이런 건 드라마에서나 있는 일인 줄 알았지. 살다 보니 이런 일도 보네. 오래 살고 볼일이야. 아무튼 맘이 맘이 아닐 텐데 미안해요."

경찰의 마음을 백번 이해하고도 남았다. 그 역시 자신의 일만 아니었다면 경찰과 똑같은 반응을 보였을 것이다.

"잠깐 소파에 가서 기다려요."

그러나 그는 경찰의 친절한 안내에 따를 수 없었다. 취향이고 뭐고 오직 함부로 앉기 위해 만들어진, 싸다는 것 외에 아무 장점도 없는 인조 가죽 의자였다. 죽은 쥐색, 이라는 표현이 적합한 색상이었다. 원래는 그레이였겠지만 파출소에 드나드는 수많은 사람들의 분노와 좌절과 알코올이 스민 그 소파는 지금에 와서는 죽은 쥐색이라고밖에 달리 설명할 길이 없었다. 취객들이 주로 머물다 가는 자리인지 쉰 술 냄새가 역했다. 기억이고 뭐고 당장 이 자리를 벗어나고 싶은 마음이 굴뚝같았다.

잠시 뒤 경찰이 그를 불렀다. 어쩐 일인지 당황한 기색이 역력했다.

"나왔습니까?"

"그게…… 없습니다. 없어요!"

지문이 등록되어 있지 않을 몇 가지 경우의 수가 떠올랐다. 대한민국에서 주민등록증이 언제 발급되는지 생각했지만 알 수 없었다. 다른 많은 정보들을 기억하면서 주민등록증 발급에 대한 정보가 없다는 건 한국 국적이 아닐 수도 있다는 의미였다. 경찰도 같은 생각을 한 모양이었다.

"생김새나 한국말 수준으로 봐서 외국인 노동자는 아닌 것 같고…… 저기, 영어로 말 좀 해 봐요!"

"네?"

"교포면 영어를 잘할 거 아닙니까?"

"재일 교포도 있는데요?"

"아 그렇긴 하지만 뭐니뭐니 해도 교포는 미국 교포죠."

"익스큐즈 미. 웨어 아 유 프롬?"

곁에서 흥미롭게 지켜보던 젊은 경찰이 교과서에 나올 법한 영어로 그에게 말을 걸었다. 순진무구한 영어에 피식 웃음을 터뜨리며 그는 답을 하기 위해 입을 열었다. 그러나 아무 말도 나오지 않았다. 영어를 몰라서는 아니었다. 아임 프롬을 생략하고 나라만 말하려 했던 것인데 자신이 과연 아메리카에서 왔는지 잉글랜드에서 왔는지 뉴질랜드에서 왔는지 아무것도 떠오르지 않았던 것이다. 그가 쑥스 러워한다고 생각한 것인지 젊은 경찰이 더 따박따박 물었다. 예의상 기억나지 않는다는 말이라도 해줘야 할 것 같았다.

"아 돈 리콜 왓 랜드 아 켐 프롬I don't recall what land I came from."

그의 정체를 밝혀내기라도 한 것처럼 경찰 셋이 동시에 박수를 쳤다.

"맞네. 미국 교포 맞아! 발음이 김 순경하고는 완전 차원이 다르 구만."

그의 생각에도 그랬다. 지금 그가 한 영어는 영국 억양의 보스턴 사투리에 가까웠다. 미국 중에서도 동부 뉴욕 부근에 거주했을 가능 성이 높았다. 중요한 사실을 밝혀내긴 했지만 더 큰 난관이 기다리 고 있었다. 미국 국적이라면 여권 혹은 사회보장카드를 찾아내거나 두 가지의 고유 번호라도 스스로 기억해내야 했다. 그것 외에 자신 이 미국인임을 입증할 길이 없었다. 당혹스럽기는 경찰들도 마찬가 지인 듯했다.

"그럼 그 뭐냐, 여권을 찾아야지, 여권을. 여권 없어요?"

"지금은 없어요. 집을 찾아내면 아마 거기 있겠죠."

집을 찾을 가능성은 이제 휴대폰 추적뿐이었다. 그러나 그 또한 성과가 없으리라는 불길한 예감이 들었다. 그가 갖고 있는 모든 소 지품이 그의 정체를 밝히는 데 실패했다. 이유는 알 수 없지만 휴 대폰 추적도 마찬가지일 것 같았다. 불길한 예감은 틀리는 법이 없 다는 진실은 이번에도 어긋나지 않았다. 개통자가 62세의 부산 사는 남자였던 것이다. 게다가 그 남자는 최근 사망 신고된 상태였다. 62세의 송기갑이라는 남자가 자기 자신도 기억하지 못하는 그의 기억 속에 남아 있을 리 만무했다.

자신의 일처럼 최선을 다했던 친절한 경찰들은 그 이상으로 낙담한 듯했다. 사실 그는 낙담한 것은 아니었다. 그저 난감했을 뿐이었다. 그는 여전히 신분과 살아온 이력을 반드시 알아야 하는 것인지 고민하고 있었다.

"너무 걱정은 마세요. 통신사에 통화 기록을 조회하든가 복구센터에 의뢰하고, 송기갑 씨 가족을 수소문하면 뭐라도 단서가 나올 겁니다. 개통한 지 1년 됐다니까 두 분이 서로 아는 사이일 수도 있어요. 그런데 당장 오늘은 어쩌지요? 본인 명의가 아니니 우리가 통화 조회를 의뢰한다 해도 최소 하루는 걸릴 텐데요. 어디 갈 데는 있습니까?"

김 순경이 걱정스러운 눈길로 물었다. 갈 데가 자기 집이나 친구 집만은 아니었다. 그보다 더 편한 게 천지에 널린 모텔이요, 호텔이었다. 모텔 정도라면 지금 가진 돈으로 며칠은 버틸 수 있었다. 그러나 모텔 같은 곳에 여자도 없이 혼자 묵고 싶지는 않았다. 그건 모텔의 존재 이유에도 어긋나는 일이었다. 여자가 그립지도 않았다. 기억을 잃었고 빠른 시간 안에 잃어버린 기억의 실마리를 찾을 가능성도 없어 보이는 지금, 가장 그리운 건 아늑한 침대였다. 면 80수 거위털 침구가 세팅된. 고작 두 시간 남짓 기억나는 하루가 길고 고단했다. 어쩌면 평소의 그는 조금 전 카페에서 걸어온 길을 지나 집으로 돌아갔을지 몰랐다. 그 길에 무슨 단서가 있는 건 아닐까? 그는 십 분 남짓 걸어온 길을 찬찬히 되짚다가 두 개의 감시 카메라를 발견했다. 그가 모르는 그의 시간을 간직하고 있을 감시 카메라였다. 그는 빠른 걸음으로 다시 파출소로 향했다.

그가 김 순경을 대동하고 간 곳은 경찰서를 지나 처음 나온 감시 카메라가 설치된 편의점이었다. 세 시간 전, 그러니까 1시 23분에 그는 지금과 똑같은 모습으로 편의점 앞을 지나고 있었다. 코트며 걸음걸이며 누가 봐도 그였다. 다음 티브이는 사거리 횡단보도 옆에 있었다. 김 순경이 기웃거리는 그의 옷자락을 잡아끌었다.

"일단 파출소로 가요."

"어디로 연락하면 볼 수 있는지 알아봐야죠."

"우리 파출소에서 다 볼 수 있어요. 아파트 내부만 자체적으로 관리하고 도로나 주택가 감시 카메라는 다 파출소에서 실시간으로 봐요."

역시 과학기술의 힘은 위대했다. 인간이 편리를 추구하는 존재라는 점에서 그는 인간의 이러저러한 단점들을 용서할 수 있었다. 인간이 효율과 편리를 추구하지 않았다면 그가 좋아하는 토넷 No. 14도 안캅의 팔레르모도 순면 80수의 실키한 감촉도 존재하지 않았을 것이다.

그는 감시 카메라 여기저기 출연했다. 기억을 상실할 줄 알고 일부러 흔적을 남기기라도 한 것 같았다. 불과 몇 시간 뒤에 벌어질 일을 상상조차 하지 못했을 걸음걸이에서는 적당한 긴장감과 여유가 느껴졌다. 허리를 꼿꼿이 세운 채 사람들과 1미터 이상 거리를 유지하는 건 습관인 듯했다. 적당한 긴장감은 그로 인한 것이었다. 적당한 보폭과 느린 속도는 자신에 대한 만족감과 여유에서 연유한 것일 거라고 그는 추측했다. 사람을 대하는 태도도 스스로에 대한 자족감도 마음에 들었다.

그의 흔적은 아파트 앞 2차선 도로 횡단보도에서 사라졌다. 1시 10분이었다. 그가 건너온 횡단보도 뒤로는 대형 아파트 단지가 있고, 좌회전해서 조금 올라가면 주택가였다. 그러나 12시까지 검색했지만 주택가 맨 첫 감시 카메라에 그의 모습은 나타나지 않았다.

그는 아파트 근처에 가면 혹 어떤 기억이라도 떠오르지 않을까 기대했다. 감시 카메라 속에서 자신이 건넜던 횡단보도 앞에 섰지만 막연히 익숙한 느낌뿐이었다. 아파트에 들어서도 마찬가지였다. 김순경이 입회한 덕분에 다행히 곧장 감시 카메라를 확인할 수 있었다. 횡단보도를 건넌 그는 1시 7분, 아파트 진입 차량 감시 카메라에 나타났다. 그 뒤로 한동안 보이지 않았다. 감시 카메라는 각 동의 출입문마다 설치되어 있었고, 그는 아마 차도 건너편으로 걸은 모양이었다. 시간이 꽤 걸리는 작업이었는데도 관리사무소 담당자는 짜증 내지 않고 시간대에 맞춰 각 동의 출입구 감시 카메라를 일일이 다 확인했다. 기억을 잃었다는 구구절절한 설명을 하긴 했지만 그가 다 미안할 지경이었다. 그는 흘깃 담당자의 카키색 유니폼 상의에 적힌 이름표를 확인했다. 감시 카메라 덕분에 정말 집을 찾게 된다면 마음의 선물이라도 해야 할 것 같았다. 누군가 엘이디 등을 켰다. 셋 다 화면에 집중하느라 어둠이 내리는 것도 느끼지 못했다. 몇 시간 동안 화면에 집중한 탓에 눈이 시렸다. 계속 깜빡이지 않으면 눈을 뜨고 있기가 힘들 정도였다. 인공 눈물이 필요했다. 그러나 주머니에 휴대폰과 지갑 외에는 아무것도 들어 있지 않았다. 그는 눈 밑을 있는 힘껏 눌렀다. 찍, 쥐어짜기라도 한 듯 눈물이 솟았다.

"여기 있다! 211동이네!"

눈물로 앞이 번져 보이는 와중에도 그의 모습이 명확히 보였다. 화면 속의 그는 뒷걸음쳐 엘리베이터 안으로 들어갔다. 엘리베이터는 7층에서 멈췄다. 거기까지 확인한 그는 벌떡 자리에서 일어났다. 담당자가 수화기를 들며 그의 허리춤을 잡았다.

"기다려요. 발품 팔 게 뭐 있어요? 인터폰으로 알아보면 되지."

먼저 인터폰을 누른 701호는 응답이 없었다. 702호는 세 번 신호음이 울린 뒤 젊은 남자가 인터폰을 받았다.

"여기 관리실입니다. 같이 사는 동거인이 있는지 물어도 되겠습니까? 기억을 잃으신 분이 있는데 혹 그 댁에 사는 분이 아닌가 싶어서요."

"누나랑 둘이 삽니다. 여기 아니에요."

젊은 남자는 냉정하게 인터폰을 끊었다. 701호의 부재한 주인이 바로 그였다. 그는 80수 순면 거위털 침구의 감촉을 떠올리며 걸음을 옮겼다.

이번에는 김 순경이 그의 발길을 막았다.

"701호가 자가인지 전세인지 좀 알 수 있을까요? 그래야 이 분 신원을 확인할 수 있어서요."

담당자가 컴퓨터에 새 파일을 띄웠다.

"자가 소유네요. 근데 소유주가 이 분은 아닌데요. 연세가 있으세요. 여자구요. 53년생 송경자 씨가 소유주네요."

김 순경이 의미심장한 눈빛으로 그를 바라보았다. 말 없이도 시선의 의미를 이해할 수 있었다. 핸드폰 개통자와 비슷한 연배에 성도 비슷하니 뭔가 연관성이 있을 거라 생각한 모양이었다. 그 또한 같은 생각이었다. 그러나 그는 더 이상 아무것도 궁금하지 않았다. 자기 집이라는 701호에서 쉬고 싶을 따름이었다. 자신이 누구든 상관없었다.

"일단 오늘은 쉬면 안 될까요? 너무 긴 하루여서…… 나머지는 내일 찾아뵐게요."

김 순경이 이해한다는 듯 고개를 끄덕였다. 그는 정중한 인사를 남기고 돌아섰다.

"701호! 기다려요."

집을 찾은 그에게는 최소한 701호라는 호칭이 생겼다. 그 호칭을 찾아준 사람이 그를 불렀다. 별 수 없이 그는 멈춰 섰다. 주지도 받지도 않는 게 최선이지만 받은 이상 갚아야 했다. 오늘 오전까지의 그도 그러했을 터였다.

"비밀번호는 기억납니까?"

넘어도 넘어도 새로운 관문이 앞을 막아서는 꼴이었다.

"기다려요. 같이 갑시다."

감시 카메라 담당자가 앞장서자 다른 직원 하나가 뒤따랐다. 자기 집을 가는 길인데 그는 남의 뒤를 따를 수밖에 없었다. 길은 익숙했지만 211동 가는 길은 기억나지 않았다. 출입문으로 들어섰다. 감시 카메라가 두 남자의 뒤를 따르는 그의 모습을 찍고 있을 터였다. 감시 카메라 사각지대는 20여 미터, 그는 자신이 감시 카메라를 의식하고 있음을 깨달았다. 엘리베이터 안에서 그는 7층 버튼을 누른 뒤 맨 앞에 섰다. 그리고 고개를 숙였다. 감시 카메라가 없었다면 집을 찾을 수 없었겠지만 집을 찾은 지금까지 감시 카메라에 노출되고 싶지는 않았다.

직원들은 도어록의 비밀번호를 쉽게 해제했고, 덕분에 그는 자신의 집이라는 곳에 마침내 입성할 수 있었다. 그들의 친절이 그는 진심으로 고마웠다. 동시에 내일부터가 염려스러웠다. 그들은 그의 삶에 개입했고, 최선의 친절을 베풀었다. 그래서 아는 사이가 되었다. 적당히 아는 사이에서 지켜야 할 예의들이 당장 내일부터 그의 자유를 구속할 터였다. 그는 예전의 자신이 진정성이라는 말에 알레르기가 있을 거라 추측했다. 어떤 종류든 진정성은 사람을 구속한다. 가구나 커피는 사람을 구속하지 않는다. 고로 가구나 커피가 더 좋다. 이게 기억을 잃기 전부터 기억을 잃은 지금까지 연속되는 그의 동일성일 거라고 그는 확신했다.

그는 그들의 친절에 응하는 최선의 인사를 하고 자신의 집이라는 곳에 발을 디뎠다. 흔한 센서 등이 가장 먼저 그를 맞을 거라는 예측은 기분 좋게 빗나갔다. 현관 천정을 보기도 전에 그는 로스 러브그로브가 디자인한 코스믹 리프 세레이즈의 엘이디 등이라는 것을 알아차렸다.

애플의 맥과 소니의 워크맨 디자이너로 유명한 러브그로브는 주로 자연에서 영감을 받아 캡틴 오가닉이라는 별명으로 널리 알려졌다. 리프 세레이지 등은 빛이 잎사귀 모양을 타고 흘러나와 자연스러운 음영을 만든다. 디자인은 그의 취향에 다소 과했지만 빛의 흐름과 음영은 캡틴 오가닉이라는 별명에 걸맞게 자연의 빛 그 자체인 듯 자연스러웠다.

거실 등을 켜지 않아도 거실의 전경이 부드러운 어둠 속에 제 모습을 드러냈다. 침실과 맞닿은 거실 벽면에 놓인 것은 패브릭 소파 중 명품으로 유명한 2인용 그레이 이토고 소파였다. 지금의 그가 알지 못하는 오늘 낮까지의 그의 취향은 역시 그와 똑같았다. 최소한의 것만을 남겨둔 미니멀리즘. 그의 것이었다는 이 공간은 채워진 곳보다 빈 곳이 더 많았다. 빈 곳이 있어 비로소 사물들이 제 존재감을 드러낸다는 생각을 하며 그는 쓰러지듯 이토고 소파에 몸을 던졌다. 소파가 조심스럽게 그의 몸을 받아들였다. 더 바랄 게 없이 편안했다. 이 순간 그가 가장 잊고 싶은 것은 자신이 기억을 잃었다는 사실이었다. 그 외에는 아무런 문제가 없었다. 사실은 그게 왜 문제인지가 더 큰 문제인 것 같기도 했다.

소파에 누운 채 그는 맞은편의 주방을 바라보았다. 필립 스탁이 디자인한 찰스 고스트의 크리스털 모델 스몰 사이즈 스툴이 희미한 그림자인 듯 모습을 드러냈다. 세계 최초의 투명의자 라 마리를 디자인한 필립 스탁은 부자를 위해 2억 달러짜리 요트를 디자인하지만 가난한 사람도 살 수 있는 2달러짜리 우유병도 디자인한다는 명언을 남겼다. 취향이란 그런 것이다. 취향은 돈이 결정하지 않는다. 사람의 품격이 취향을 결정한다. 아니, 전제와 결론이 바뀌는 편이 더 진실에 가깝다. 취향이 사람의 품격을 결정한다. 취향이 곧 사람의 본질인 것이다. 기억은 사라져도 취향은 사라지지 않는다. 그는 그렇게 믿었다. 그게 그였다. 이토고 소파가 잠을 불렀다. 그는 자신이 누구인지도 모르는 채 편안한 잠 속으로 빠져들었다. 혼란스럽고 고단한 하루였다. 그는 여전히 자신이 누구인지 알지 못했다. 자신이 누구인지 몰라도 상관없었다. 이 집의 공간을 채운 것들이 곧 그였다.

정찬

새의 시선

1953년 부산에서 태어나 서울대학교 국어교육과를 졸업했다. 1983년 《언어의 세계》에 중편소설 〈말의 탑〉을 발표하면서 등단했다. 단편소설집 《기억의 강》《완전한 영혼》《아늑한 길》《베니스에서 죽다》《희고 둥근 달》, 장편소설 《세상의 저녁》《황금 사다리》《로뎀나무 아래서》《그림자 영혼》《길, 저쪽》 등이 있다. 동인문학상, 동서문학상, 올해의 예술상, 요산김정한문학상, 오영수문학상을 받았다.

1

　박민우가 손목 관절 통증으로 병원을 찾은 것은 2010년 12월 중순이었다. 손목이 부어 있었지만 심각한 상태는 아니었다. 당시 그는 37세의 건강한 남자였다. 하지만 날이 갈수록 증상이 심해졌고 언제부턴가 목과 다리에도 통증이 일어난다고 호소하더니 급기야는 일상생활이 불가능할 정도로 근육 마비 증상이 광범위하게 나타나 한 달 후에는 입원하기에 이르렀다. 정형외과 과장이 나를 찾은 것은 박민우의 상태가 병리학적으로 납득되지 않기 때문이다. 과장은 심리적 충격과 고통, 욕구 등이 신체의 이상증세로 발현하는 전환장애가 아닌가 의심된다고 자신의 견해를 조심스레 밝혔다.

　박민우에게 처음부터 관심을 기울인 것은 그가 사진작가였기 때문이다. 그동안 수많은 환자를 만났지만 사진작가는 처음이었다. 젊은 시절부터 카메라에 관심을 갖다 보니 자연스럽게 사진에 관심을 갖게 되었고, 마흔을 넘어서면서 관심의 집중도가 높아져갔다.

　병실에 들어서자 체격이 크고 이목구비가 또렷한 남자가 침대에 반듯이 누워 있었다. 얼굴 표정은 물론 누워 있는 자세가 무척 편안하게 보였다. 그는 정신과 전문의가 자신을 찾아온 이유를 정형외과 과장을 통해 이미 알고 있었다.

"충격이 크겠습니다."

나의 말에 그는 미소를 지었다. 입가에 가느다란 주름 몇 개만이 겨우 나타난 그의 미소는 그렇지 않아요, 라고 말하는 것처럼 보였다. 그 모습에 정형외과 과장의 의심이 맞겠다는 느낌을 받았다.

"사진작가라고 들었습니다."

"작가라기보다…… 사진을 찍으러 한동안 이리저리 다녔죠."

부끄러운 듯 어색한 표정으로 말했다.

"어떤 연유로 사진을 찍게 되었습니까?"

"사진학과에 들어갔으니까요."

목소리가 시큰둥했다.

"허허, 그렇군요."

나는 유쾌하게 웃었다.

"그전에도 손목 관절 통증으로 병원을 찾은 적이 있나요?"

"이번이 처음입니다."

"이유가 뭐라고 생각합니까?"

"글쎄요……."

"카메라가 너무 무거웠나요?"

그는 가만히 나를 보았다. 질문의 뜻을 알고 있는 듯한 눈빛이었다.

"사물의 영혼을 너무 많이 훔쳤다고 생각했을 수도 있겠군요."

그는 여전히 침묵했다. 침묵의 표정이 어딘지 모르게 내가 알 수 없는 어떤 세계에 마음을 내려놓고 있는 듯한 느낌을 불러일으켰다.

그가 입을 연 것은 눈을 잠시 감았다 뜨면서였다.

"선생님은 누워 있는 제 모습이 못마땅하신 모양이네요."

"솔직히 말하면 그 반대입니다."

"왜요?"

"편안하게 보이니까요."

"감사합니다."

그는 환하게 웃으며 말했다.

"일상이 힘들었던 것 같군요."

"선생님은 힘들지 않습니까?"

"힘들긴 하지만 근육이 마비될 정도는 아닙니다."

"그렇다면 저를 치료할 이유가 없다는 사실을 아시겠군요."

나는 물끄러미 그를 보았다. 그의 말이 진심인지, 궁금했다.

"제 방문이 못마땅한가요?"

"그렇지는 않습니다. 어떤 말씀을 하실지 궁금합니다."

"이런 치료는 처음인가요?"

"네."

"아, 그렇군요. 일상에서 무엇이 가장 힘들었습니까?"

"대답하기 어려운 질문이네요."

"작가에게 가장 힘든 시기가 작품이 제대로 만들어지지 않을 때라고 들었습니다만……."

"그렇겠지요."

무심한 목소리였다.

"작가가 아닌 것처럼 말하는군요."

"전 작가가 아닙니다."

"어째서요?"

"사진을 찍지 않으니까요."

"카메라를 손에서 놓아버렸나요?"

"네."

"그 이유가 궁금하군요."

"선생님은……"

그의 눈썹이 치켜 올려지고 있었다.

"저의 손목 관절 통증과 근육 마비의 원인을 카메라의 무게 때문이라고 생각하시는군요."

그는 나의 생각을 정확히 짚고 있었다. 카메라를 쥐는 행위, 셔터를 누르는 행위는 손의 동작이다. 사진 예술의 기본 행위가 손의 동작으로 이루어지는 것이다. 손목 관절 통증은 기본 행위를 못하게 함으로써 그를 카메라에서 해방시킨다. 하지만 완전한 해방이 아니다. 손목 관절 통증 속에서도 카메라를 쥘 수 있고, 셔터를 누를 수 있다. 근육 마비는 다르다. 찍는 행위를 거의 불가능하게 만든다. 그와의 첫 대화에서 사진에 초점을 맞춘 이유는 여기에 있었다. 카메라의 무거움은 은유적 표현이었다. 그럼에도 내 생각이 틀릴 수 있음을 염두에 두었다. 전환장애의 요인들이 너무나 다양한데다, 사진에 대한 나의 편애가 생각을 그쪽으로 몰고 간 측면이 있었기 때문이다.

"제가 잘못 생각했나요?"

나는 그의 표정을 살피며 조심스럽게 물었다.

"카메라의 무게가 곧 죄의 무게라고 제가 말한다면 선생님의 상상이 완성되지 않을까요?"

그는 나의 물음을 슬쩍 피하면서 의미심장한 말을 했다. 그가 왜 카메라로부터 벗어나려고 하는지 무척 궁금했다. 그의 말이 의미심장하게 들린 것은 그 이유를 넌지시 알려주는 듯했기 때문이다.

"카메라의 무게와 죄의 무게가 등가가 되는 세계를 상상하는 일이 쉽지 않겠군요."

나의 말에 그는 시선을 내려뜨리며 무언가를 곰곰이 생각하더니 잠시 후 시선을 올렸다.

"누군가가 말했지요. 사진의 가치는 보이는 것이 보이지 않는 것들을 불러내는 데에 있다고."

존 버거의 말이다. 내 기억으로는 '사진의 가치'가 아니라 '사진의 권력'이다. 가치와 권력은 뜻이 많이 다르지만 이 문장에서는 다르게 느껴지지 않는다.

"선생님께 보여드릴 게 있습니다."

그는 침대 가까이 있는 협탁 서랍을 열고 무언가를 꺼내 나에게 건넸다. '과거는 낯선 나라다'라는 제목의 영화 DVD였다. 제목 아래에 '기억과 망각 사이의 딜레마'라는 문구가, 더 아래에는 '과거로부터 돌아서지만, 벗어나지는 않는다'라는 문구가 눈에 들어왔다.

"특정한 사건과 연관된 사람들의 기억을 모은 다큐 영화입니다. 이 영화에서 제가 가장 관심을 갖는 부분은 어떤 여성의 기억입니다. 선생님도 관심 있게 보셨으면 합니다. 그 부분이 어쩌면 보이는 것의 역할을 할지도 모르니까요."

"관심을 갖고 보아야겠군요."

나는 설핏 웃으며 말했다.

2

다큐멘터리 영화 〈과거는 낯선 나라다〉는 "그 일에 대한 기억이 없습니다"라는 누군가의 고백과 함께 한 장의 흑백사진을 보여준다. 베트남 승려의 분신 사진이다. 불길은 흰색이고, 승려의 몸은 검은색이다. 검은색 몸은 불길에 휩싸여 있음에도 자세가 꼿꼿하다. 고통을 견디고 있는 것인지, 고통을 초월한 상태인지 알 수 없다. 그 사진을 서두에 배치한 것은 영화가 1986년 4월 28일 서울대학교 앞 신림사거리에서 당시 서울대 학생 김세진, 이재호가 전방 입소 대상자인 사백여 명의 학우들과 전방 입소 반대 시위를 하던 도중 분신, 사망한 사건을 다루고 있기 때문으로 보였다.

흑백사진이 사라지면서 영화가 본격적으로 시작되는데, 박민우의 말대로 영화는 분신 사건과 직간접으로 관계한 아홉 사람들의 증언으로 이루어져 있었다. 영화에서 내가 주목한 것은 사건을 기억하는 방식이었다. 증언자들은 스스로 기억하는 것이 아니라 인터뷰어에 의해 기억을 강요당하고 있었다. 인터뷰어의 질문에 증언자들이 머뭇거리고, 침묵하고, 허공을 더듬고, 눈물을 흘리는 것은 기억의 괴로움 때문이었다.

나는 박민우가 가장 관심을 갖는다는 여성의 증언을 되풀이해서 보았다. 서울대 인류학과 85학번인 그녀의 증언은 이십 분 가까이 계속되는데, 2006년 7월 서울대학교 자하연 부근에서 촬영했음을 자막이 알려준다.

—1986년 4월 28일 아침부터 있었던 본인의 행동에 대해 자세히 말씀해주세요.

그 전날 신림사거리로 아침 일찍 모이라는 연락을 받아서 신림동 친구 집에서 잤습니다. 친구와 늦게까지 이야기하느라 제시간에 일어나지 못했어요. 너무 놀라 세수도 안 하고 나가 버스를 탔습니다. 가야쇼핑 부근에 내려 시위 현장으로 달려갔는데, 사건은 이미 벌어졌고 두 선배가 분신한 건물 옥상에서 검은 연기가 피어오르고 있었습니다. 교련복을 입은 85학번 남학생들이 울부짖으며 연좌농성을 하고 있었고, 경찰이 그들을 끌어내어 차에 태우는 상황이었습니다.

—분신을 했던 두 사람이 누구인지 아셨나요?

그날 들었어요.

—그 두 사람, 예전에 만나본 기억이 있어요?

김세진 선배는 한번 뵌 적이 있어요. 제가 이 학년 때였습니다. 당시 총학생회장이 저더러 총학생회장단이 전부 수배되어 연락하기 어렵고, 또 보안이 필요하니 그런 역할을 해 달라고 부탁해 김세진 선배를 신촌의 한 다방에서 잠깐 만났어요.

—다방 이름은 기억 안 나요?

생각이 안 나요. 허름한 곳이었어요.

—거기서 있었던 일 좀 말씀해주세요.

김세진 선배에게 무얼 전달하면 되었으니까 아주 짧게 뵈었을 뿐인데, 제가 먼저 가서 앉아 있었던 것 같아요. 김세진 선배가 걸어 들어와 제 앞에 앉았어요. 저는 의자 끝에 비스듬히 앉아 있었는데, 머리칼을 만지고 있던 김세진 선배가 제 운동화를 보면서 "야, 나도 운동화 한번 신어봤으면 좋겠다" 하고 말했던 게 기억이 나요.

—그 이유는 뭔가요?

당시 수배된 학생회 간부들은 회사원처럼 보이려고 정장 차림에 구두를 신고 다녔어요. 그래서 제 운동화를 보면서 그런 말을 한 것 같아요. 제가 덧붙여 생각하는지는 몰라도 김세진 선배께서 운동화를 신으면 날아갈 것 같다, 이런 말도 했던 것 같기도 하고…….

—그 순간이 기억에 많이 남아요?

네.

—왜 그 순간이 그렇게 기억에 남아요?

김세진 선배를 만난 날이 선배가 분신자살을 하기 며칠 전이었어요. 두 선배가 분신자살을 했는데, 그중의 한 분이 김세진 선배라는 얘기를 듣고 제일 먼저 머리에 떠오른 것이 제 운동화를 보면서 운동화 한번 신어봤으면 좋겠다고 한 말이었어요. 저를 만났을 때 이미 분신자살을 결심한 상태였을까, 그게 제일 궁금했어요. 그래서 날아가고 싶다는 말을 한 게 아닐까, 그런 생각이 들었어요. 대학 다니면서 누군가에게 들은 말 중에 가장 잊히지 않는 말이에요. 〈새〉라는 노래가 있어요. 김지하 시인의 시에다 곡을 붙인 노랜데, 새떼무리 저 푸른 하늘…… 아무튼 그런 노래가 있는데, 그 노래만 들으면 그렇게 세진이 형 생각이 나요.

3

영화를 본 다음 날 오후 박민우를 찾았다. 그는 베개에 상체를 기대고 앉아 있었다.

"몸이 좋아졌나 보군요."

"간혹 이렇게 앉아 있곤 합니다. 힘들면 다시 눕지요."

"영화, 잘 봤습니다."

나는 DVD를 협탁 위에 놓으며 말했다.

"지루하지는 않으셨나요?"

"무척 흥미로웠습니다. 기억이 영화의 주인공이니까요."

"선생님에게 기억이란 무엇이죠?"

"어떤 정신분석가가 말하길, 우리를 가장 고통스럽게 하는 것은 자신에게 하는 거짓말이라고 했습니다. 자신에게 거짓말을 하는 이유는 자신이 원하는 대로 생각하고 싶어 하기 때문입니다. 그래서 인간은 진실을 덮어버리는 일에 뛰어난 전문가라는 말이 생겨났지요. 진실을 고통스러운 기억으로 바꾸어도 되지요. 저 영화가 관객에게 불쾌감을 불러일으켰다면 인간의 그런 속성을 거스르기 때문일 것입니다."

"선생님도 불쾌감을 느꼈습니까?"

"저는 안 느꼈습니다. 일반 관객과 다른 입장에서 보았으니까요."

"무슨 말씀인지……"

"제가 그 영화를 본 것은 보이지 않는 것을 보기 위함이었으니까요."

"아, 그렇군요."

그는 미소를 지으며 고개를 끄덕였다.

"선생님은 김세진 그분이 운동화를 신으면 날아갈 것 같다는 말을 했다고 생각하시나요?"

목소리에 긴장이 묻어났다.

"저 역시 궁금한 부분인데, 명확하지 않더군요. 증언자가 그 말을 하기 전에 덧붙여 생각하는지는 몰라도, 라고 전제하거든요."

"증언자의 상상일 수도 있다는 말씀이군요."

"그렇지요."

"선생님 느낌으로는 어느 쪽일 것 같아요?"

"어느 쪽이든 상관이 없을 것 같은데요. 김세진이 그런 말을 하지 않았더라도 표정에서 증언자가 그런 마음을 느꼈다면 실제로 말한 것처럼 생각할 수 있으니까요."

"아, 그렇군요."

나는 환해지는 그의 얼굴을 물끄러미 보았다. 얼굴이 왜 저토록 환해지는지, 궁금해졌다.

"〈새〉는 어떻게 생각하세요? 증언자가 〈새〉라는 노래를 들으면 세진이 형 생각이 난다고 하잖아요."

"그 말이 없었다면 영화가 많이 허전했을 것입니다."

"왜요?"

박민우의 눈이 반짝 빛났다.

"어떤 목적을 위해 스스로 몸을 태워 세상을 떠난 젊은 생명을 날개가 달린 새로운 생명으로 탄생시키고 있으니까요."

"하지만 그건 상상일 뿐이지 않습니까？"

"과거는 고정된 시간의 어떤 형태가 아닙니다. 현재의 시선에 의해 끊임없이 변하는 역동적인 생명체입니다. 상상은 과거를 현재와 연결시킴으로써 과거를 역동적인 생명체로 만드는 데 커다란 역할을 합니다. 상상력이 없으면 과거에 갇혀버리는 거죠. 과거에 갇히면 현재의 시간이 의미를 가질 수 없습니다. 의미 없는 삶 앞에서 인간이 할 수 있는 일이 무엇이겠습니까? 생각하고 싶지 않은 일들이 일어날 것입니다. 어떤 비정상적인 행위도 의미 없는 삶보다 나으니까요."

그는 나의 말을 묵묵히 듣고 있었다.

"박 선생이 저 영화에 관심을 갖게 된 특별한 이유가 있을 법한데요."

"혹시 오해하실까봐 말씀드리는데, 부끄럽지만 영화를 보기 전까지 그런 참혹한 사건이 있었는지도 몰랐습니다."

"그래요?"

"영화를 보게 된 것은 우연이었습니다. 두 달 전쯤이었어요. 늦게 집에 들어갔더니 여동생이 거실에서 TV로 영화를 보고 있었습니다. 여동생은 영화와 관련한 일을 해 영화를 많이 보지요. 딱히 할 일도 없고 해서 여동생 옆에 앉아 봤는데, 그게 이 영화였습니다. 한 남자가 바다를 등지고 서서 회상의 어조로 어떤 이야기를 하고 있더군요. 처음에는 귀를 기울이지 않았습니다. 시선만 화면에 두고 있었지요. 제가 귀를 기울이기 시작한 건 남자의 괴로움 때문이었습니다. 남자를 괴롭히는 것은 기억이었습니다. 감당하기 힘든 기억을 견디는 남자의 몸에서 괴로움이 흘러나오고 있었습니다."

무언가를 골똘히 생각하면서 느릿느릿 말하던 그가 갑자기 흠칫 놀라며 옆을 보았다. 무엇을 보는지는 알 수 없지만 표정이 묘했다. 기쁨과 두려움을 동시에 느끼는 듯한 표정이었다. 나는 당황했다. 그는 분명 누군가를 보고 있는 듯했지만 내 눈에는 아무것도 보이지 않았다. 잠시 후 스르르 일어나더니 침대에서 내려와 가만히 섰다. 불안정한 자세이긴 했지만 근육 마비 환자가 섰으니 놀라지 않을 수 없었다. 그는 내가 모르는 어떤 존재를 애원하는 듯한 표정으로 바라보고 있었다. 이상했다. 그는 나무처럼 꼼짝도 않고 서 있는데도 그의 몸이 수많은 움직임으로 들끓고 있는 듯했다. 몸 안에서 들끓고 있는 움직임이 금방이라도 몸 밖으로 튀어나올 것 같았다. 그가 말을 시작한 것은 애원하는 듯한 그의 표정이 슬픔으로 변하면서였다. 괴로움에 싸인, 가슴을 저리게 하는 슬픔이었다.

"잠시 후 사이렌 소리가 들리더니 헬멧을 쓰고 청바지를 입은 사복경찰조가 몽둥이를 들고 건물 계단으로 뛰어올라 갔습니다. 계단에 학생들이 있었는지 치고받는 소리가 났고, 그러고는 조용해졌습니다. 옥상을 올려다보니 한 사람이 옥상 저쪽 계단 입구를 향해 소리를 지르고 있었습니다. 무슨 상황인지는 몰랐지만 백골단들이 뛰어올라 오니까 오지 말라고 소리를 지르는 것 같았습니다. 그 사람의 상반신만 보였는데, 갑자기 그의 몸에서 불꽃이 튀어 오르면서 화염에 휩싸였습니다."

말의 내용에도 놀랐지만 그보다 더 놀란 것은 목소리 때문이었다. 그것은 그의 목소리가 아니었다.

"두 사람은 불이 붙은 상태로 구호를 외쳤습니다. 저는 불이 붙은 상태에서도 저렇게 오래 생명이 붙어 있구나, 그런 어리석은 생각을 했고, 사람이 불에 탄다면 그 온도가 얼마나 되고 얼마나 뜨거울까, 그런 이상한 생각을 했습니다. 어렸을 때 화상 입었던 기억이 나면서 그보다 몇 천 배는 뜨겁겠지, 저렇게 불에 휩싸여 있으니까, 그런 어처구니없는 생각을 했고, 두 사람이 굉장히 오랫동안 구호를 외쳤던 생각이 납니다. 마치 정지된 시간처럼. 한 사람이 몸을 숙이는 바람에 퍼펙트 당구장이라는 간판이 그을렸는데, 나머지 한 사람은 시야에서 사라졌습니다. 학생들은 백골단에 잡혀서 닭장차에 실려 갔고, 거리에는 아무 일 없었던 것처럼 다시 차들이 다니고 사람들은 제 갈 길을 갔습니다."

그의 눈에서 눈물이 주르르 흘렀다.

"어떻게 학교에 갔는지 모르게 학교에 갔고, 학교에는 대자보가 붙어 있었고, 김세진, 이재호가 분신을 했다고 쓰여 있었고, 무슨 영문인지 몰라 멍한 표정으로 대자보를 보는 학생들의 얼굴이 보였고, 또 언제나 그랬듯이 강의하러 가는 교수들의 무표정한 얼굴도 보였고, 공부를 하러 가는 학생들도 보였고, 그 모든 상황들이 낯설게만 느껴졌습니다. 사람이 죽었는데 사람들이 이렇게 평온……"

목소리가 뚝 끊겼다. 그는 공기가 희박한 곳에 있는 것처럼 헐떡였다. 안색이 너무 창백해 종잇장 같았고, 두 다리가 덜덜 떨리고 있었다. 금방이라도 쓰러질 것 같아 그를 부축해서 침대에 눕혔다. 그는 일어나려고 애를 썼지만 근육이 무력한 상태가 되었는지 제대로 움직이지 못했다. 나에게 무어라고 말하려는 듯했으나 한마디도 못했다. 나를 보는 눈빛이 가물가물하고 있었다. 눈을 뜰 힘조차 없는 것 같았다. 맥박이 느려지더니 잠시 후 축 늘어졌다.

4

그날 밤 〈과거는 낯선 나라다〉를 다시 보았다. 박민우가 빙의된 듯이 보이는, 바다를 등지고 서서 기억을 추궁당하는 남자는 마지막 증언자다. 박민우는 남자의 몸에서 흘러나오는 괴로움 때문에 그의 말에 귀를 기울였다고 했다. 남자의 괴로움은 인터뷰어의 질문에서 비롯된다. 인터뷰어는 차갑고 건조한 목소리로 증언자의 기억을 추궁한다. 화면에는 기억을 추궁하는 자의 모습이 안 보인다. 추궁당하는 자의 모습만 보인다. 영화를 보다보면 인터뷰어의 존재가 자연스럽게 감독과 동일시되는 까닭이 여기에 있다. 그런데 마지막 증언자에 놀란 것은 그가 감독이었기 때문이다. 추궁하는 자가 추궁당하는 자로 변신했으니 놀랄 수밖에 없었다. 그 변신을 보면서 박민우의 변신을 생각했다.

박민우의 변신 전후의 상태를 보건대, 그는 환각 속에 있었다. 환각이 그를 증언자로 변신시킨 것이다. 그는 영화 속 증언자가 한 말을 내 눈에는 보이지 않는 어떤 존재를 향해 거의 정확하게 되풀이하고 있었다. 1986년 4월의 분신 사건을 몰랐다던 박민우가 무엇 때문에 그 사건을 고통스럽게 기억하는 남자로 변신했는지, 환각 속에서 마주한 존재가 누구인지, 궁금하지 않을 수 없었다. 궁금한 것은 더 있었다. 김세진이 여성 증언자의 운동화를 보면서 했다는 말에 박민우가 그토록 깊은 관심을 갖는 이유와 함께, 운동화와 〈새〉에 관한 나의 생각을 이야기했을 때 무겁고 어두운 그의 표정이 환해진 이유가 한층 궁금해졌다.

정신과 전문의의 곤혹스러움은 병의 원인을 환자의 정신에서 찾아야 하는 데에 있다. 정신과 신체는 서로에게 가역적으로 영향을 미치지만 정신은 신체와 달리 눈에 보이지 않는다. 눈에 보이지 않는 정신을 의사는 환자의 이야기를 통해 시각화한다. 시각화의 명료성은 환자 이야기의 명료성과 직결됨은 말할 나위가 없다. 문제는 환자가 제대로 이야기하지 않는다는 데에 있다. 치료하려고 병원을 찾았음에도 적지 않은 환자들이 의사 앞에서 자신의 내면을 감추거나 위장하는 까닭은 내면을 드러내는 것이 부끄럽거나 수치스럽기 때문이다.

박민우도 내면의 무언가를 숨기고 있었지만, 말할 때의 표정이나 말의 내용으로 보아 부끄러움이나 수치심 때문만은 아닌 것 같았다. 무언가를 숨기면서도 동시에 드러내고 싶어 하는 듯했기 때문이다. 영화 DVD를 나에게 건넨 것은 무언가를 드러내고 싶어 하는 심리의 표현으로 보였다.

갈증이 일었다. 몸의 갈증이기도 했고, 마음의 갈증이기도 했다. 부엌으로 가 냉장고에서 맥주를 꺼냈다. 1986년 4월…… 나는 중얼거리며 맥주를 유리잔에 따랐다. 기억이란 희뿌연 빛이 떠도는 어둡고 깊은 터널과 비슷하다. 그 희뿌연 빛 속에 무언가가 어렴풋이 보인다. 길쭉한 지하 복도다. 복도 끝에는 해부학 실습실이 있다. 머리가 텁수룩한 청년이 복도를 걸어가고 있다. 청년은 나이기도 하고 아니기도 하다. 청년과 나 사이에 시간이라는 심연이 가로놓여 있다. 그 심연을 들여다보면 아득하다. 간혹 심연이 흔들려 나와 청년의 경계가 무너지기도 한다.

김세진, 이재호의 분신 소식을 들은 것은 해부학 실습실로 가고 있을 때였다. 동기생 가운데 누군가가 알려주었다. 동기생의 목소리가 어땠는지는 기억나지 않지만 표정은 기억에 남아 있다. 금방이라도 어디론가 달려갈 듯한 표정이었다. 실습실 옆쪽에 마련된 실습용 시신 추모 분향소에서 묵념하는 동안 불타고 있는 인체를 상상해보았다. 잘 떠오르지 않았다. 라텍스 장갑과 마스크를 착용하고, 보관함에 있는 사체를 동기생과 함께 들어 올린 후 사체를 싼 비닐을 벗겨냈다. 적갈색 사체의 차가움이 낯설었다. 혈액을 제거하고, 근육을 헤쳐서 신경을 찾고, 복부를 가르고 내장을 들어내고 있을 때 불길에 허물어지는 육신이 자꾸만 어른거렸다. 새카맣게 잊고 있었던, 박민우를 만나지 않았다면 영영 잊었을지도 모를 기억이었다. 증언자의 한 사람으로 영화에 출연한 이재호 아버지의 모습이 떠올랐다. 촬영 장소는 그의 집 툇마루였다.

인터뷰어의 거듭되는 질문에도 그는 끝까지 침묵했다. 그의 얼굴을 응시하던 카메라는 침묵을 견딜 수 없었는지 시선을 그의 뒷모습, 열린 대문과 그 너머의 풍경으로 이동했다. 불길에 사라진 자식을 기억해야 하는 그에게 침묵은 기억의 고통을 표현할 수 있는 유일한 언어였을 것이다. 김세진은 5월 3일, 이재호는 5월 26일 숨을 거두었다. 그들이 마지막 숨을 쉬고 있을 때 나는 무엇을 하고 있었는지, 알 길이 없었다.

5

박민우의 병실을 찾은 것은 닷새 후였다. 지방에서 열린 정신분석학 세미나에 참석한데다 주말이 이어졌기 때문이다. 내가 병실에 들어갔을 때 그는 누운 자세로 책을 보고 있었다.

"무슨 책인가요?"

"미술 서적입니다."

그가 책을 덮으며 말했다.

"그림을 좋아하세요?"

"고등학교 시절에는 화가를 꿈꾸었습니다."

"왜 사진작가로 바뀌었나요?"

"아마도…… 영혼의 꼴이 그림보다 사진에 더 가까웠나보지요."

"공감할 수 있는 표현이네요."

나의 말에 그는 미소를 지었다.

"새에 관심이 많은 것 같더군요."

"제가 특전사 출신인 것, 모르시죠?"

"아, 그래요. 뜻밖이네요."

"초등학교 삼학년 때였어요. 엄청나게 큰 비행기에서 떨어지는 낙하산을 넋을 잃고 본 적이 있어요. 사람이 새가 될 수 있다는 사실을 처음 알았거든요. 그게 특전사 고공강하 훈련이었어요."

"그래서 특전사로 가셨군요."

"네."

"김세진이 새가 되었다고 생각하세요?"

"희망이죠."

"아름다운 희망이군요."

"무서운 희망이기도 하지요."

"왜요?"

"불길을 견뎌야 하니까요."

"그렇군요."

나는 고개를 끄덕이며 말했다.

"그날 놀라게 해드려서 죄송합니다."

"의사의 입장에서는 고마운 일이지요. 질문거리가 생겼으니까요."

"다행이군요."

그가 진심으로 말하고 있음이 표정에서 느껴졌다.

"그날 박 선생 눈앞에 나타난 이는 누구였습니까?"

"뭐라고 표현해야 할지 모르겠네요, 불길을 견디는 존재라고 할까요……."

"김세진이라는 뜻인가요?"

"불길을 견디는 이는 그분만이 아닙니다."

"그렇긴 합니다만……."

"대부분의 사람들은 불길을 견디지 못합니다. 그렇기 때문에 불길을 견디는 존재 앞에서 부끄러움과 두려움을 동시에 느끼지요."

그가 변신했던 영화 속 증언자가 떠올랐다.

"불길이라는 말을 꼭 한 가지 뜻으로만 생각할 필요는 없습니다. 선생님이 말씀하셨지요. 인간은 진실을 덮어버리는 일에 뛰어난 전문가라고. 불길을 진실로 바꾸어도 되지요. 고통스러운 기억으로 바꾸어도 되고요."

"그날 박 선생 앞에 나타난 이는 진실을 견디는 존재이기도 하군요."

"그런 존재는 누구에게나 있는 게 아닐까요?"

"무슨 뜻인지요?"

"사람에게 일상적 자아만이 있는 게 아니잖습니까. 일상적 자아보다 더 순수하고 깊은 자아가 있지요. 일상적 자아가 진실을 싫어하고 끔찍해 한다면, 다른 자아는 진실을 품지요."

"단순하게 생각하면 양심 같은 것이군요."

"그렇게 생각할 수도 있겠네요."

"박 선생의 양심이 어떤 연유로 불길을 견디는 존재의 모습으로 나타나는지 물어도 될까요?"

"선생님이 그렇게 질문하시니 고흐가 생각나네요."

공허해 보이던 그의 눈이 고흐를 말할 때 잠시 빛났다.

"고흐가 동료 화가인 베르나르에게 보낸 편지에 자신이 최근에 그린 풍경화에 대한 설명이 있습니다. 고흐는 그 풍경화를 언덕 위에서 새의 시선으로 내려다본 풍경이라고 표현했습니다. 고흐가 단순히 언덕 위에서 내려다보았기 때문에 새의 시선이라는 말을 사용했을까요? 저는 고흐가 새의 감각으로 풍경을 보려고 했다고 생각합니다. 새의 감각을 갖는다는 것은 새의 영혼을 갖는다는 뜻입니다. 저는 고흐의 그 풍경화를 들여다보면서 새의 감각을 생각했습니다. 사람의 감각은 어머니 몸속에서 형성됩니다. 양수의 아늑한 촉감 속에서, 어머니의 움직임이 빚는 율동에 싸여 먼 우주공간에서 들려오는 듯한 어머니 몸의 소리를 듣습니다. 이 순수한 감각을 깊이 꿈꾸면 새의 감각에 닿을 수 있으리라고 저는 생각했습니다."

복도에서 두런두런하는 소리가 들렸다가 조용해졌다.

"인간의 몸을 유심히 관찰해보면 불완전한 움직임의 집적체임을 알 수 있습니다. 그러니 인간의 일상이 불완전한 움직임으로 가득 차 있을 수밖에 없지요. 춤이 아름다운 것은 불완전한 움직임을 넘어서려는 열망이 깃들어 있기 때문입니다. 춤의 궁극은 새의 비상입니다. 여기에서 저는 고흐를 떠올렸습니다. 고흐가 새의 시선으로 풍경을 보는 순간 그의 영혼이 새의 영혼으로 변화하면서 그의 몸 역시 완전한 움직임의 집적체로 변화했을 것입니다."

그의 눈은 꿈속에 있는 것처럼 몽롱했다.

"전 그런 순간을 경험한 적이 있습니다. 불길 속에서."

불길이라는 말에 가슴이 덜컹했다.

"어떤 불길이었습니까?"

"허구를 현실로 만들고 현실을 허구로 만든, 그리하여 카메라의 무게와 죄의 무게를 순식간에 등가로 만들어버린 불길이었습니다."

그는 갑자기 추위를 느끼는 듯 두 팔을 옆구리에 붙였다. 핏기 잃은 입술 사이에서 신음이 흘러나왔는데, 어깨가 가늘게 떨리고 있었다.

"불길의 상황에 대해 구체적으로 들을 수 없을까요?"

조심스러운 나의 청에 그는 힘겹게 고개를 저었다. 눈은 빛을 잃고 움푹 들어가 있었다.

"죄송하지만 쉬어야겠습니다. 갑자기 견디기 힘든 피로가 몰려오네요."

"그렇게 보이는군요. 저에게 부탁할 일은 없습니까?"

"네."

"그럼 푹 쉬세요."

"전 선생님께 무척 감사하고 있습니다."

"왜요?"

"제가 갖고 싶었던 것을 주셨으니까요."

"제가 뭘 주었나요?"

"희망입니다."

목소리가 겨우 들렸다.

"제가 무슨 희망을 주었는지 모르겠군요."

"언젠가…… 아시게……"

기력이 없는지 더 이상 말을 하지 못하고 눈을 감았다.

6

박민우가 사라진 것은 다음 날이었다. 간호사가 그 사실을 안 것
은 오후 세 시 무렵이었다. 사라졌다는 것은 그가 근육 마비에서 벗
어났음을 뜻했다. 퇴원 수속을 하지 않았고, 옷, 가방 등 외출에 필요
한 것들 외에는 소지품이 병실에 그대로 있었다. 잠시 외출한 듯이
보였으나 병원 측에 알리지 않은 것은 아무리 생각해도 자연스럽지
않았다. 근육 마비가 갑자기 풀린 것도 의외였다. 그의 휴대폰 전원
은 꺼져 있었다.

오후 여섯 시 조금 못 돼 연락을 받고 병원에 온 박민우의 여동생 박윤서는 오빠의 행방을 모르고 있었다. 오는 길에 보광동 집에 들렀으나 그가 다녀간 흔적은 없었다고 했다. 박민우보다 다섯 살 아래인 그녀는 어린 시절부터 살았던 집에서 양친이 돌아가신 후에도 오빠와 함께 살고 있었다. 박윤서가 그와 친분 있는 사람들에게 전화를 걸었으나 누구도 박민우의 행방을 알지 못했다. 그사이 나는 그의 집과 휴대폰으로 여러 차례 전화했으나 받지 않았다.

　"어딜 갔는지, 짚이는 데가 없나요?"

　"생각나는 데가 없어요."

　그녀는 낙담한 표정으로 말했다.

　"오빠의 근육이 왜 마비되었다고 생각하세요?"

　"잘 모르겠어요."

　"이상한 점은 없었던가요? 갑자기 달라졌다든가……."

　"저에게 오빠는 늘 이상했어요."

　목소리가 침울했다.

　"〈과거는 낯선 나라다〉라는 영화 아시죠?"

　"어떤 영화인데요?"

　"80년대 김세진, 이재호 분신 사건을 소재로 한…… 그 사건을 기억하는 증언자들이 나와……"

　"아, 그 영화요."

　"박 선생이 함께 봤다고 하던데요."

　"그 영화를 오빠와 함께 봤다구요?"

　그녀는 눈을 동그랗게 뜨며 물었다.

"기억이 안 나요?"

"네."

"박 선생이 불과 관련하여 충격 받은 일이 있나요?"

"불이라면……."

그녀의 눈이 가느스름해졌다.

"사소한 것 이외에는 딱히 생각나는 게 없네요."

"사소한 것, 이야기해보시죠."

"별일이 아닌 것이라……."

그녀는 어깨를 움츠리며 머뭇거렸다.

"괜찮아요. 얘기해보세요."

"제가 동시녹음 기사이거든요. 영화 촬영할 때 소리를 담는……."

"아, 알아요. 재밌는 일을 하시네요."

여동생이 영화와 관련한 일을 한다고 했던 박민우의 말이 떠올랐다.

"오빠 제가 채집한 소리를 즐겨 들었어요. 그래서 채집한 것들 가운데 오빠가 좋아하는 소리를 종종 들려주곤 했어요."

그녀의 얼굴이 처음으로 밝아지고 있었다. 입가에 미소가 어렸고, 흐릿한 눈동자에 빛이 모였다.

"어떤 소리들을 좋아했나요?"

"자연의 소리는 다 좋아했어요."

"새소리도 좋아했나요?"

"제일 좋아하는 소리였어요. 오빠의 영상 촬영 카메라 안에는 새

밖에 없을걸요?"

"박 선생이 영상 촬영도 했나요?"

"새를 찾으러 다닐 때는 영상 촬영 카메라를 꼭 갖고 갔어요."

"음, 그랬군요."

"몇 달 전 시골 외딴집 부엌 아궁이에 불을 지필 때 채집한 소리를 오빠와 함께 들은 적이 있었어요. 자작자작 나무 타는 소리가 나는데 오빠의 모습이 이상했어요. 입을 꽉 다물고 맞은편 벽을 뚫어져라 보는 거예요. 몹시 긴장한 표정이었어요. 왜 그러냐고 물었는데도 오빤 듣지 못하는 것 같았어요. 하도 이상해 오빠 왜 그래? 하면서 팔을 잡고 흔들었어요. 오빤 흠칫 놀라며 절 보더니 어색하게 웃었어요. 그러고는 어젯밤 잠을 못 자 피곤했던 모양이라고 하면서 방을 나갔어요."

그녀의 표정이 어두워지고 있었다.

"그 후로 오빠 그날의 일을 입 밖에 내지 않았어요. 전 대수롭지 않게 생각하려고 애썼어요. 그러면 마음이 편해지거든요. 오빤 어딜 갔을까요? 어딜 갔기에 아직도 돌아오지 않는 걸까요?"

그녀는 중얼거리듯이 말하며 멍하니 창밖을 보았다.

7

박민우가 발견된 것은 그가 사라진 지 이틀 만이었다. 그날 오전 일곱 시 조금 넘어 용산구 한강로에 위치한 고층 아파트 시티파크 앞 도로를 걷던 주민이 아파트 옥상에서 떨어지는 사람을 보았다.

박민우였다. 그가 떨어진 곳은 도로 너머 잡풀로 덮인 공터였다. 내가 놀란 것은 사십이 층에서 떨어졌음에도 그의 시신이 믿기 힘들 정도로 깨끗하다는 점과, 흰 운동화를 신고 있었다는 점이었다. 흰 운동화를 보는 순간 김세진이 여성 증언자의 운동화를 보면서 했다는 말과 함께, 고흐와 새의 시선에 대해 이야기하면서 그가 지은 표정이 동시에 떠올랐다.

투신 장소도 예사롭지 않았다. 그가 떨어진 공터는 2009년 1월 20일 새벽, 재개발 강행에 반대하며 용산4구역 남일당 건물 옥상에 망루를 짓고 항거하던 철거민들과 진압경찰 간의 충돌 과정에서 망루에 불이 나 철거민 다섯 명과 경찰관 한 명이 사망한 용산 참사 현장 부근이었다. 김세진의 죽음 공간과 용산 참사의 죽음 공간 모두 불과 연관이 있었다.

여기에서 새롭게 떠오르는 의문이 박민우와 용산 참사의 관계였다. 용산 참사의 무엇이 그를 카메라의 무게가 죄의 무게가 되는 세계 속으로 밀어 넣어 자아의 분리에까지 이르게 했는지, 의문을 가질 수밖에 없었다. 이 의문을 나는 풀어야 했다. 내가 그에게 희망을 주었다는 그의 말이 가시처럼 파고들었기 때문이다.

박윤서는 나의 질문에 어리둥절해 하면서 오빠에게서 용산 참사와 관련된 말을 들은 적이 없다고 했다. 내가 박민우와 특별하게 가까운 사람들의 연락처를 알고 싶다고 하자 그녀는 세 명의 전화번호를 건넸다. 나는 그들과의 전화 통화에서 나와 박민우의 관계에 대해 설명하고 그의 죽음을 알린 후 도움을 청했다. 세 사람 모두 아는 것이 없다고 말했지만 한 사람의 목소리에서 머뭇거림이 느껴졌다. 그가 윤기훈이었다. 박윤서의 말에 따르면 경찰관인 그는 박민우와 특전사 동기라고 했다.

윤기훈은 나의 기대대로 장례식에 참석했다. 박민우의 육신이 화장로의 불길 속으로 들어가고 있을 때 울음을 삼키고 있었다. 그가 진정되었을 때쯤 그에게 다가가 악수를 청하며 신분을 밝혔다. 그는 어색한 동작으로 내 손을 잡았다.

"경찰관이라고 들었습니다."

"네."

"박 선생의 투신 장소가 용산 참사 현장인 데에는 이유가 있을 것이라고 생각합니다. 제가 이런 이야기를 하는 것은 윤 선생이 그것에 대해 조금이라도 알고 계실 것 같기 때문입니다."

그는 시선을 아래에 둔 채 침묵했다. 잠시 후 그가 시선을 들었는데, 눈이 벌겋게 충혈되어 있었다.

8

박민우의 뼛가루는 경기도 가평의 아늑한 산자락에 서 있는 산벚나무 아래 묻혔다. 박민우가 새를 촬영하러 자주 왔던 곳이라 했다. 장례 버스가 가평을 떠나 서울에 도착했을 때는 해가 뉘엿뉘엿 지고 있었다. 버스에서 먼저 내린 윤기훈이 나를 기다리고 있었다. 소주 한잔하고 싶다고 했다. 우리는 조용하게 보이는 한식집으로 들어갔다. 한동안 말없이 소주를 마시던 그가 입을 연 것은 세 번째 소주병을 따면서였다.

"제가 민우와 특전사 동기인 것, 아시죠?"

"네."

"제가 전역하고 경찰특공대에 지원한 후로 한동안 민우를 만나지 못했습니다. 민우를 다시 만난 건 2006년 봄이었습니다. 민우의 사진 전시회에 제가 갔죠. 그 후 우린 시간이 맞으면 카메라를 들고 새를 찾아 시골 숲을 돌아다녔습니다. 제가 카메라에 좀 취미가 있거든요."

그의 입가에 미소가 번졌다 금방 사라졌다.

"철거민들이 용산4지구 남일당 건물 옥상에 망루를 짓고 농성하고 있을 때 저는 경찰특공대 전술팀장이었습니다. 농성 진압 명령을 받은 것은 참사 하루 전인 1월 19일이었습니다. 다음 날 새벽 세 시에 출동하여 삼십 분 후 현장에 도착했습니다. 제가 민우에게 전화한 것은 다섯 시 조금 넘어서였습니다. 그 새벽에 전화한 것은 채증 요원의 영상 촬영 카메라가 무슨 까닭인지 작동되지 않았기 때문입니다. 작전이 언제 시작될지 모르는데 카메라가 그런 상태이니 민우를 생각할 수밖에 없었습니다. 민우의 집이 거기서 엎어지면 코 닿을 곳에 있으니……"

그는 말끝을 흐리며 소주병을 잡았다.

"잠에서 막 깨어난 듯한 목소리로 전화를 받은 민우에게 설명은 나중에 할 테니 지금 당장 영상 촬영 카메라를 갖고 용산4구역 농성 현장으로 오라고 했습니다. 민우는 삼십 분도 채 안 돼 왔더군요. 다행히 그때까지 작전이 시작되지 않았습니다. 제가 카메라가 필요한 이유를 설명하자 민우는 실망한 기색이 역력한 표정으로 이 카메라가 네 눈에는 아무나 사용하는 물건으로 보이느냐고 퉁명스럽게 물었습니다. 제가 당황해하자 민우는 이 안에 무엇이 들어 있는지 너도 알잖아? 하더군요. 제가 어리둥절한 상태에서 뭐가 들어 있느냐고 물었더니 새의 영혼, 하고 민우가 속삭이듯 말했습니다. 그 순간 잊고 있던 기억이 떠올랐습니다. 한 해 전 가을 어느 날, 아침 일찍 새를 찍으려고 산간 마을에 묵은 적이 있습니다. 새벽 공기를 마시며 걷고 있는데 민우가 걸음을 멈추었습니다. 이슬에 젖은 풀 위에 죽어 있는 새 한 마리가 보였습니다. 민우가 살며시 새를 만지더니 몸이 따뜻하다고 속삭이고는 촬영을 시작하더군요. 새와 함께 푸르스름한 새벽빛, 바람에 흔들리는 풀, 그 뒤의 들판, 그 속에서 들려오는 고요한 소리들이 민우의 카메라 속으로 흘러들어 갔습니다. 숲에 들어가 새 울음소리에 귀를 기울이고 있는데 민우가 자신의 카메라를 손가락으로 가리키며 이 안에 무엇이 들어 있는 줄 아느냐고 물었습니다. 모른다고 하자 새의 영혼, 하고 속삭이듯 말하더군요.”

윤기훈의 표정이 아련해졌다.

“제가 낭패감으로 어쩔 줄 몰라 하자 민우가 한 가지 방법이 있다고 말하더군요. 뭐냐고 했더니 자신이 채증요원의 역할을 대신하는 것이라고 했습니다. 채증요원은 경찰청 정보국 소속입니다. 민간인은 채증할 수 없다는 나의 말에 민우는 그건 알지만 이 상황에서 유일한 해결책은 그 방법밖에 없다고 하면서, 직속상관의 허락을 얻는 데 자신이 특전사 출신이라는 사실이 도움이 될 것이라고 했습니다. 민우의 말이 맞았습니다. 상황을 보고하면서 카메라 주인이 특전사 동기라고 덧붙이자 못마땅한 표정을 짓고 있던 직속상관이 표정을 풀면서 그렇게 하라고 하더군요. 그도 특전사 출신이거든요. 그렇게 해서 민우는 나중에 대원들이 지옥이라고 표현한 남일당으로 들어간 것입니다."

경찰특공대는 남일당으로 진입할 때 층별 내부 도면조차 보지 못했다고 했다. 망루 구조도 몰랐고, 망루 안에 화염병과 시너 등 위험 물질들이 얼마나 있는지도 몰랐다고 했다.

"돌이켜보면 마치 무엇에 쫓기듯이 다급하게 밀어붙인 작전이었습니다. 그렇게 밀어붙이다 보니 질주를 언제 어떻게 멈추어야 하는지 아무도 몰랐던 것입니다. 철거민들의 마지막 거점인 망루가 순식간에 지옥으로 변해버린 것은 질주의 결과였습니다. 대원들은 망루에 두 번 진입했습니다. 첫 번째 진입은 여섯 시 오십 분에 있었습니다. 사층 구조의 망루는 칠흑같이 어두웠고, 철거민들은 사층에서 저항하고 있었습니다. 불이 난 것은 일곱 시 육 분이었습니다. 소화기로 간신히 끈 후 망루 반대편 옥상으로 퇴각했습니다. 그때가 일곱 시 팔 분이었습니다. 두 번째 진입은 십 분 후에 시작되었습니다. 1차 진입 시 망루 안에 다량의 유증기가 발생한 것을 대원들은 알고 있었습니다. 그런 상태에서 다시 진입한다는 것이 얼마나 위험한지도 알고 있었습니다. 농성 장소에 인화물이 있으면 소진된 후 진입해야 한다고 경찰 진압작전 지침서에 나와 있습니다. 그럼에도 진입했고, 잠시 후 돌이킬 수 없는 화재가 난 것입니다."

그의 얼굴은 회한에 잠겨 있었다.

"저는 거기까지 받아들일 수 있습니다. 그것은 명령이었고, 대원들은 명령을 수행해야 했으니까요. 하지만 민우가 그런 지옥 속으로 들어간 것은 지금도 받아들이기 힘듭니다. 채증요원 한 명이 빠진다고 작전이 어떻게 되지는 않습니다. 그럼에도 민우에게 전화한 건 빈 데가 보이면 채워야 직성이 풀리는 제 성격 탓이었습니다."

"그건 윤 선생 탓만은 아니잖습니까?"

"그렇지 않습니다."

윤기훈은 고개를 저었다.

"카메라에 대한 민우의 특별한 애정을 저는 알고 있었습니다. 민우에게 카메라는 아무에게나 빌려주는 단순한 물건이 아니었습니다. 민우만이 느끼는 생명체였으니까요. 민우가 자신이 들어가겠다고 한 것은 그 상황에서 그것이 나를 위한 유일한 방법이었기 때문입니다. 선생님의 말씀을 받아들일 수 없는 이유를 이해하시겠습니까?"

내가 고개를 끄덕이자 윤기훈의 입가에 가느다란 미소가 흘렀다.

"망루에 화재가 났을 때 민우는 두 번 다 망루 안에 있었습니다. 나중에 그 사실을 안 저는 너무 화가 나 그 위험한 곳을 왜 두 번씩이나 들어갔느냐고 소리를 질렀습니다. 거기에서 민우가 무엇을 보았는지 전 모릅니다. 제가 물었을 때 민우는 침묵했습니다. 침묵이 괴롭게 느껴지기 시작할 무렵 민우가 말하더군요. 자신이 본 모든 것들이 카메라 안에 다 들어 있다고. 하지만 카메라는 압수당했고, 민우의 존재는 남일당에서 지워졌습니다. 카메라를 빼앗긴 후 움푹 꺼진 눈으로 멍하니 허공을 응시하던 민우의 모습이 잊히지 않습니다."

윤기훈은 스르르 눈을 감더니 잠시 후 떴다.

"그날 이후 우린 침묵에 익숙해져야 했습니다. 둘이 만나면 그 사건이 떠오르면서 말이 사라져버리니까요. 새 촬영을 가지 않게 되면서 만나는 일이 뜸해졌습니다. 간혹 전화하면 잘 지낸다고만 했습니다. 그러면서 세월을 흘려보냈지요. 시간이 가면 기억도 어디론가 흘러가겠지, 생각하면서. 2010년 1월이었습니다. 민우와 오랜만에 만나 소주를 마셨습니다. 이런저런 이야기를 하던 중 참사가 난 그해 가을 제가 증인 신문을 받을 때 민우가 법정에 왔다는 사실을 알게 되었습니다. 얼굴이 화끈거리더군요. 그날 무척 힘들었습니다. 참사 현장을 떠올리게 하는 소리나 냄새만 맡아도 괴로운데 그걸 헤집고 들어가야 하니⋯⋯. 게다가 기억들이 제대로 이어지지 않았습니다. 잘 잡히지도 않는 기억의 조각들을 잡으려고 허우적거리는 꼴이 우습기도 하고 비참하기도 했습니다. 수치심도 절 괴롭혔습니다. 참사 현장에서 제가 한 행동과 하지 못한 행동에 대한 수치심과, 숨김과 보탬 없이 사실 그대로 말하지 못하는 것에 대한 수치심이었습니다."

수치심에 대해 말할 때 그는 시선을 내려뜨렸다.

"저는 민우 앞에서 증인 신문을 받으면서 겪은 괴로움에 대해 주절주절 이야기했습니다. 자의식의 발로였죠. 민우는 가만히 듣고만 있었습니다. 뭐라고 이야기를 해주었으면 했는데 좀처럼 입을 열지 않았습니다. 그날 법정에서 철거민측 변호사가 한 이야기도 마음에 걸렸습니다. 경찰이 제출한 채증요원들의 동영상에서 진실을 밝힐 수 있는 가장 중요한 시간대인 두 번째 화재 직전의 영상들이 다 빠져 있다고 말했거든요. 침묵하던 민우가 제 빈 잔에 술을 따르면서 거기에 가봤어? 하고 물었습니다. 거기라니? 제가 되묻자 민우는 의

아한 표정으로 나를 보았습니다. 거기를 모르는 제가 이상하다는 듯
한 표정이었습니다. 남일당. 민우는 해서는 안 되는 말을 하는 것처
럼 낮은 목소리로 재빠르게 말하더군요. 아, 거기. 저는 고개를 끄덕
이며 가보지 않았다고 말했습니다. 난 종종 갔어. 거의 속삭이는 듯
한 목소리였습니다."

왜? 궁금해서. 무엇이 궁금한데? 흔적이. 무슨 흔적? 시간의 흔적.

"시간의 흔적이라고 말할 때 목소리가 더 낮아졌습니다. 그 말을
하고는 다시 침묵했습니다. 무슨 생각을 하는지 침묵이 꽤 길었습니
다. 한참 후 민우는 어제도 갔다고 말했습니다. 표정이 무척 슬퍼 보
였습니다."

어제? 응. 어땠어? 철제 담장이 둘러쳐져 있었지만 모퉁이 한쪽
이 열려 있었어. 조심조심 들어갔지. 텅 비어 있는 건물 안이 낯설었
어. 며칠 전까지만 해도 그곳은 사람들로 가득 차 있었거든. 사람들
로 가득 차 있었다구? 그랬어. 어떤 사람들이? 우선 유가족들이 있
었어. 분향소가 거기 있었으니까. 신부와 수녀들이 있었어. 매일 저
녁 일곱 시 남일당 앞에서 미사가 열렸으니까. 화가들이 있었어. 벽
에 영정을 그리고, 걸개그림 작업을 하고, 추모탑을 만들고, 작품 전
시회를 하고, 미술굿을 했으니까. 촛불을 든 사람들과 꽃을 든 사람
들도 있었어. 그들은 쉼 없이 찾아왔어. 추모하기 위해, 미사에 참석
하기 위해, 화가들의 작품을 보기 위해. 그런데 어젠 아무도 없었어.
장례식을 치렀거든. 장례식을 치른 날, 흩날리는 눈발 속에서 수백
개의 만장들이 새의 날개처럼 나부꼈어.

"저는 그분들의 장례식 모습을 TV에서 보았습니다. 355일 만에

치러진 장례식이더군요. 마음이 많이 착잡했습니다. 그날 저녁 전 신자가 아님에도 성당을 찾아 무릎 꿇고 용서를 간구했습니다. 그럴 자격이 저에게 있는지 모르지만……."

장례식이 끝나자 사람들이 일상으로 돌아가 남일당이 처음으로 텅 비게 된 거지. 난 적막한 남일당 속으로 가만히 들어갔어. 삼 층 으로 올라가 검게 그을린 복도를 서성이고 있는데 망치로 쇠붙이를 두드리는 소리가 들려왔어. 여기 도끼 있어 도끼! 바로 여기…… 쾅쾅쾅…… 귀를 막았지만 소용이 없었어. 꿈에서도 듣는 소리니 까. 검은 옷들의 아우성과 함께. 그래, 그들은 검은 옷을 입고 있었 지. 그들 속에 나도 있었어. 내가 망루 안으로 들어간 것은 카메라가 원했기 때문이야. 난 단지 카메라를 따라 들어갔을 뿐이지. 카메라 가 원하는 것을 거부할 힘이 나에겐 없었어. 그 카메라를 잃어버렸 어. 카메라를 따라간 나도 잃어버린 거지. 그가 어디로 갔는지 난 몰 라. 가끔씩 나타나기는 해. 새의 영혼이 담긴 카메라를 들고.

"저는 민우가 짐작했던 것보다 훨씬 더 많이 괴로워하고 있구나, 생각했습니다. 민우의 입에서 이해할 수 없는 말이 흘러나왔지만 그 가 겪은 일을 생각하면 놀랄 이유가 없다고 애써 생각했습니다. 시 간이 지나면 좋아지겠지, 스스로 위로하며. 그런데……"

윤기훈은 말을 잇지 못하고 고개를 숙였다.

9

어둠 속으로 멀어져가는 윤기훈의 뒷모습이 쓸쓸했다. 시계를 보니 아홉 시가 조금 넘어 있었다. 택시를 타고 병원 앞에서 내렸다. 병동 편의점에서 산 원두커피를 들고 박민우가 있던 병실로 올라갔다. 협탁 위에 책 두 권이 가지런히 놓여 있었다. 책 곁에 놓인 만년필이 시선에 들어왔다. 오래된 만년필이었다. 협탁 서랍을 조심스레 열었다. 노트를 본 것은 두 번째 서랍에서였다.

난 그를 느낀다. 왜냐하면 나의 나니까. 왜 그가 나타나는 걸까? 나의 나라고 해서 꼭 나타나야 할 이유는 없지 않은가. 어쩌면 그를 그리워하기 때문일지도 모른다. 왜 그를 그리워할까? 그가 새의 영혼을 가졌기 때문일 것이다. 그것을 아는 것은 나를 새의 시선으로 보기 때문이다. 새의 시선이 몸에 닿는 것을 느낀다. 그 느낌을 어떻게 표현해야 할지 모르겠다. 그는 오늘도 나타났다. 의사가 나간 지 얼마 지나지 않아서였다. 그의 기척을 느꼈다. 애써 모른 척한 것은 두려움 때문이었다. 그가 반가우면서도 두렵다. 왜 두려운가? 새의 시선으로 나를 보기 때문이다. 새의 시선은 사물과 풍경을 꿰뚫는다. 그 투명한 시선이 나를 환히 드러내니 두려워하지 않을 수 없다.

내 몸이 쇳덩이처럼 무거워져 침대에 시체처럼 누워 있는 것에 대해 의사는 내가 짊어지고 있는 죄의 무게 때문이라고 생각한다. 나는 의사의 생각을 받아들이고 싶다. 하지만 그것은 온전한 진실이 아니다. 내가 문득문득 쇳덩이 같은 죄의 무게에 희열을 느끼는 것은 그 무게가 나로 하여금 비상의 지점으로 올라갈 수 없게 하기 때문이다. 이 희열을 나는 누런 피부 밑에 숨기고 있다.

노트를 서랍에 다시 넣고 불을 끈 후 병실을 나왔다. 마음이 공허하고, 아팠다. 이런 상태로 집에 들어가고 싶지 않았다. 그렇다고 딱히 가고 싶은 데가 있는 것도 아니었다. 병원을 나와 방향도 없이 터벅터벅 걸었다. 거기로 가야 한다는 생각이 불쑥 든 것은 귓속에서 열쇠 돌리는 듯한 소리가 나고 있을 때였다. 피로하거나 기분이 좋지 않을 때 종종 들리는 소리였다. 하지만 '거기'가 구체적인 어떤 장소인지, 내 안의 누군가가 만든 상상의 장소인지 알 수 없었다. 머릿속에 뿌연 안개가 가득 차 있는 것 같았다. 어디론가 쉼 없이 걸었다. 마주 오던 행인과 부딪치기도 했고, 아스팔트 턱에 걸려 넘어질 뻔도 했다. 걸음을 멈춘 곳은 작은 놀이터 앞이었다. 나무가 있었고, 미끄럼틀과 그네가 보였다. 얼마나 걸었는지, 여기가 어딘지, 어떻게 해서 여기까지 왔는지 알 수 없었다. 갑자기 주위가 밝아지고 있었다. 하늘을 올려다보았다. 달이 구름 속에서 막 빠져나오고 있었다. 광활한 허공 속에서 달은 초현실적인 색채를 띠며 어디론가 천천히 흘러가고 있었다. 달의 뒤쪽, 그 허공의 심연에서 가물거리는 별 하나가 눈에 들어왔다. 박민우의 모습이 떠올랐다. 그는 사십이 층 아파트 옥상에서 나무처럼 서 있었다.

그날은 날씨가 몹시 추웠다. 기상청은 하루 전 한파 특보를 내렸다. 살을 에는 추위였다. 박민우는 완전한 움직임이 주는 기쁨에 취해 추위를 잊고 있었을까, 아니면 누런 피부 밑에 숨겼던 두려움에 싸여 오들오들 떨고 있었을까. 불현듯 나 자신이 낯설어졌다. 내가 누구인지, 혹은 무엇인지, 나라는 존재가 세상과 우주공간에 어떤 의미가 있는지, 나를 낯설게 바라보는 지금의 나는 낯선 대상이 되어버린 그전의 나와 어떤 관계에 있는지, 강렬한 의문에 사로잡혔다. 검은 물처럼 일렁이는 의문 속에서 나는 내가 무언가 두려워하고 있음을 어렴풋이 깨닫고 있었다. 새의 시선이었다.

조해진

파종하는 밤

1976년 서울에서 태어나 이화여자대학교 교육학과를 졸업하고 동 대학 대학원에서 석사 학위를 받았다. 2004년 중편소설 〈여자에게 길을 묻다〉로 《문예중앙》 신인문학상을 받으며 등단했다. 단편소설집 《천사들의 도시》 《목요일에 만나요》 《빛의 호위》, 장편소설 《한없이 멋진 꿈에》 《아무도 보지 못한 숲》 《로기완을 만났다》 《여름을 지나가다》 등이 있다. 신동엽문학상, 이효석문학상, 김용익소설상을 받았다.

모서리를 돌자 공장 정문이 보였다.

공장은 폐쇄됐고 현판도 사라지고 없었지만 외관은 다큐멘터리에서 본 그대로였다. 공장 둘레를 천천히 돌아보았다. 공장 뒤편엔 철망에 둘러싸인 공터가 있었는데, 고철을 모아 놓는 곳인지 버려진 구식 가전제품이 여럿 보였다. 그중엔 바퀴가 떨어져 나간 자전거도 있었고 찌그러진 공중전화 박스도 있었다. 공중전화 박스 안엔 선이 끊긴 초록색 전화기가 먼지를 뒤집어쓴 골동품처럼 놓여 있어서 시선이 갔다. 시선을 더 멀리 보내자 실종자를 찾는 빛바랜 현수막이 철망 끝에서 펄럭이는 게 보였다. 누가 이곳까지 와서 현수막을 볼지 의아했지만 현수막은 한순간도 멈추지 않고 부지런히 펄럭였다. 머릿속으로는 2주 전에 본 다큐멘터리 내용이 천천히 복기되고 있었다. 다큐멘터리에 따르면, 공장은 이십 년 넘게 업종을 바꿔 가며 운영되다가 십여 년 전에 완전히 파산했다. 공장의 맨 처음 이름은 화정계공이었다. 1980년대 중반 보리밭을 밀어내고 세워진 화정계공은 온도계 제조사였는데, 환기 시설이나 배기 시설에 대한 지식이 없던 초반 일이 년 사이 다섯 명의 노동자가 그곳에서 수은 중독으로 죽었다. 그들은 공장에서 숙식을 해결하던 지방 출신으로 만 스무 살이 채 안 된 소년들이었다. 소년들이 죽은 뒤에야 공장의 책임을 묻는 재판이 시작되었고 드물게도 노동자의 유가족이 승소했다. 그러나 화정계공은 패소 후에도 바로 문을 닫지 않고 십 년 가까이 운영되다가, 2000년대가 시작될 무렵 헤드폰 조립으로 업종을 바꾸었다.

이 공장을 알려준 사람은 경수였다. 다큐멘터리 촬영팀의 일원으로 공장에 들어선 순간 기시감이 들었노라고, 한 달 전 불쑥 전화를 걸어온 경수는 말했었다. 경수는 스물여덟 살의 내가 미디어 아티스트로서 첫 전시회를 열 때부터 내 작품의 사운드를 담당해 주던 대학 후배였다. 내가 결혼을 하고 그가 방송국에 음향 스태프로 취업하면서 사이가 멀어지긴 했지만, 각종 지원금을 받으며 미친 기계처럼 쉼 없이 작품을 생산해 내던 어느 한 시절의 나를 가장 잘 아는 사람이기도 했다.

─기시감이 어디에서 왔나 곰곰이 생각해보니, 바로 선배 작품이었어요.

경수가 이어서 말했다. 먼지로 뿌연 바닥, 창문을 막은 판자 틈새로 들어오는 원통 모양의 햇빛과 흩어지는 먼지, 녹슨 배관에서 떨어지는 작은 물방울, 물방울이 부서질 때마다 연상되는 은빛 파편, 경수는 그렇게 공장 내부를 묘사해갔다. 경수의 기시감을 이해할 수 있었다. 한때 내 카메라엔 오래된 상점과 쇠락한 철공소, 수몰되기 직전의 버려진 마을 같은 곳이 담겼고 그 공간에서 내가 찾았던 건 이름 없는 죽음의 흔적이었으니까. 폐허 속 익명의 죽음을 주제로 한 내 작품은 카메라가 보여줄 수 있는 하나의 정직한 시선이라는 평가를 받았고, 그 평가는 그 시절의 내 정체성이었다. 그것 외에, 나는 아무것도 아니었다.

　―그러니까 내 말은 작품 한 번 만들어 볼 생각 없냐고요. 사운드
야 내가 맡으면 되니까 그건 걱정 말고요.

　내가 오 년 넘게 작품을 발표하지 않았고 내게 작품을 의뢰하는
갤러리도 더 이상 없다는 걸 모를 리 없는데도 경수의 목소리는 태
연했다. 확답 없이 전화를 끊긴 했지만 그날 밤 나는 새벽까지 잠들
지 못하고 뒤척였다. 다큐멘터리가 방영되던 날엔, 잠든 준희 곁에
서 이어폰을 연결한 노트북으로 아무도 몰래 다큐멘터리를 시청했
다. 다큐멘터리가 끝나갈 무렵부터 바람에 물결치는 푸른 보리밭 영
상에 공장의 역사를 자막으로 넣는 작품의 도입부를 나는 구상하기
시작했다. 보리밭 영상이 다 지나가면 공장 안의 풍경이 자연스럽
게 이어질 터였다. 본 적도 없는 공장 안의 풍경은 포커스 아웃한 화
면처럼 흐릿해지기도 했고 패닝 기법으로 찍은 듯 흔들려 보이기도
했다. 습관이었다. 내게 풍경은 갤러리에 전시되는 영상으로 재구성
될 때가 많았고, 그건 직접 보지 않은 공간을 상상할 때도 마찬가지
였다.

　어느새 나는 공장 정문 앞으로 되돌아와 있었다.

　쇠창살로 된 정문의 잠금장치는 날카로운 철끈으로 몇 번에 걸쳐
감겨 있어서 무단으로 그 안에 들어가는 건 불가능해 보였다. 아마
도 방송국은 구청이나 공장 관계자의 허가를 받고 촬영을 했을 것
이다. 쇠창살 사이로 보이는 우람하고 키가 큰 나무 한 그루에 내 시
선은 고정됐다. 부식된 시멘트와 부서진 벽돌, 녹슨 철로만 구성된
공장 안에서 초봄의 햇살을 받아 여린 잎을 틔운 나무는 눈에 띌 수

밖에 없었다. 수많은 벌레와 곤충들이 태어나고 번식하다가 죽음을 맞이하는 살아 있는 거주지……. 나무는 언제부터 저곳에 있었을까. 나무의 수령이 삼십 년 이상이라면 공장이 직장이자 집이었던 다섯 명의 소년들도 저 나무를 보았을 것이다. 보면서, 일하고 먹고 잠들었을 터였다. 아침에는 나뭇잎 사이로 흘러나오는 새소리에 눈을 떴을지도 모른다. 병세가 깊어지면서 환각 증상에 시달리던 무렵에는 어땠을까. 그땐 저 나무가 죽음의 영역을 알리는 기이하고도 음험한 설치물처럼 보이지는 않았을까. 아니면 삶의 의지를 불러오는 한 줌의 생기로 각인되었던가. 알 수 없었다. 설혹 나무의 수령이 삼십 년이 넘더라도, 소년들이 바라보던 그 시절의 나무는 이제는 부재하는 풍경 속에 있었다.

문득 나무의 표면을 만져 보고 싶다는 욕망이 일었다. 가능하다면 두 팔로 부둥켜안고도 싶었다. 소년들과 나 사이엔 긴 세월이 있었지만 나무를 만지는, 그 성분과 구조가 똑같은 그들과 나의 손은 시간의 바깥에서 교차하거나 겹쳐질지 몰랐다. 공장 정문에 바짝 붙어 선 뒤 쇠창살 사이로 손을 집어넣어 잠금장치를 흔드는데 손끝에서 시작된 날카로운 감각이 한순간 온몸으로 퍼져갔다. 오른손 검지에 맺힌 굵은 핏방울을 반사적으로 흡입하자 산화된 광물의 탁한 맛이 났다. 약국이나 병원에 가서 소독하지 않으면 깊어질 상처였다. 곧 준희가 어린이집에서 돌아올 시간이기도 했다. 발길을 돌려야 했지만, 나는 어느새 손가락에서 입술을 떼고는 고개를 뒤로 젖혀 하늘을 올려다봤다. 검은 새 한 마리가 내 머리 위를 빙빙 돌고 있었다. 새의 시선으로 공장 전체를 풀숏으로 찍는 영상을 나는 상상하기 시작했고, 그 숏에는 공장 마당에서 공놀이를 하거나 나무에 느슨하게 등을 기대고 앉은 다섯 명의 소년들이 담겨 있었다. 무성한 나뭇잎을 통과한 햇빛이 땅바닥에 방사형으로 쏟아져 크고 작은 조각으로 일렁이던 어느 여름날이었다. 아마도.

*

버스가 아파트 단지 앞 사거리에서 신호에 걸려 정차해 있을 때, 차창 밖으로 큰 배낭을 메고 걸어가는 왼팔 청년이 보였다. 늘 왼팔을 귀에 바짝 붙인 채 끊임없이 좌우를 살피며 다니는 그를 아파트 단지에서 모르는 사람은 없었다. 어쩌면 그에게 세상은, 신호등과 횡단보도뿐 아니라 함께 길을 건너는 보행자 한 명 없는 황량한 차도의 확대판에 불과한지도 모른다. 그렇다면 그는 그 차도에 갇힌 채 스스로를 지켜야 하는 자세로 지금껏 살아온 셈이다. 그런데……. 나는 궁금해졌다. 그런데 그는, 최근에 자신에게 쏟아지는 사람들의 시선이 이전보다 더 배타적으로 변했다는 걸 알고 있을까.

아파트 단지 안에선 두 달 사이 세 명의 미취학 아동—두 명은 여자아이였고 나머지 한 명은 남자아이였다—이 성추행을 당했는데, 범인은 교묘하게도 감시 카메라의 사각지대를 선택했고 마스크와 모자를 착용하여 피해 아동조차 그 얼굴을 제대로 목도하지 못하게 했다. 범인의 몽타주도 나오지 않은데다 왼팔 청년의 지적 능력이 완전범죄와는 거리가 멀다는 걸 모를 리 없는데도 예민해진 사람들은 그에게 부당한 분풀이를 하고 있었다. 적어도 내겐, 그렇게 보였다. 그의 곁을 지나가는 승용차에선 이유 없이 클랙슨이 울릴 때가 많았고, 그가 마트나 식당에 들어서면 점원과 손님들은 대놓고 인상을 찌푸렸다. 신호가 바뀌고 버스가 움직이면서 차창 밖 왼팔 청년은 조금씩 뒤로 물러났다. 여행을 떠나려는 것일까. 시야에서 사라져 가는 그와 그의 큰 배낭을 끝까지 눈으로 쫓으며 나는 속으로 중얼거렸다. 그가 드디어 차도에서 벗어나 다시는 돌아오지 않을 망명에 가까운 여행을 떠나게 되었다는 그 상상은, 뜻밖에도 나를 웃게 했다.

버스에서 내려 아파트 단지 안으로 들어서자 마침 준희가 다니는 어린이집의 봉고차가 눈에 들어왔다. 준희는 세 명의 아이들 중 가장 마지막으로 봉고차에서 내렸다. 반가운 마음에 준희 쪽으로 빠르게 걷던 나는 어느 순간 그대로 멈춰 섰다. 봉고차가 아파트 정문을 빠져나가자마자 준희를 제외한 두 아이는 준희에게 눈길 한 번 주지 않은 채 그들끼리 아파트 안으로 들어가버렸고, 혼자 남겨진 준희는 주눅 든 모습으로 땅바닥만 내려다봤다. 바람이 찼다. 정상인가. 언제부터인가 준희를 바라보는 내 시선엔 정상과 비정상이라는 이분법만이 작동했다. 준희를 병원에 데려가려 한 적도 있었다. 그러나 막상 예약해 놓은 검사 날짜가 다가오면 준희는 그저 내성적인 성격일 뿐, 정상의 범주에 속하는 건강한 아이라는 확신이 생겼다. 아프면 울고 가끔이나마 웃기도 하며 글자의 일부도 읽을 줄 아는 아이를 발달 장애로 의심한 것이 미안할 정도였다. 성인이 된 준희가 사람들의 말을 알아듣지 못하거나 감정을 공유하지 못하여 공동체에서 배척되는 모습을 상상했던 것에는 죄책감을 느끼기도 했다. 인간이 눈금이 새겨진 투명한 컵도 아닌데, 그 내면의 상태를 의사의 진단과 의학적인 장비로 추출해 내어 정상의 기준에 부합하는지 판단하는 과정 또한 신뢰할 수 없었다. 준희의 발달 장애 검사를 예약하고 다시 그 예약을 취소하는 것이, 지난 몇 달 동안 내가 몰두해 있던 일이었다.

다시 걸음에 속도를 냈다. 준희는 내가 눈앞에 나타나자 잠시 나를 올려다보더니 이내 내 오른손 검지로 시선을 옮겼다. 약국에서 급하게 연고를 바른 뒤 대충 붙여 놓은 밴드 위로 피가 배어나 있었다.

—야옹이 봤어. 엄마, 야옹이 아파.

준희가 밴드를 빤히 바라보며 말했다. 어린이집 뒤뜰에 하루에 한 번씩 출몰한다는 고양이에 대해서라면 이미 수십 번도 더 들었을 것이다. 아픈 고양이 이야기는 엄마의 피 흘린 상처를 보고 나온 일차적 반응으로는 적합하지 않은 듯했으나 나는 불안하지 않았다. 불안하지 않기 위해 노력했다. 아무것도, 그렇게 할 수는 없었다. 야옹이는 어디에나 있어, 말하며 나는 준희를 안아 올린 뒤 아파트 쪽으로 걸어갔다.

엘리베이터 안에는 어제처럼, 어제의 어제처럼 미취학 아동을 대상으로 한 성추행 범죄를 각별히 조심하라는 공고문이 붙어 있었다. 공고문 여백에는 누가 봐도 왼팔 청년을 묘사한 캐리커처가 그려져 있었고 혐오의 욕설이 낙서되어 있기도 했다. 준희를 안고 있던 두 팔에 저절로 힘이 들어갔다.

802호에선 평소와 같은 오후와 저녁이 흘러갔다.

준희가 거실에서 장난감을 갖고 노는 동안, 나는 청소와 빨래를 하는 틈틈이 소시지를 굽고 된장국을 끓여 저녁 식탁을 차렸다. 준희는 늘 그랬듯 내 기대보다 적게 먹었다. 꽉꽉 좀 먹어라, 사내자식이. 남편이 곁에 있었다면 분명 그렇게 말했을 것이다. 그는 거의 무의식적으로 준희를 통제하려 했는데, 나는 남편의 그런 태도가 일종의 보상 심리에서 비롯되었다는 걸 잘 알고 있었다. 여러 번 그 문제를 지적해 봤지만 진지한 대화로 이어지지는 못했다. 내가 그의 비뚤어진 보상 심리를 언급할 때마다 그는 준희의 발달 장애를 의심하는 내가 외려 병적이라고 언성을 높였다. 불쌍하게 죽은 사람들을 찍는 것으로 위안삼다가 이제는 그러지 못하니 무용한 의심이라도 필요한 거냐며 비아냥거리기도 했다. 그때쯤이면 나는 거의 패닉 상태가 되어 벽이나 가구에 몸을 부딪혀가며 아무 소리나 마구 내질렀고 정신을 차리고 보면 남편도, 준희도 보이지 않았다. 남편과 나는 서로의 어리석음을 인정하게 하는 것에 실패한 셈이다. 아니, 우리의 모든 것이 실패했는지도 모른다.

식사를 마친 준희를 씻기고 재운 다음엔 준희가 남긴 밥과 반찬을 한데 모아 입 안으로 밀어 넣는 것으로 내 몫의 저녁 식사를 해결했다. 남편은 자정이 다 되어서야 돌아왔다. 그가 늦은 밤에 귀가했다는 건 개인 교습을 하고 왔다는 의미였다. 그는 오랫동안 화가로 불리며 살았고 한때는 거의 매해 개인전을 열기도 했지만, 준희가 태어날 즈음엔 나처럼 작업을 중단했고 빚을 내어 미술 입시 학원을 개업했다. 작업 중단과 학원 개업 사이의 인과관계는 뚜렷하지 않지만 우리의 필모그래피가 단절된 것에 서로의 강요가 없었다는 건 분명하다. 작년 여름에 그는, 동료 화가들과 공동으로 임대한 컨테이너 창고에서 자신의 유화 작품을 모두 꺼내 처분하기도 했다. 그는 그림을 공짜로 선물하는 것을 혐오하는 부류이니 학원에 걸린 작품을 제외한 나머지는 모두 소각됐을 가능성이 높다. 학원은 사정이 나아질 때도 있었으나 대체로 적자였고, 그는 그 적자를 개인 교습으로 메우고 있었다.

간단하게 씻고 나온 남편은 잠든 준희를 확인하자마자 주방으로 가더니 냉장고에서 맥주를 꺼내 마시기 시작했다. 한 캔, 두 캔, 안주도 없이 맥주만 벌컥벌컥 들이켜는 그를 나는 소파에 웅크리고 앉아 가만히 건너다봤다.

—너도 와서 마셔.

그는 몇 번에 걸쳐 내게 권유했지만 그때마다 나는 말없이 고개만 저어 보일 뿐, 그에게 다가가지 않았다. 그와 대화를 할 수는 없었다. 그가 이 전세 아파트와 학원을 정리한 돈으로 빚을 갚자고, 모든 것이 지겹다고, 그 이후엔 실업수당과 육아 보조금으로 연명해야 할 거라고 고백할까 봐 나는 겁이 났다. 우리의 계급이 추락했고 우리는 이미 오래전부터 예술가가 아니라는 선고가 그 고백에 이어질지도 몰랐다. 그리고 다시 시작될 원망과 비난과 패닉, 그 뻔한 패턴……. 불안이 실체가 되지 않도록 그의 고백을 차단하여 침묵의 공유지를 유지해야 한다. 나는 그렇게 생각했고, 할 수 있는 것도 그뿐이었다. 고개가 점점 더 옆으로 기울고 어깨의 선이 안으로 말려가는 그를 두 눈을 끔벅이며 한참을 바라보다가 새벽 1시가 다 되어서야 소파에서 일어나 방으로 들어갔다. 문을 닫은 뒤엔 붙박이장을 뒤져 카메라를 꺼냈다. 다큐멘터리를 본 뒤로 카메라를 꺼내 보는 횟수는 확연히 잦아져 있었다. 카메라는 여전히 묵직했고 특별히 고장 난 데도 없었지만 오 년 사이 구식이 되어버린 건 어쩔 수 없는 사실이었다. 작업을 하게 된다면 나는 이 구식 카메라로 촬영을 해야 할 것이다. 이제 내게 지원금을 대줄 곳은 없었고, 하나의 작품을 완성하려면 카메라 외에도 돈 쓸 곳은 많다. 촬영 장비를 빌려야 하고 그 장비를 사용할 줄 아는 스태프를 구해야 하며 그들에게 인건비와 식사비를 정산해주어야 하는 것이다. 그리고 그 액수의 총합은 현재 내게는 불가능한 숫자였다. 그건, 누구보다 내가 가장 잘 알았다.

*

잠들었던가.

거실에서 울리는 전화벨 소리에 눈이 떠졌다. 벨소리는 무시할 수 없을 만큼 집요하게 울렸으므로 나는 침대에서 몸을 일으켜 거실로 나갈 수밖에 없었다. 방문을 연 순간, 놀랍도록 찬 공기가 온몸을 관통했다. 평범한 추위는 아니었다. 공기가 그대로 얼어붙어서 파편으로 부서질 것만 같은 위태롭고도 비현실적인 추위였다. 난방을 최소화한 지 오래되긴 했지만 초봄의 실내가 이토록 추울 수 있다는 건 도무지 납득되지 않았다. 조명을 켤 생각도 못한 채 오들오들 떨며 얼음덩어리 같은 차가운 수화기를 들었다. 여보세요, 말한 순간 입에서 하얀 입김이 뭉텅뭉텅 새어나오더니 어둠 속으로 스며들었다. 아니, 어둠 속에서 소멸했다.

—사람이 죽었을 뿐이에요.

수화기 저편에서 남자가 말했다. 처음 듣는 목소리였지만 이유 없이 친숙하기도 했다. 오래전 친구일까. 그러나 내 또래의 남자를 대입하기엔 그 목소리가 지나치게 미성이었다.

—누구시죠?

—처음엔 하나도 아프지 않았어요. 그게 나를 아프게 할 수도 있다는 건 상상도 해본 적 없는걸요. 그건 나쁜 냄새도 안 났고 불쾌하게 끈적이지도 않았죠. 형들도 그걸 무서워하지 않았으니까, 나는 형들을 믿었으니까, 그냥 형들이 하는 대로 했던 거예요.

—죄송하지만, 지금 무슨 말씀을 하는 건지…….

—그걸 온도계에 주입하면 호스에서 칙칙 소리가 나면서 뿌연 증기가 흘러나왔는데, 꼭 엷은 구름 같기도 하고 풀어진 솜사탕 같기도 해서 숨 쉬면서도 먹고 말하면서도 먹었어요. 막 먹었어요, 막. 바닥엔 그게 물방울처럼 굴러다녔죠. 그걸 아무렇지도 않게 밟고 지나다녔고, 손등이나 팔뚝에 묻으면 바지에 쓱 문질러 닦곤 했어요. 그게 위험하단 걸 누구도 일러주지 않았고, 나는 내가 왜 아픈지도 모른 채 아프기 시작했어요.

온도계, 호스, 증기……. 그제야 나는 남자가 온도계 공장에서 죽은 소년들 중 한 명이란 걸 알 수 있었다. 그렇다면 그가 반복적으로 언급한 그것은 수은일 것이다. 기이한 일이었다. 오래전에 죽은 자와 이렇게 전화선으로 연결되는 건 불가능한 일이니까. 불가능해, 중얼거리자 뼛속까지 얼 것 같은 추위가 다시 시작됐다. 의식할 때만 감각되는 농담 같은 추위를 느끼며, 나는 내가 꿈속에서 전화를 받았다는 걸 느리게 깨달았다. 그렇다면 남자는 죽음과 삶 사이, 과거와 현재 사이, 그리고 내 꿈의 입구에 세워진 여러 겹의 비물질적인 장막을 뚫고 전파도 흐르지 않는 이곳으로 전화를 걸어온 셈이다.

─너무 자고 싶었는데, 잠만 자면 다 나을 것 같았는데, 잠이 오지 않는 거예요. 나중엔 한순간도 잘 수 없었어, 단 한 순간도. 얼마나 끔찍했는지 알아요, 그때? 병원으로 옮겨간 뒤론 대소변도 못 가렸고, 혀가 굳고 잇몸이 상해서 밥 한 톨 씹지 못했고, 온몸은 까맣게 손톱독이 오를 때까지 긁어대야 할 만큼 안 가려운 데가 없었는데, 깨어서, 깨어 있는 상태로, 그 고통을 다 느꼈어, 고스란히 다.

마음의 결이 헝클어졌는지 이어지는 그의 목소리는 높게 떨렸다. 알고 있었다. 재판에 증거 자료로 채택된 병원 진단서와 동료들의 증언, 유가족 진술서 등에는 공통적으로 소년들이 겪은 불면의 고통이 기록되어 있었다. 병원에서 소년들은 통증과 가려움증으로 헛소리를 하면서도 잠에 들지 못했다고, 그들을 잠들게 할 수만 있다면 지옥에라도 가서 약을 구해 오고 싶었다고, 차라리 그들이 기절이라도 하길 기도해야 했다고, 그들의 담당의와 동료들과 가족은 말했다. 고작 아스피린 따위에 의탁하다가 죽음의 문턱에서야 병원 진료를 받게 된 소년들은, 여러 경로를 거쳐 가까스로 수은 중독이라는 병명을 알아냈지만 제대로 된 치료를 받아보지 못한 채 한두 달 새에 모두 사망에 이르렀다. 공장에서 일하며 야간 고등학교에 다니겠다는 포부를 안고 고향을 떠나온 만 열여섯 살의 M도 마찬가지였다. M은 희생자 중 가장 어렸고 아직 성장기여서 체격도 작았다. 지금 전화기 저편에 있는 남자는 M일 가능성이 높다. 다큐멘터리를 보고난 뒤 시립도서관과 법원 자료실을 드나들며 찾아본 자료 중에서 나는 M과 관련된 것을 가장 열심히 들여다봤고 M의 시점으로 구성되는 영상을 계획하고 있었으니까. M이 남긴 편지도 나는 찾아서 읽었는데, 그건 재판에 제출된 유일한 사적 기록물이었다. 수은에 조금씩 중독되어갈 무렵, 그러니까 아직 병명도 모르던 때, M은 누나에게 썼다. 기숙사로 이용되던 빈 작업장—서너 평도 안 되는 그곳에서 그 다섯 명의 소년들이 한 데 엉켜 잤다—에 석유곤로를 켜놓고 이불을 깐 채, 자꾸 멀미가 나, 그렇게 첫 문장을 썼을 것이다. 멀미가 나서 똑바로 걷는 것도 힘들다고, 그럴 리 없는데도 공장 바닥이 기울어진 느낌도 든다고, 무섭다고, 가끔은 물에 빠진 악몽을 꾼다고, M의 문장은 그렇게 이어졌다. 근데 다 포기하고 공장에서 나가면 내가 정말 아픈 사람이 될 것 같아. 겨울 지나서 입학하기로 한 야간 고등학교는 어떡하고. 그래서……. 그래서, 이후의 문장은 후략으로 처리되어 있었다. 아마도 재판과 상관없는 개인적인 이야기여서 그랬을 것이다. 소년들의 사진, 그들 각자의 습관과 미래의 계획, 먹고 싶은 것과 갖고 싶은 것, 어른이 되면 가보려 했던 도시들, 만나고 싶어 하던 이성의 유형 같은 것도 자료에는 기록되어 있지 않았다.

돌연 수화기 저편이 잠잠해졌다. 눈을 감고 M이 있는 곳을 상상하자, 공장 뒤편 공터에서 보았던 공중전화 박스와 초록색 전화기가 흑백으로 처리된 영상 속에서 유일하게 색채를 띠며 클로즈업됐다. 나는 이 추위가 어디에서 온 건지 짐작할 수 있었다. 눈이 번쩍 떠졌고, 나는 어느새 밤거리에 나와 있었다. 아마도 M이 있는 곳으로 가야 한다는 생각이 내 몸을 순식간에 거리로 옮겨 놓았을 것이다. 꿈속에 입력되었던 그 강렬한 추위는 그새 삭제된 모양인지 외투도 없이 잠옷 차림 그대로였지만 전혀 춥지 않았고, 맨발 역시 시리지 않았다. 한참을 정신없이 걷는데 맞은편에서 왼팔 청년이 다가오는 게 보였다. 주위를 둘러봤다. 거리의 조명은 전부 꺼져 있었고 상점들은 닫혀 있었으며 행인은 한 명도 보이지 않았다. 다시 집으로 돌아가고 싶었지만 누군가 정지 버튼이라도 누른 듯, 사각형의 어둠 속에서 나는 꼼짝도 할 수 없었다. 유난히 큰 발소리를 내며 걸어온 그가 내 앞에서 멈춰서더니 물끄러미 나를 건너다봤다. 그가 아동 성추행 사건의 심리적인 용의자란 걸 실은 늘 의식했던가. 남몰래 비웃곤 했던 그 허구의 공포가 내 갈비뼈 안쪽을 서늘하게 베고 지나가는 것 같았고, 나는 그 감각을 가만히 견뎌야 했다.

　—안녕하세요.

　그가 인사했다. 치분한 목소리에 발음은 정확했다. 안녕하세요, 얼결에 나 역시 인사하고 난 뒤에야, 비록 꿈속이긴 하지만 왼팔 청년의 목소리를 들은 것이나 그와 눈을 맞추며 인사를 나눈 것이 내게는 모두 처음 있는 일이란 걸 깨달았다. 모든 것이 낯설었지만, 그의 왼팔이 얌전히 내려와 있는 것이 그중에서도 가장 낯설었다. 이제 그는 평균 이상으로 단정한 사람처럼 보였다. 잠옷 단추를 끝까지 채우고 때 묻은 맨발을 꼼지락거리며 그의 눈치를 살피는데 그가 저것 봐요, 말하더니 한곳을 가리켰다. 그의 손이 가리키는 곳에선 작고 둥근 입자들이 한밤의 대기를 가로지르는 중이었다. 눈송이도 아니었고 먼지 뭉치는 더더욱 아니었다. 입자는 땅으로 떨어지거나 바람에 흩어지지도 않은 채, 마치 소풍이라도 가는 정령들인 양무리를 이루어 그와 내가 있는 쪽으로 점점이 다가왔다.

—씨앗의 씨앗이에요.

하염없이 입자를 바라보는데 그가 설명했다. 씨앗의 씨앗이란 꽃을 피우게 하는 나무의 호르몬 같은 거라고, 어떤 나무들은 꼭 이 시간에 씨앗의 씨앗을 내뿜는다고도 했다. 씨앗의 씨앗이란 표현을 들어본 적이 없고 호르몬 같은 게 눈에 보일 리 없는데도, 나는 그의 말을 의심할 수 없었다. 입자, 아니 씨앗의 씨앗이 나타나면서 어둠의 가운데서부터 희붐한 빛이 흘러나왔고 생명이 배태되는 소란스러운 소리가 들려왔던 것이다. 문득 공장의 나무가 떠올랐다. 지금쯤 그 나무도 삭막한 공장 마당에서 고요하게 씨앗의 씨앗을 내뿜고 있을 거라고 생각하자 내가 거리에 나와 있는 이유가 새삼 환기됐다. 나는 왼팔 청년을 그대로 지나쳐 무작정 앞을 향해 걷기 시작했다. M만을 생각했다. 밤은 이렇게 분주히 생명을 증식하며 생동하는데, 여전히 잠에 들지 못한 M은 고작 찌그러진 플라스틱으로 세상과 분리된 공중전화 박스 안에서 그 끔찍한 추위를 견디고 있을 터였다. 어서 M을 만나고 싶었지만 그럴 수 없었다. 몇 걸음 걷기도 전에, 나는 이미 잠에서 깨버렸던 것이다.

*

씨앗의 씨앗…….

닭고기 샐러드에 뿌려진 통후추를 골똘히 들여다보며 나는 그렇게 되뇌었다. 일주일 전의 그 꿈 이후로 작고 둥근 것을 볼 때마다 왼팔 청년이 일러준 씨앗의 씨앗이 연상됐다. 마침 인기척이 느껴져 고개를 들자 맞은편의 큐레이터가 맥주를 권하는 자세로 서 있었다. 그녀가 따라 주는 맥주를 받으며 얼핏 벽시계를 보니 시간은 이미 8시가 다 되어가고 있었다. 어두워지기 전에 자리에서 일어나려 했던 애초의 계획은 틀어진 것이다. 다섯 명이 둥글게 앉은 중국 식당 테이블엔 각종 술병이 늘어가고 있었고, 대화의 범위는 사적인 영역으로 확대되고 있었다. 회화와 판화, 설치 미술과 미디어 아트 네 분야에서 선정된 작가들, 그리고 갤러리의 큐레이터로 구성된 자리였다.

큐레이터의 전화를 받은 건 이틀 전이었다. 그녀는 다가오는 여름 기획전에 내 예전 작품 한 편을 전시하고 싶다고 했다. 비록 개인전이 아닌 그룹전이긴 하지만, 성사된다면 오 년 만의 전시였다. 내가 동참 의사를 밝히자 큐레이터는 흡족해했고 그룹전에 참여하는 작가들과의 저녁 식사 자리도 일러주었다. 전화를 끊고 나서 내 메모를 보니 글자와 숫자가 심하게 휘갈겨져 있었다. 내가 흥분한 상태로 큐레이터와 통화했다는 걸 그제야 나는 알 수 있었다.

큐레이터가 함께 원샷을 하자고 제안했지만 나는 가까스로 웃어 보이며 거품이 빠진 미지근한 맥주를 딱 한 모금만 마셨다. 여기저기서 야유가 쏟아졌지만 더 마실 수는 없었다. 남편에게선 아직 한 통의 메시지도 오지 않았다. 남편과의 대화창에는 열두 번에 걸쳐 발송한 내 메시지만 확인하지 않았다는 표시와 함께 떠 있을 뿐이었다. 그가 어린이집 봉고차에서 내린 준희를 픽업하여 보살피고 있는 것이 맞는지, 대체 어디에 있기에 내 메시지를 읽지도 않는 건지 도무지 알 수 없는 상황이었다. 불안할 땐 대개 그렇듯, 가장 보고 싶지 않은 장면만 자꾸 상상됐다. 가스레인지를 켜보는 준희의 호기심 어린 얼굴이라든지 베란다 창문 밖으로 상체를 내미는 그 애의 작은 뒷모습이 머릿속에서 영상화되는 것을 제어할 수 없었다. 급기야 현관문을 열고 밖으로 나간 준희가 어둠이 내린 아파트 근처를 혼자 걷는 모습이 가상의 프레임 안에 들어왔을 때, 나는 거의 무의식적으로 의자에서 벌떡 일어나고 말았다. 아동 성추행범은 아직 잡히지 않았고, 준희는 보통의 아이들과 달랐다. 아니, 다를지도 몰랐다. 의자 옆에 내려놓았던 숄더백을 어깨에 메자 사람들이 한순간 말을 끊고 일제히 내 쪽을 쳐다봤다.

　―송 작가님, 가시게요?

　큐레이터가 날 올려다보며 물었다. 취한 줄 알았는데 눈빛이 맑았다. 날카로워 보이기까지 했다.

　―아뇨, 화장실 좀 다녀올게요.

　아무도 내 말을 믿지 않는 것 같았다. 내가 식당을 나간 순간, 둥근 테이블의 화제는 나와 내 작품이 되리란 걸 충분히 짐작할 수 있었다. 한물 간 작가를 기껏 생각해서 불러주었더니 고마운 줄도 모른다고, 저래서 애 엄마와는 함께 작업하면 안 된다고, 그렇게 한 마디씩 나눈 뒤 불쾌하게 웃을 게 뻔했다. 나는 컵을 들어 남은 맥주를 한 번에 들이켠 뒤, 가벼운 목례를 하고는 굳은 얼굴로 돌아섰다. 허둥대며 식당에서 나와 바람을 쐬자 상황이 분명해졌다. 그들이 내게 결혼한 여자이며 육아에 얽매어 있다는 걸 빌미로 무례한 발언을 하지 않았다는 것, 거짓말을 하고 마치 시위하듯 남은 맥주를 벌컥벌컥 들이켜서 유쾌한 분위기를 망친 쪽은 그 누구도 아닌 나라는 것도……. 그러고 보니 나는, 큐레이터와 식사하면서 차기작 지원에 대해 상의를 해 보겠다는 야심찬 계획도 세웠었다. 실소가 터졌다. 아니, 욕을 하고 싶은 건지도 몰랐다. 한 손으로 입을 틀어막은 채 택시를 잡기 위해 큰길 쪽으로 걷는데 큐레이터가 송 작가님, 부르며 잰걸음으로 내게 다가왔다. 그녀의 손에 내 휴대폰이 들려 있었다. 당혹스러워하며 휴대폰을 받자 아쉽네요, 그녀가 말했다.

—최현우 화가랑 결혼하셨잖아요. 오 년 전쯤 두 분 결혼하실 때 젊은 예술가 커플이 탄생했다는 기사들, 관심 있게 읽고 그랬는데.

—아, 네. 근데…….

—…….

—근데, 뭐가 아쉽다는 말씀인지…….

—궁금했거든요, 예술가한테 결혼이 정말로 무덤인 건지……. 실은 제가 다음 달에 결혼을 하는데 산증인의 조언을 듣고 싶더라고요.

—…….

나는 아연히 그녀를 건너다봤다. 그녀에게 무슨 말인가를 하고 싶었는데, 실은 그건 오늘 아침에 남편에게 할 뻔한 말이기도 했다. 남편은 화장실에 있었다. 내가 화장실 문턱에 서서 준희의 픽업을 부탁하자 그는 건성으로 알았다고 대답한 뒤 기계적으로 칫솔질을 시작했다. 내가 계속해서 문턱에 서 있었던 탓인지 입 안을 헹구던 그가 할 말이 또 있느냐고 물었고, 나는 기다렸다는 듯 오후에 큐레이터와 미팅이 있으며 갤러리로부터 지원을 받게 될지도 모른다고 한순간에 말해버렸다. 남편은 아무런 대꾸도 하지 않았다. 그가 반응을 보였다면 나는 한 톤 높아진 목소리로 더, 더, 말했을 것이다. 나는 어떤 일이 있어도 M의 이야기를 작품으로 완성할 것이며 계속해서 익명의 죽음을 카메라에 담을 거라고, 산 자의 기억은 죽은 자의 유일한 특권이기 때문에, 내게는 그것이 위안이 맞으며 절실하게 필요하다고도…… . 그때쯤이면 남편은 조금은 지친 얼굴로 나를 외면할 것이고, 나는 차가운 침묵 속에서 내게 남은 정상인의 함량이 과연 평균치인지 또다시 고민했을 것이다.

— ……아셨죠?

큐레이터가 말했다. 그사이에 귓속으로 시끄러운 한 시절이 다 지나가 버린 듯 그녀가 무슨 말 끝에서 알았느냐고 물은 건지 나는 듣지 못했다. 이번 그룹전에서 조용히 빠지라는 통고일 수도 있었고 새 작품을 기다린다는 응원일지도 몰랐다. 확인할 기회는 없었다. 그녀에게 다시 한 번 말해 달라고 부탁하기 위해 어렵게 입술을 뗀 순간 손안에 있던 휴대폰이 울렸고, 액정엔 남편의 이름이 뜨고 있었다.

*

준희는 집에 없었다.

처음엔 아주 천천히 방과 거실을 오갔다. 서둘러야 한다고 생각하면서도 그렇게 움직이지 못하는 건 그 생각의 형태가 이미 허물어진 탓이었을까. 남편은 준희를 픽업하지 않았고 하루 종일 나와의 약속을 까맣게 잊고 있었으며 현재 준희의 행방을 알지 못한다.

전화를 걸어 온 남편은 그렇게 말했다. 생각을 하자, 생각을, 중얼거리며 나는 주먹으로 내 머리를 힘껏 내리쳤고 그때부터 눈에 보이는 모든 문을 열어보기 시작했다. 준희가 숨어 있을 리 없는 장롱과 싱크대와 냉장고 문까지 나는 열어보았고 그때마다 같은 분량으로 절망했다. 휴대폰이 다시 울렸다. 남편이었다. 그는 크게 한숨을 내쉬고는 어린이집 문이 잠겨 있어서 지금은 경찰서로 가는 중이라고 말했다. 나는 아무런 대꾸 없이 통화 종료 버튼을 신경질적으로 여러 번 누른 뒤 전화번호부 아이콘을 찾았다. 어린이집 선생들의 전화번호를 정신없이 찾고 있는데 쉼 없이 움직이는 오른손 검지에 돌연 시선이 머물렸다. 철끈에 찢겼던 부위는 다 아물어서 흔적도 찾을 수 없었지만, 시간의 필름을 되돌린다면 엷게 피가 배어난 밴드가 복원될 터였다. 그리고 그때 준희는 내 곁에서 그 작은 입술을 움직여 무슨 말인가를 했다. 기억 장치 속 볼륨을 높이자 이내 준희의 목소리가 들려왔다.

나는 802호에서 뛰쳐나와 맹목적으로 뛰기 시작했다. 구겨 신은 운동화가 자꾸 벗겨지려 했지만 잠시도 멈춰설 여유가 없었다. 세 번째로 접어든 골목에서는 뜻하지 않게도 왼팔 청년 앞을 지나가게 되었다. 그는 혼자가 아니었다. 고등학생으로 보이는 남자아이들 네 명이 그를 에워싸고 있었는데, 그중 한 명은 왼팔 청년의 배낭을 뒤지고 있었고 또 다른 한 명은 바닥에 침을 뱉으며 담배를 피우고 있었으며 나머지 두 명은 그의 왼팔을 붙잡고 있었다. 완력으로 그 팔을 내리려는 남학생들은 고장 난 장난감 병정을 다루듯 천진하게 웃고 있었지만, 필사적으로 팔의 상태를 유지하려는 왼팔 청년은 이를 악물고 있었고 목에는 핏줄이 돋아나와 있었다. 골목을 다 빠져 나갈 때까지 그들의 실랑이는 계속됐지만 나는 달릴 수밖에 없었다.

남편의 말대로 어린이집 문은 잠겨 있었지만 다행히 담장이 그리 높지 않았다. 나는 담장을 넘어 그 안으로 들어간 뒤 곧바로 뒤뜰로 갔다. 뒤뜰엔 화분들과 토끼우리가 있었고, 파스텔 색깔의 미끄럼틀과 그네도 보였다. 준희는 그네에 혼자 앉아 있었다. 준희야, 부른 순간 무릎이 꺾였다. 준희가 내 쪽을 돌아봤다. 준희의 품에 아픈 새끼 고양이가 안겨 있다는 건 확인하지 않아도 알 수 있었다.

나는 치즈색깔 고양이를 안은 준희를 데리고 곧 어린이집에서 나왔다. 집까지 가는 길은 길었다. 봉고차에서 내린 다음 다시 어린이집까지 혼자 걸어간 거야? 응. 아무도 없는 데서, 안 무서웠니? 별로. 배도 안 고팠고? 응, 괜찮아. 엄마……. 왜? 야옹이 아파. 내가 돌봐줘도 돼? 그러고 싶어? 응. 그래, 그럼. 진짜? 대신 야옹이가 떠나고 싶으면 언제라도 보내줄 거야, 알았지? 응. 준희와 나의 대화는 그렇게 계속 이어졌고, 나는 이 순간이 훗날 소리로만 기억되어도 충분할 것 같다고 생각했다.

아파트 근처에서 왼팔 청년을 다시 보게 되었다. 배낭 지퍼는 열려 있었고 머리칼은 헝클어져 있었지만 왼팔만은 어김없이 번쩍 든 채 벚꽃나무를 올려다보는 그가 내 눈에는 나무와 교신하는 샤먼처럼 보였다. 그의 곁을 지나갈 때 마침 우리 쪽으로 돌아선 그는 준희가 안고 있는 고양이를 커다래진 눈으로 바라봤고 은근슬쩍 우리를 따라오기 시작했다. 내가 옆으로 비켜서 주자 그는 자연스럽게 준희 곁으로 차근차근 다가갔다. 고양이를 내려다보는 그의 눈빛은 검게

무에 기대앉아 있을…… 내 머릿속 갤러리에서 내내도록 상영하고 싶은 영상이었지만, 이곳을 떠난 순간부터 그 화면의 색감은 옅어지고 소년들의 실루엣도 희미해지리란 걸 모를 수는 없었다. 나는 더 작고 둥글게 몸을 말아보았다. 도래하는 밤에, 어쩌면 M이 또 다른 이야기를 전해주기 위해 시간의 바깥을 에돌아 이곳으로 올지도 모른다고 생각하니 위안이 되었다.

고통스러운 위안이었다.

* 이 소설은 권혜원의 영상 작품인 〈기억박물관—구로〉(2016)를 보며 시작되었음을 밝힙니다. 또한 소설 속 M은 산업재해 희생자 고故 문송면(1973~1988)을 모델로 하였음을 함께 밝힙니다.

'이상문학상'의 취지와 선정 규정

한국의 가장 오랜 그리고 으뜸의 문학상으로 평가받는 것은
이 규정에 따른 심사의 공정성과 작품성에 있다.

1. **취지와 목적** :《문학사상》(이하 주관사라고 한다)이 1972년에 제정한
'이상문학상(李箱文學賞)'(이하 '본상'이라고 한다)은 요절한 천재 작가
이상(李箱)이 남긴 문학적 유산과 업적을 기리며, 매년 가장 탁월한
소설 작품을 발표한 작가들을 표창하고, 《이상문학상 작품집》(이하
'작품집'이라고 한다)을 발행하여 널리 보급함으로써, 한국문학의 발
전에 기여할 것을 목적으로 한다.

2. **수상 대상 작품** : 전년도 〈본상〉 심사 대상(對象) 작품의 마감 이후인
발행일자를 기준으로 하여, 당해년도 1월부터 12월 말 사이에 발표
된 작품을 모두 심사와 수상의 대상에 포함한다. 문예지(월간지의 경
우 당해년도 1월 초부터 12월 말일 이전에 발행된 것으로 하고 계간지도 포함
한다)를 중심으로 해서, 각종 정기간행물 등에 발표된 작품성이 뛰
어난 중·단편소설을 망라하여 본심에 회부한다. 예비심사 과정에
서는 심사 대상에 오른 작품이 대상 또는 우수작상으로 선정될 경
우, 본상의 규정에 따른 수락 의사 유무를 직접 또는 간접적으로 확
인한다. 중·단편소설을 시상 대상으로 하는 까닭은, 문학의 중심

제42회 이상문학상 작품집

1판 1쇄 | 2018년 1월 12일
1판 19쇄 | 2019년 1월 22일

지은이 | 손홍규 · 구병모 · 방현희 · 정지아 · 정찬 · 조해진

펴낸이 | 임지현
펴낸곳 | (주)문학사상
주소 | 경기도 파주시 회동길 363-8, 201호(10881)
등록 | 1973년 3월 21일 제1-137호

전화 | 031)946-8503
팩스 | 031)955-9912
홈페이지 | www.munsa.co.kr
이메일 | munsa@munsa.co.kr

ISBN 978-89-7012-979-2 03810

이 도서의 국립중앙도서관 출판예정도서목록(CIP)은 서지정보유통지원시스템 홈페이지
(http://seoji.nl.go.kr)와 국가자료공동목록시스템(http://www.nl.go.kr/kolisnet)에서
이용하실 수 있습니다. (CIP제어번호 : CIP2018000779)

* 잘못 만들어진 책은 구입하신 서점에서 바꾸어 드립니다.
* 책값은 표지 뒷면에 표시되어 있습니다.

일렁였고, 준희는 고양이가 다른 사람에게서 사랑받고 있다는 걸 눈
치챘는지 짐짓 뿌듯해 보였다. 허공에서는 하얀 꽃잎들이 빙글빙글
돌며 흩날리고 있었다. 이제 나무들은 씨앗의 씨앗이 아니라 꽃잎을
내뿜는 시기를 맞이한 모양이라고 나는 왼팔 청년에게 말했다. 꽃
이 진 자리에선 열매가 자라날 것이고 그 열매가 떨어지면 다시 씨
앗의 씨앗이 돌아올 거라고도……. 왼팔 청년은 여전히 고양이에게
빠져 있을 뿐, 내 말은 듣지도 않은 듯했다. 상관없었다. 나는 잠시
걸음을 멈추고 크게 숨을 들이켰다. 순환하며 팽창하는 밤의 한 조
각이 내 안으로 들어오자, 예측 밖의 화학 작용이라도 일어난 것처
럼 마음 한쪽이 무너지듯 아파왔다. 나는 더 걷지 못하고 잠시 옷섶
을 움켜쥔 채 호흡을 골라야 했다. 준희와 왼팔 청년은 이제 한참을
앞서가고 있었다. 길을 잃을 걱정은 없었다. 멀리서 보니 삐죽 뻗어
나온 한 사람의 왼팔이 내게 손짓하는 깃발처럼 보였다.

*

두 달 만에 전화를 걸어온 경수가 공장의 철거 소식을 전해주었
다. 폐쇄된 공장이 아직까지 철거되지 않은 건 공장주가 빚을 많이
지고 죽는 바람에 자녀들이 상속을 포기해서였는데, 이번에 해당 구
청에서 그 부지를 샀다고 경수는 설명했다. 공장이 철거된 자리엔
치매 노인들을 위한 요양소가 들어설 예정인가 보았다. 경수의 설명
을 모두 들은 뒤, 그럼 나무는 어떻게 되는 거냐고 조심스럽게 묻자
모른다는 대답이 돌아왔다. 나무의 이식이나 벌목 여부가 아니라 나

무가 있었다는 것 자체를 그는 기억하지 못했다. 이제 그곳에서 영상을 찍는 건 불가능할 거라고, 이미 공장 안으로 공사 장비가 꽤 들어간 것 같다고, 경수가 이어서 말했다. 하필이면 가난한 내가 M의 이야기를 알게 되어 작품으로 만들어지기도 전에 시멘트와 철근에 묻히게 된 것이다. 미안하다는 내 말을, 그러나 경수는 통화가 끝날 때까지 이해하지 못했다.

그날 이후 몇 번에 걸쳐 비가 내렸다. 비가 지나간 뒤 세상에 퍼져 있는 녹색의 농도가 짙어질 무렵에야 나는 다시 공장에 가게 되었다. 사람들의 눈을 피하고 싶어서 저녁 시간을 택한 덕분에 인부들과 마주칠 일은 없었다. 쇠창살로 된 위압적인 정문은 사라지고 없었지만 공장 건물과 나무 역시 남아 있지 않아서 그 안으로 들어가는 건 의미가 없었다. 예상했던 일이었으므로 놀라거나 실망하지도 않았다. 나는 곧장 공장 뒤편으로 걸어갔다. 공터 역시 요양원의 일부로 편입되는지, 철망은 그새 제거되고 대신 노란색의 공사용 펜스가 그 주위에 둘러쳐져 있었다. 공터 안은 아직 파헤쳐지지 않았고 공중전화 박스도 제자리를 지키고 있었다. 펜스를 넘어 공중전화 박스 앞으로 걸어갔다. 가까이서 보니, 과거로부터 잘못 배달된 상자 같기도 했고 단 한 사람을 위한 대합실 같기도 했다. 문짝도 따로 없고 형체도 온전하지 않은 공중전화 박스 안으로 들어가 몸을 웅크리고 앉아보았다. 지금 머리 위로 새가 빙빙 돌고 있다면 좋겠다고, 처음 이곳에 왔을 때 목격한 그 검은 새라면 더 완벽할 거라고 나는 생각했다. 새의 시선으로 내려다본다면 소년들이 다시 보일지도 몰랐다. 다섯 명의 소년들, 그리고 그 속의 M, 지금도 공놀이를 하거나 나

이 장편소설에서 점차 중·단편소설로 이행하는 추세를 감안하고, 작품 구성과 표현에 있어서의 치밀성과 농축성으로, 짙고 강렬한 소설 미학의 향기와 감동을 자아내게 한다고 믿기 때문이다.

3. 상의 종류 : 본상은 가장 뛰어난 작품에 대한 대상(大賞) 1명과, 10명 이내의 대상(大賞)에 버금하는 작품에 대한 우수상을 선정하여 시상한다.

4. 예심 방법 : 예심은 월간《문학사상》편집진이 매 연도에 각 매체에 발표된 작품을 선별하여, 주관사의 편집위원과 편집주간 및 임원으로 구성된 이상문학상 운영위원회에서, 저명한 대학교수·문학평론가·작가·각 문예지 편집장·일간지 문학담당 기자 등 약 200명에게 추천을 의뢰하여 예비심사를 진행한다. 3회 이상 우수상을 받은 작가는 추천을 거치지 않고도 당해년도에 발표된 작품 중 뛰어난 작품을 선정하여 본심에 회부할 수 있다.

이와 같은 독특한 예심 방법은 소수의 예심 및 본심의 심사위원이, 짧은 시일 내에 수많은 작품 속에서 본심에 회부할 작품을 선정하고 다시 본심 심사위원이 단시간에 여러 작품을 심사하고 수상 작품을 선정하는 일반적인 문학상 심사제도의 단점을 보완하고, 되도록 문학 발전에 관심이 깊고, 전문 지식을 지닌 다수의 전문가에 여러 작품을 수시로 검토하여 심사 대상에 망라함으로써, 신중하고 치밀한 예심 과정을 진행하기 위한 것이다.

5. 본심 방법 : 예심을 거쳐 본심에 회부된 작품은, 권위 있는 평론가와 작가로 구성된 5~7인으로 구성될 심사위원회에 넘겨져, 수일간 개별적인 검토를 마친 후 본심위원회의에서 대상과 우수상을 선정한다. 본심은 각 심사위원의 의견을 청취한 후 대체 토론을 통해 본심에 회부된 작품 가운데 10편 내외의 작품을 먼저 선정한다. 이 작품에

대한 심사위원들의 평가를 듣고, 1편의 대상(大賞) 작품을 선정하고, 나머지 작품 중에서 5~7편의 우수상 작품을 선정한다. 수상 작품 결정에 있어 심사위원의 의견이 일치하지 않을 경우에는, 각 위원마다 3작품씩 추천하는 연기명 비밀 투표로써 최종 결정을 한다.

6. **저작권** : 대상(大賞) 수상 작품(이하 '대상 작품'이라고 한다)의 저작권은 본상의 규정에 따라 주관사가 갖는다. 단, 주관사의 작품집 발행 후 3년이 경과한 이후부터, 동 대상 작품을 대상을 받은 작가의 작품집에 한해서 그 대상 작품을 수록할 수 있다. 다만, 어떤 경우에도 본 작품집의 표제(대상 작품명)와 중복되거나, 혼동의 우려가 없도록 하기 위하여 대상 수상작가가 발행하는 자신의 작품집 서명(書名, 표제작)으로는 쓰지 않기로 한다.

7. **이상문학상 작품집 발행** : 이 작품집은 본상의 공정성과 권위를 광범위한 독자에게 널리 알리고, 수록된 작품과 그 작가들에 대한 표창과 영예의 뜻을 담고 있다.

8. **이상문학상 운영위원회** : 주관사의 발행인을 위원장으로 하고 월간 《문학사상》의 편집주간 및 이사회가 선임한 위원으로 구성되며, 본상의 운영에 관한 모든 업무를 관장한다.

9. **이상문학상 심사위원회** : 이상문학상 운영위원회는 각 연도마다 5~7인의 본상 심사위원을 위촉하여 심사위원회를 구성한다. 동 심사위원회는 본상의 대상(大賞)과 우수상을 선정할 작품을 심의 결정한다.

(주) 문학사상
이상문학상 운영위원회